文春文庫

影ぞ恋しき

上

葉室麟

JN031118

文藝春秋

影ぞ恋しき　上巻

単行本　二〇一八年九月　文藝春秋刊

一

宝永《ほうえい》三年（一七〇六）一月——

寒気が厳しい中、先ほどまで降っていたみぞれがあがり、雲間から冷涼な光が鞍馬《くらま》山に射した。

昼下がりである。

鬱蒼《うっそう》とした森の中、木の根が網のように地面を這《は》う、九十九折《つづらおり》の道を過ぎたあたりの、青々とした杉木立にひとりの男が立っている。

陽が杉木立の間を斜めに射して男の影をくっきりと浮かび上がらせていた。

色黒で眉が太く、あごがしっかりと張った精悍《せいかん》な顔立ちの男はがっしりとした体つきをしており、四十代後半に見える。脇差を腰にしているところを見ると武士のようだ。

赤樫《あかがし》の木刀を手にしている。木刀を正眼《せいがん》に構えて腰を落とした。呼吸をととのえてから、不意に足を踏み出すなり木刀を上段に振り上げ、さらに一歩前に出て風を切る音とともに電光石火の早業《はやわざ》で振り下ろす。

そのまま、前後に激しく動き、木刀を振るう。あたかも目に見えない敵と戦っているかのようだ。陽炎《かげろう》のように男の体はゆらめいた。

男はゆっくりと数え始めた。

息が白い。

一つ、二つ、三つと数えるたびに、男の木刀が空気を切り裂く。四つ、五つ、六つと数えて、男が跳び上がり、地面を叩《たた》きつけるように木刀を振り下ろして着地したとき、

——七つ

甲《かん》高い声が近間から響いた。

瞬間に男は跳躍して大杉を背にし、地面に立った。木刀を胸の前で水平に構え、目を閉じてあたりの気配をうかがう。

杉木立の間に蓑《みの》をつけた小柄な人影があった。

いましがたまでみぞれが降っていたためか、笠《かさ》をかぶり、蓑をつけている。だが、農夫ではない不気味さを漂わせている。男は、

とつぶやいて、

「物《もの》の怪《け》のような奴だな」

「何者だ——」

と声をかけた瞬間、蓑をつけた〈物の怪〉は足音も立てずに駆け寄ってきた。男がとっさに木刀で影を払うと、白刃が光った。

あっと思ったときには、男の木刀は両断されていた。〈物の怪〉は疾風のように杉木立の間に駆け込んで、たちまち姿が見えなくなった。

男は呆然《ぼうぜん》として手にした木刀の切断面に目を遣《や》った。切り口を見つめて、

「ほう、鮮やかなものだ」

と感心したように言った。男は半分になった木刀を近くの茂みに放り捨てた。その時、

「蔵人《くらんど》殿、いかがなされましたか」

と声がした。男が振り向くと、墨染《すみぞめ》の衣を着た、ほっそりとした僧侶が立っていた。四十代に見えるが、男よりは若々しい。色白でととのった顔立ちの美男だが、右手が肘《ひじ》のあたりから無い隻腕《せきわん》らしく、袖が風に揺れていた。

「清厳《せいげん》か、ひさしいな」

蔵人と呼ばれた男はにこりとした。男の名を、

――雨宮《あまみや》蔵人
という。元は九州、肥前佐賀《ひぜんさが》、鍋島《なべしま》藩の支藩である小城《おぎ》藩七万三千石の藩士だったが、わけあって出奔《しゅっぽん》し、妻子とともに鞍馬の山でひっそりと暮らしていた。

「妙な者と出会われたようですね」

清厳は笑みを含んだ声で言った。清厳も元鍋島藩士で蔵人の従兄弟《いとこ》である。俗名を、

——深町右京《ふかまちうきょう》

といった。小城藩では、かつて蔵人の岳父であった天源寺刑部《てんげんじぎょうぶ》をめぐる騒動があった。天源寺家は、鍋島家の主筋だった龍造寺《りゅうぞうじ》家の庶流であり、その矜持《きょうじ》を抱くがゆえに不遜《ふそん》な振る舞いがあった。

このため右京は鍋島藩主の密命を受けて刑部を斬った。刑部の死にまつわる決闘で右京の片腕を斬り落としたのが蔵人である。

「見ておったのか」

蔵人は苦笑した。

「数を数えておられましたな。あれは、〈七息思案《しちそくしあん》〉でございますか」

〈七息思案〉とは肥前に伝わる武士の心得である。いたずらに迷わず、さわやかに凜《りん》とした気持であれば、決断は七度息をする間にできるという。心を鎮《しず》め、おのれの内奥からの声に耳を傾ける、ということなのだろう。

「ああ、そうだ。どこかで見ておる奴がいるようなので、何とのう数えてみた。心落ち着かせるつもりであったが、木刀をあっさり斬られるようでは、わたしの負けだな」

あっさりと蔵人は言ってのけた。

清厳は茂みに近寄り、蔵人が捨てた木刀の半分を拾い上げた。切り口をじっと見つめて、

「なるほど、なかなかの使い手のようです」

と言った。

「化け物じみておる」

蔵人はため息をついた。清厳はちらりと蔵人を見た。

「どのような相手なのか見当がついておられるようですな」

「匂いを嗅《か》いだ」

「匂いを？」

清厳は首をかしげた。

「童臭が抜けぬ少年のようであった。若くしてあれほどの腕前を持つのは、禍々《まがまが》しく思えるな」

何事か考えながら蔵人は口にした。

「そのような者がなぜ、蔵人殿を襲ったのでしょうか」

「それは知らぬが、まずは腕試しであったろうな。わたしがあっさり負けたゆえ、拍子抜けをいたしたのではないか」

蔵人はあごに手をやり、にやりと笑った。

清厳はあきれたような口ぶりで言った。

「それゆえ、わざと木刀を斬らせたのですな。木刀を斬った腕は見事ですが、それより、刃に逆らわず流れに沿うように相手の斬り込みに合わせた蔵人殿の腕前は、相変わらずと拝見しました」

そんなことはないぞ、と言いながら蔵人は歩き出した。清厳は拾い上げた木刀の切れ端を懐《ふところ》にそっとしまってついていく。蔵人は歩きながら、

「ひさしぶりに来たのは、用事があってのことだろう」

と訊《き》いた。清厳はうなずいた。

「国許《くにもと》の山本常朝《やまもとじょうちょう》殿から手紙が届きましたゆえ、持って参じました」

「山本常朝？　知らんな」

蔵人は首をひねった。

「山本神右衛門《じんえもん》殿ですよ。先代の殿が亡くなられたおり、隠居して常朝と名のっておられるようです」

山本神右衛門は前鍋島藩主光茂《みつしげ》に仕えて御歌書役、書写物奉行などを務めた。やがて光茂が隠居すると、京都役を命じられた。

光茂は永年、和歌の秘伝である〈古今伝授《こきんでんじゅ》〉を受けたいと切望していた。神右衛門の使命は〈古今伝授〉を伝える公家、三条西実教《さんじょうにしさねのり》のもとに通って光茂への伝授を願うことだった。

神右衛門は元禄《げんろく》十三年（一七〇〇）、ようやく〈古今伝授〉を受けて佐賀へ戻り、このとき、重篤の病床にあった光茂に〈古今伝授〉を献じることができた。

鍋島光茂が亡くなると神右衛門は出家し、北山黒土原《ほくざんくろつちばる》に隠棲《いんせい》した。鍋島藩では殉死が禁じられていたため、殉死の心を出家することで示したのである。

「隠居だと？　あの男はそんな年になったのか。わたしも老けるはずだな」

蔵人はからからと笑った。蔵人より年下の神右衛門は若いころから蔵人を慕い、兄事してきた。

「ですが、咲弥《さくや》様は相変わらず、お若いですな」

清厳がにこやかな表情で言うと、蔵人は面白げに、

「謹厳実直な僧侶の清厳が、さような世辞を言うとはな。まことにもって世の中は油断がならぬ」

と言って笑いながら歩いて行く。

蔵人が天源寺家に婿《むこ》入りしたとき、妻となった咲弥は思いがけないことを言い出した。蔵人がおのれの心を表す和歌を示すまで、夫婦《めおと》の契《ちぎ》りはしない、というのだ。

和歌に素養がなかった蔵人は当惑したが、やがて刑部をめぐる騒動が起きた。蔵人は出奔し、再会したのは十七年後のことだった。このとき、ようやく蔵人は、

春ごとに花のさかりはありなめどあひ見むことはいのちなりけり

という和歌を、おのれの心を示すものとして咲弥に伝えることができた。

春ごとに花は咲くが、その花を愛《め》でることができるのは命あればこそである、という和歌だ。

のだろう。

蔵人にとって、咲弥との出会いは掛け替えがなく、命の輝きそのもののように思えた

これほどの艱難辛苦《かんなんしんく》に耐えて結ばれた夫婦であったにもかかわらず、蔵人にはさほどの気負いは感じられない。あたかも、咲弥とは何事もなく夫婦となって、永い歳月を過ごしてきたかのように飄々《ひょうひょう》として生きている。

清厳は永年、ふたりを見続けてきただけに、いまの蔵人と咲弥の平穏な暮らしぶりにほっと胸をなでおろすところがあった。

山を下っていくと、やがて蔵人の家が見えてきた。

このとき、家には蔵人の妻、咲弥と娘の香也《かや》がいた。

咲弥は四十を過ぎているはずだが、豊かな髪が黒々として肌も潤っていて、若いころの美しさを失っていない。慎み深さとともに艶めきは増したようだ。

九歳になる香也は色が白く、目が涼やかだった。咲弥は竈《かまど》に鍋をかけ、夕餉《ゆうげ》の支度をしていた。香也はその手元を熱心に見つめている。

「母上様、夕餉は何でしょうか」

「焼き魚に大根と里芋の煮つけですよ」

咲弥は鍋の中の大根に細い竹串を刺して煮え具合を見ながら言った。

「おいしそうですね」

香也は嬉《うれ》しげに言った。咲弥は香也をいとおしげに見つめて、

「香也もそろそろ煮炊きをひとりでできるようにならなければなりませんね」

と諭すように口にした。香也は、はい、とうなずいて、

「わたしにもできるでしょうか」

と訊いた。咲弥はやさしくうなずく。

「できますとも、香也はきっと何でも上手にできる女のひとになりますよ」

「母上様のようにですか」

香也は黒目がちな瞳で咲弥を見つめた。

「わたくしはもともと不器用で、若いころは武家奉公こそいたしましたが、台所仕事は不得手でした」

咲弥は昔を思い出して言った。

佐賀の天源寺家という由緒正しい家に生まれた咲弥は、お姫様育ちだった。だが、父の刑部が主家を軽んじ、謀反《むほん》にも似た行いをしたことから、国を出るはめになった。

その後、水戸徳川家に奥女中として仕え、水戸黄門の名で世に知られる徳川光圀《みつくに》から気に入られた。

光圀が『大日本史』編纂《へんさん》のために彰考館《しょうこうかん》に集めた学者達の間にも、歌学の素養に長《た》けた咲弥の美貌と才識は評判で、

――水府（水戸）に名花あり

と言われた。しかし、それも昔のことで、咲弥にとってはいまの暮らしがもっとも好もしく、満ち足りた思いがしていた。

咲弥は公家の中院通茂《なかのいんみちしげ》から歌道を学び、いまは公家の娘や富商の妻などに和歌を手ほどきして稽古料を得ている。

夫の蔵人も肥前の柔術、角蔵《かくぞう》流の道場を家の庭先に建てて近くの農民に教えるとともに、京の柔術道場に師範代として出稽古に赴いていた。

蔵人と咲弥は、豊かというほどではないが、貧しくもない暮らしができていた。

香也がふと顔を上げた。

「足音が聞こえます。父上でしょうか」

「そうですね」

咲弥は微笑した。

蔵人は山中で剣の稽古をして帰ってきてから、裏の井戸で足を洗い、勝手口から家に上がる。格式を重んじる武家の当主は玄関からしか出入りしないものだが、蔵人は、

「ひとの住まいに表も裏もあるものか」

と言って構う風ではない。

耳を澄ませていた香也は首をかしげた。

「足音がふたつ聞こえます。どなたかお連れしたのでしょうか」

咲弥は目を閉じて足音を聞き取った。すぐににこりとして瞼《まぶた》を上げる。

「先に歩いて来るのが父上、その後に続いて来られるのはどなたでしょうか」

香也は目を輝かせた。

「母上様は足音だけで父上だとわかるのですね」

「わかりますとも」

咲弥は言いながら土間から外へ出た。はたして蔵人が鷹揚《おうよう》な笑みを浮かべて近づいてきた。その後ろには清厳がいた。

「清厳殿――」

咲弥は満面に笑みを浮かべて声を上げた。咲弥についてきていた香也も、

――清厳おじ様
と嬉しげに言いながら、清厳に飛びついていった。蔵人は笑って、

「清厳は佐賀から届いた便りを持ってきたそうだ。今夜は泊まっていくであろうから、酒の支度をしてくれ」

と咲弥に言いつけた。

「それはようございました。ひさしぶりに懐かしい佐賀のお話ができるのでございますね」

「そういうことだ」

蔵人が白い歯を見せて笑っている間に、香也を片手で抱え上げた清厳は感心したように声を高くした。

「香也殿は随分と重くなられた。おとなになるのももうすぐですな」

蔵人は手を振りながら、

「何を言う。まだまだ、子供だ」

と取り合わず、家に入っていった。

清厳は咲弥と目を見交わして微笑《ほほえ》んだ。

この夜、咲弥は夕餉に用意した煮物のほかに、山菜鍋を支度した。囲炉裏《いろり》に火が熾《おこ》り、自在鉤《じざいかぎ》に鍋がかけられている。キノコと山菜が出汁《だし》で煮られ、おいしそうな匂いが部屋に漂っていた。それを見て、蔵人は、

「なんだ。猪肉《ししにく》は入っておらぬのか」

と残念そうにつぶやいた。咲弥は微笑んだ。

「清厳殿は僧侶でございます。生臭ものをお出しするわけには参りませぬ」

「そうか、そうであろうな」

蔵人が不承不承にうなずくと、清厳は口をはさんだ。

「わたしは食しませぬが、蔵人殿に出してあげたらいかがですか。その方が酒がうまかろうと存じます」

香也がうなずいて、

「父上はとても猪肉を食べたそうにしておられます」

と言った。

「しかたありませんね」

咲弥は立ち上がって台所の隅から干し肉を持ってくると、手ずから造った味噌も加えて鍋に入れた。

蔵人はにこりとしつつ、鍋から目をそらして清厳に顔を向けた。

「それでは、山本神右衛門の手紙を見せてもらおうか」

どうやら、手紙を読みながら猪肉が煮えるのを待つつもりらしい。清厳は懐から書状を取り出して蔵人に渡した。

蔵人は手紙をぱらりと開いて読んでいたが、しだいに眉をひそめた。

「神右衛門、いや、いまでは常朝か。その常朝殿に、殿より内々でわたしの帰参のお許しが伝えられたそうだ。小城藩に戻ってはどうか、と言ってきた」

蔵人は、小城藩主鍋島元武《もとたけ》が少年のころに仕えていた。元武が疱瘡《ほうそう》を患《わずら》ったおりには、寝ずに看護して主従の心の絆を強くした。

元武は水戸光圀と親しく、咲弥が蔵人と再会して、晴れて夫婦として暮らせるようになったことをひそかに喜んでいたようだ。

「殿のお許しが出たのであれば、国許《くにもと》に戻られますか」

清厳はさりげなく訊いた。

「いや、国を出る際、藩士を何人か斬った。わたしを憎んでいる者はいまもいるはずだ」

蔵人は首を横に振った。

「ですが、殿のお許しが出たからには、もはや苦情を申す者はいないのではありませぬか」

清厳は考えながら言った。

「とはいえ、もともと龍造寺家の血を引く天源寺家と鍋島家の確執は根深いのだ。わたしが咲弥とともに戻れば、いらざる波風を立てることになるであろう。戻るわけにはいかぬな」

蔵人は咲弥に顔を向けて、それでよいか、と訊いた。咲弥はうなずいて、

「それがよろしかろうと存じます。それに、かように鞍馬での暮らしに慣れてしまえば、いまのまま心静かに生きとうございます」

と穏やかな声音で答えた。猪肉の煮え具合を見て、咲弥は自在鉤から鍋をはずし、板敷に置いた。かわって鉄瓶をかける。やがて湯が沸く音がして、酒を満たした銚子《ちょうし》を鉄瓶に入れる。

蔵人は笑みを浮かべた。

「わたしもそうだ。もはや、争い事に巻き込まれとうはない。それにしても神右衛門、いや常朝め、途方もないことを書いておった」

「なんでございましょうか」

咲弥は訝《いぶか》しげに問いかけた。

「常朝のもとに近頃、鍋島藩の奥祐筆《おくゆうひつ》、田代陣基《たしろつらもと》という男がしばしば訪ねてくるそうだ。何やら若い藩士が武士として修養するための話を聞かせて欲しいと言っておるらしい。そこで常朝は、わたしと清厳のことを話そうと思うが、お許し願えるであろうか、と訊いてきておる。まことに変わった男だ」

蔵人はからからと笑った。

「蔵人殿はともかく、わたしのことなど話してもしかたがございますまい」

清厳が言うと、蔵人は手を横に振った。

「いや、そうではないぞ。わたしはただの乱暴者に過ぎぬ。佐賀の武士の心得を求めるならば清厳、いや深町右京こそ最もふさわしいであろう」

「とはいえ、もはや、深町右京の名は捨てましたものを」

「いくら、自分はそのつもりでも世間は案外に覚えているものだぞ」

蔵人が面白げに言ったとき、咲弥が、燗《かん》がつきました、と銚子を手にして蔵人の盃《さかずき》に酒を満たした。

蔵人が盃に口をつけてすぐに、表から、

——お頼み申します

と訪《おとな》いの声が聞こえてきた。甲高い少年のような声だ。

咲弥が立ち上がって表へ向かったが、間もなく戻ってきて、

「冬木《ふゆき》清四郎《せいしろう》と申される若いお方が見えております」

と告げた。

「冬木？　知らぬな」

盃を飲み干しながら蔵人はつぶやいた。咲弥は声をひそめて言い添える。

「吉良《きら》様の家人《けにん》だそうでございます」

「吉良だと」

蔵人は目をむいた。清厳は表の様子をうかがいつつ、

「お会いになられますか」

と訊いた。蔵人はうなずいた。

「訪ねてきた者を追い返すわけにもいくまい」

咲弥はちらりと香也に目を遣った。

「お客人を上げられるなら、香也は奥にやりましょうか」

「いや、それでは隠し立てをすることになる。香也にひと目を気にする生き方はさせたくない」

蔵人は答えてから、客を通すよう目で咲弥をうながした。

表へ向かった咲弥は、ほどなく十四、五歳の元服前で前髪を残した少年を案内してきた。絣《かすり》の着物に袴《はかま》をつけ、脇差を腰にしている。

蔵人は目を細めて少年を見つめた。

森の中で突然、蔵人に駆け寄り、木刀を両断した、

――物の怪

に違いないと見当をつけていた。

だが、清四郎はそんな素振りを見せずに、座ると手をつかえて、

「お初にお目にかかります。吉良家の家人にて冬木清四郎と申します」

と尋常な挨拶《あいさつ》をした。

色白で雛《ひな》人形を思わせる品格のあるととのった顔立ちをしている。小柄でほっそりとした体つきだ。

蔵人も両膝に手を置いて頭を下げた。

「ご挨拶痛み入る。それがしが雨宮蔵人でござる」

清四郎は涼しい目でじっと蔵人を見つめた。日が落ちてあたりが暗くなり、咲弥は燭《しょく》台《だい》に火を点《とも》した。

清四郎の目が灯《あか》りできらりと輝いた。心が昂《たか》ぶっているからか白い頬《ほお》がほんのりと朱に染まっている。

蔵人は眉をひそめて、

「して、吉良様の家臣がそれがしに何用でござろうか」

と訊いた。清四郎は、はっとして頭を下げた。

「申し上げるのが遅くなりました。わたくしの主人、吉良左《さ》兵衛《ひょうえ》が、ただいま信濃《しなの》諏訪《すわ》藩にお預けの身となっていることはご存じでございましょうか」

吉良左兵衛義周《よしちか》は出羽《でわ》米沢《よねざわ》藩主、上杉綱憲《うえすぎつなのり》の次男だったが、吉良上野介義央《こうずけのすけよしひさ》の養子となって吉良家の家督を継いだ。

上杉綱憲は吉良上野介の長男で、上杉家の養子となった。この縁で左兵衛は吉良家を継いだのだ。だが不運なことに浅野長矩《あさのながのり》が江戸城中において吉良上野介に刃傷《にんじょう》に及んだことから、切腹、御家断絶となった赤穂《あこう》浅野家の遺臣、大石内蔵助《おおいしくらのすけ》たち四十七人が四年前の元禄十五年（一七〇二）十二月十四日、吉良邸に討ち入った。

この事件で上野介は首を討たれ、浅野家遺臣は切腹となったが、左兵衛も幕府の咎《とが》めを受けた。討ち入りの際、左兵衛は薙刀《なぎなた》で戦ったが、背中に深手を負い、気を失った。このため、当夜の振る舞いについて、

――未練の様に相聞え候

とされたのだ。左兵衛は家臣の左右田孫兵衛《そうだまごべえ》と山吉新八《やまよししんぱち》のふたりだけを供にして諏訪に向かい、いまは諏訪藩が用意した小さな屋敷で暮らしているという。

「ご足労ながら、諏訪にお出でいただきたいと主人は申しております」

「吉良様がわたしを呼んでおられるのか」

蔵人は訝しげに問うた。

「さようにございます。それがしにご同道願えませぬでしょうか」

清四郎は片手をつかえて蔵人をうかがい見た。

「とは申しても、わたしは吉良様に拝謁したことなど無い。なぜ、呼ばれるのかわから

んな」

　蔵人は腕を組んで押し黙った。すると、清四郎はちらりと香也に目を遣って、背筋を伸ばすと思い定めたように口を開いた。

「実を申しますと、お出でいただきたいのは、香也様でございます」

　蔵人の目が鋭く光った。

「そなた、香也のことを知っているのか」

　清四郎は黙ってうなずく。咲弥は香也に向かって、

「香也、奥の部屋に行っていなさい」

　と静かに言った。

　自分のことが話されるのだ、と思った香也は一瞬、戸惑いの色を見せたが、すぐに思い直して立ち上がると奥の部屋に行った。

　蔵人は清四郎を見据えて、

「どこまで知っているのだ」

　と底響きする声で訊いた。わずかに殺気がこもっているのを感じたのか、清厳は眉をひそめた。しかし、清四郎は平然と答える。

「赤穂浪人に討たれて亡くなられた吉良上野介様が、京の医師、半井道安《なからいどうあん》様の娘でかほると申される女人と深い仲になり、みつという娘が生まれたそうです。このみつ様は吉良庄で育ち、吉良家の家臣貫井《ぬくい》伝八郎《でんぱちろう》殿と夫婦になられた。おふたりの間に生まれたの

が、香也様です。みつ様と貫井殿は何者かに殺められ、そのおり、雨宮様が香也様を助けられ、わが子として育てられたと聞いております」

蔵人はにやりと笑った。

「いろいろとしゃべるが、そなたの言葉で正しいのは、わたしと咲弥が香也をわが子として育てたということだ。いま、香也はわが娘である。そなたが申したことはわれら夫婦にとって虚妄《きょもう》に過ぎぬ。それ以上、言うのであれば斬り捨てるぞ」

清四郎は、落ち着いて蔵人を見返した。

「さように仰せですが、雨宮様は物事の理非をわきまえておられる方と存じます。気に入らぬからと、ひとを斬ったりはなさいますまい」

「いままではそうであった。しかし、これからはそうではないかもしれぬぞ」

蔵人が凄《すご》みを利かせて言うと、清四郎は平伏した。

「申し上げます。わが殿はいま重い病にかかられ、明日をも知れませぬ。それゆえ、吉良上野介様の血を引かれる方にぜひとも会いたいと思われたのでございます。出羽米沢藩上杉家の次男というお生まれで、高家《こうけ》筆頭の吉良家を継がれた殿様が赤穂浪人の没義《もぎ》道《どう》な討ち入りのため諏訪に流され、重篤の病の床にあるのです。どうか願いをかなえてくださいませ」

必死になって頭を下げる清四郎を見て、蔵人は立ち上がると板敷の隅に置いていた刀を取って戻ってきた。

咲弥が心配げに、

「お前様——」

と声をかけた。蔵人は黙っていろと言うようにうなずくと刀を腰に差して座り、呼吸を測った。

蔵人は片足を前に出すと同時に抜き打ちで斬りつけ、刀を清四郎の頭上すれすれで止めた。

清四郎は身じろぎもせずに頭を下げ続けている。蔵人は苦笑して刀を鞘《さや》に戻し、かたわらに置いた。

「そなたほどの腕なら、かわすのは造作ないはずだ。なぜ、動かぬ」

蔵人が質《ただ》すと、清四郎はようやく顔を上げた。

「わたしは、ただいまお頼み事をいたしております。それゆえ、動くわけには参りませぬ」

清四郎の言葉を聞いて、清厳がくすりと笑った。

「清厳、何がおかしいのだ」

顔をしかめて蔵人が訊くと、清厳は軽く頭を下げた。

「失礼いたしました。何分にも冬木殿の頑固なところが、若いころの蔵人殿によく似ていると思いましたので」

咲弥も微笑んだ。

「そう言えば、さようでございますね」

蔵人は鼻で笑った。

「ふたりとも阿呆《あほ》なことを言う。だが、それはともかく。そなたの主《あるじ》を思う心には負けた。香也ともども諏訪に参ろう」

清四郎の顔がぱっと輝いた。

「まことでございますか」

「ああ、武士に二言はない。しかし、それにしても、そなたはなぜ山中でわたしの腕を試すような真似《まね》をしたのだ」

清四郎は困った顔になってうつむいた。

「お気づきでございましたか」

「わたしの目は節穴ではないぞ。いくら笠をかぶり、蓑をつけて身をやつしていても、それぐらいはわかる」

ため息をついて清四郎は口を開いた。

「実は、諏訪におられる殿は流罪の身であるゆえに常に見張られております。初めは諏訪藩の者かと思いましたが、どうやら違うようなのです。わたしがこちらを訪ねるために諏訪から出ようとした際も付きまとわれ、ようやく囲みを抜けて参りました」

「さほどの腕がありながら、辛《から》くも抜け出せたとそなたに言わせるとは、見張りの者たちはただ者ではないな」

蔵人は首をかしげた。

「あるいは、柳沢《やなぎさわ》様の手の者かもしれませぬ」

「柳沢とは、側用人《そばようにん》の柳沢吉保《よしやす》のことか」

蔵人は目を瞠《みは》った。

柳沢吉保は将軍綱吉《つなよし》の側用人で、もとは保明《やすあきら》と称していたが、綱吉から異常なほどの寵愛《ちょうあい》を受け、元禄十四年（一七〇一）十一月には松平の家号《やごう》を許されるとともに、綱吉の諱《いみな》の一字を与えられて、美濃守吉保と改めた。

小姓として小禄の身分だったが、立身を重ね、宝永元年（一七〇四）十二月に綱吉が甲府《こうふ》藩主徳川綱豊《つなとよ》（のちの家宣《いえのぶ》）を継嗣と定めたおり、綱豊の旧領であった甲斐《かい》、駿河《するが》両国のうち十五万千二百石余を与えられた。さらに翌二年三月、駿河国の領地を甲斐国のうちに移されて山梨《やまなし》、八代《やつしろ》、巨摩《こま》三郡一円を領することになり、実高は二十二万八千七百石余に及んでいた。

幕閣においては、老中の上座、大老格であり、権勢において並ぶ者がなかった。それほどの柳沢の手の者が吉良左兵衛を見張っているとはどういうことだろうか。

「柳沢様は、松の廊下で浅野内匠頭《たくみのかみ》様が刃傷に及んだおり、吉良様をかばい、浅野様切腹という沙汰をされ、世間の悪評を買われました。それで、吉良様を城内から本所松坂《ほんじょまつざか》町に屋敷替えされて赤穂浪人に討たせたのだと言われております。そのことを今度は吉良家の者が恨んで復仇《ふっきゅう》するのではないか、と恐れておられるのではないかと思います」

「そうか、柳沢は切れ者だそうだが、随分と小心でもあるのだな。だが、さような柳沢に見張られているから、わたしを試したというのか」

「さようでございます。左兵衛様が幽閉されているのは高島城《たかしま》の南ノ丸でございますから、香也様に会っていただくには高島城中に忍び込まねばなりません。それゆえ腕の立つ方にしか頼めないと存じまして」

清四郎は淡々と言った。

「ほう、城の中か」

蔵人は目を光らせた。清四郎は何でもないことのように告げるが、左兵衛に会うのはかなりの難事のようだ。

諏訪高島藩の藩主諏訪忠虎《ただとら》は、諏訪神社の大祝《おおはふり》だった名門、諏訪氏の末裔《まつえい》である。諏訪氏の宗家《そうけ》は戦国時代、武田《たけだ》信玄《しんげん》によって滅ぼされたが、一族は神官として生き延び、天正《てんしょう》年間に武田氏が滅びると自立して諏訪氏を再興した。

その後、徳川氏の家臣となって関東に移ったが、慶長《けいちょう》六年（一六〇一）に諏訪頼永《よりなが》が旧領高島二万七千石に復帰した。その後、加増されて三万石になっていた。

高島藩にはかつて徳川家康の六男、松平忠輝《まつだいらただてる》が蟄居《ちっきょ》改易の後、配流された。忠輝は、越後《えちご》高田《たかだ》六十万石の城主だったが、乱暴な性格で大坂夏の陣直後の元和《げんな》元年（一六一五）に家康から勘当された。

翌年には幕府から改易され、伊勢《いせ》国朝熊《あさま》、飛驒《ひだ》国高山《たかやま》に配流された後、寛永《かんえい》三年（一六二六）から高島藩に預けられた。高島藩ではそのおり、忠輝を幽閉するため城内に南ノ丸を造った。忠輝は外部との接触を断たれて過ごし、天和《てんな》三年（一六八三）、九十二歳の生涯を終えた。

　左兵衛はかつて忠輝が幽閉された南ノ丸にいるのだ。南ノ丸の周囲は柵で囲まれて孤立しており、入口には侍番所と足軽番所があって見張りが厳重だという。

「なるほど、なかなかのものだが、そなたがわたしの腕前を知ろうとしたのは、吉良様の幽閉場所に入るのが難しいからだけではなかろう」

　蔵人はじろりと清四郎を睨《にら》んだ。

「と申されますと？」

　清四郎が怪訝《けげん》な顔をして訊いた。

「そなたは、わたしの太刀筋を見ておきたかったのであろう」

　わずかに目を細めて蔵人は言った。

　清四郎は平然と答える。

「なぜ、そのようなことをわたしがしたと思われますか」

「いつか剣を交えるかもしれぬと思っての用心ではないのか」

　蔵人は面白がる風に清四郎を見つめた。

　清四郎は少し考えてから、白い歯を見せてにこりと笑った。

「それは武士たる者の心得ではありますまいか」

「いかにもそうだ」

蔵人はうなずいて、それ以上訊こうとしなかった。

清四郎を別室で休ませた後、蔵人は吉良左兵衛のもとに香也を連れていくかどうかを咲弥と話し合った。

咲弥はためらいがちに、

「やはり、連れていかねばなりませぬか」

と訊いた。

「やむを得まい。香也が吉良上野介殿の血を受けているのはまことなのだ。左兵衛殿が亡くなれば、吉良家の血を引く最後のひとりということになるのだからな」

蔵人は苦笑した。

「それは承知しておりますが、香也が吉良家の宿命を背負うのは不憫《ふびん》に思えます」

咲弥はため息をついた。

「そなたも同じであったではないか。龍造寺家の血を引くがゆえに、翻弄《ほんろう》された。いかに逃れようとしてもひとはおのれの宿命からは逃れられぬ。宿命に抗《あらが》うには、おのれの力で戦うしかないのだ」

蔵人はしみじみと語った。

「されど、まだ幼い香也にさようなことは無理でございます」

「だからこそ、わたしとそなたがいるのだ。いや、清厳もいてくれる。われらがいる限り、香也を不幸な目には決して遭《あ》わせぬ。そのことを――」

言葉を途切らせた蔵人は目を閉じて少し考え、瞼を上げてから、

「わたしは吉良上野介殿から託されたと思っている」

ときっぱり言った。

赤穂浪人が討ち入った夜、香也は吉良邸にいた。

孫娘に逢いたいという思いが高じた上野介が、家臣を使って香也を拉致《らち》させていたのだった。

討ち入った赤穂浪人に迫られたとき、上野介は香也と蔵人を巻き込むまいと自ら首を討たれた。

そのおりに、雲間から白い花のように雪が降ってきたのを蔵人はいまも覚えている。

咲弥が身じろぎして口を開いた。

「お前様、諏訪にはわたくしも参りましょう。なにぶんにも香也は幼いのですから、わたくしがいたほうがよろしいのではございませぬか」

「さて、どうするかな」

蔵人が思案顔で首をひねると、清厳は、

「咲弥様の申されることはもっともです。それに吉良様への監視の目が厳しいのであれば、わたしも参りましょう」

と口を添えた。

「ではそうするか。咲弥や清厳とともに旅をするのはひさしぶりだな」

蔵人は眉を開いてにこりと笑った。


翌日――

蔵人は香也を連れ、清四郎とともに旅立った。手早く旅支度を整えた咲弥と清厳を伴っている。

まだ早暁《そうぎょう》でようやく空が白み始めていた。

二

京から諏訪へ向かうには中仙道をたどる。

中仙道は京の三条大橋から近江《おうみ》、美濃《みの》、木曾《きそ》、信濃、上野《こうずけ》を経て江戸の日本橋まで百三十五里、六十九の宿場がある。

碓氷《うすい》峠や木曾路をはじめ峠道が多く、人馬の通行が困難だった。このため参勤交代で東海道を使う大名は百五十四家に及ぶが中仙道を通るのは三十四家に過ぎなかった。ひとの往来が少ないことや、東海道の大井川、天龍川、富士川などのような大河がないことから女人に喜ばれ、

――女街道

などとも呼ばれた。清四郎は、諏訪までの路銀は左兵衛から託されており、そのことをおずおずと申し出たが、蔵人は笑って断った。

「貧しくはしておるが、それぐらいの蓄えはある。香也が吉良家ご当主にお目にかかるのだ。そこまで世話になるわけにはいかぬ」

路銀の面倒まで見てもらえば吉良家の家人と変わらなくなるから、けじめをつけておく、というのが蔵人の考えだった。

蔵人は柔術の指南だけではなく、山に入ってメグスリノキを採ってきて、目薬を作るという特技があった。作った目薬を京の薬屋に持っていけば買ってくれるのだ。

蔵人が目薬を作って売っているなどと武士らしくない振る舞いをしている話をすると、清四郎は口をぽかんと開けて、

「雨宮様は思いもかけぬことをされます」

と驚いた。かたわらにいた咲弥が微笑んだ。

「わたくしも、夫婦となって蔵人殿の内職の話を聞いて驚きました。あのおりは、武士にあるまじき振る舞いと思いましたが――」

「いまは、どう思われるのですか」

清四郎は興味深げに訊いた。

「いまは、武士はどのようにあっても生き抜くことが大事なのだ、と思うようになりました。糊口《ここう》をしのぐための仕事はどのようなことであれ、恥ずかしくはないのだとわか

ったからです。蔵人殿は、武士の心を失わずに金子《きんす》を得ることができるひとなのだと思うようになりました」

淡々と話す咲弥の言葉を聞いた清四郎は眉根を寄せて、

「さようにございますか」

と考え込むのだった。

五人は黙々と歩き続けた。このころの旅人は男が一日に九里、女連れでも五、六里は歩いた。京から下諏訪《しもすわ》宿までおよそ八十里ある。

蔵人たちは途中、香也を背負うなどして旅を続け、十五日ほどかけて下諏訪宿に着いた。

旅の道すがら、清四郎は香也にやさしく言葉をかけ、歩きながら吉良左兵衛の人柄などについて話して聞かせた。

左兵衛が温厚な人柄でありながら、赤穂浪人の討ち入りの際には薙刀を振るって立ち向かい、重傷を負ったことを告げた。さらに、吉良家は、

――御所（足利将軍家）が絶えれば吉良が継ぎ、吉良が絶えれば今川が継ぐ
と言われた室町幕府の名門であることも教えた。もし、将軍家に世継ぎがいなければ、吉良家の男子が継ぎ、吉良家にも男子が無ければ今川家から世継ぎを出すというのだ。

つまり、吉良家は将軍ともなりうる格式のある家柄である、と清四郎は香也に言った。

しかし、それほどの名家の当主となりながら、左兵衛は赤穂浪人に討ち入られたばか

りに、罪人のように諏訪に流され、幽閉の身で日々を過ごしている。

清四郎からそう聞かされて、香也は、

――おかわいそうに
と涙を流した。かつて吉良上野介にかわいがられた香也は、折にふれ上野介を慕わしく思い出す。しかも、その上野介が香也をかばって死んだのだ、ということがいまも心に刻みこまれている。あれほどにおやさしかったお祖父《じい》様が、なぜ酷《むご》い亡くなられ方をしたのか、といまでも悲しく思い出していた。

吉良左兵衛様もきっとおやさしい方に違いない、と思うだけで香也の胸はせつなくなってくる。清四郎から左兵衛の話を聞いた後、香也はいつも咲弥のそばに駈け寄り、かたわらで涙をぬぐった。香也に左兵衛の話をする清四郎を、蔵人は横目でちらりと見つつも何も言わない。

清厳が見かねて、

「放っておいてよいのでございますか。このままでは香也殿を吉良家に盗《と》られてしまいかねませんぞ」

と言うと、蔵人は頭を横に振った。

「いや、よいのだ。ひとはおのれの定めから逃れることは難しい。だとすると、何もかも知ったうえで自らの道を選ぶしかないのだ」

「相変わらず、強情っぱりですな」

清厳は歩調をゆるめずに話しながら笑った。

「そうかもしれんな」

蔵人は大まじめに答えながら足を進めるのだった。

やがて蔵人たちは下諏訪宿に入った。

この宿場は中仙道と甲州街道、鎌倉街道が交わる交通の要所である。また、諏訪大社の門前町としても繁盛した。諏訪湖はほど近いところにある。いったん旅籠《はたご》に入り、部屋に落ち着いたところに宿の主人がやってきた。

「もし、お客様方をお待ちの方がおいででございます」

主人は廊下にひざまずき、頭を下げて言った。

「われらを待っていたというのか」

蔵人は眉をひそめた。すると、清四郎が顔を輝かせて、

「辻《つじ》先生でしょう。お通ししてください」

と声を高めた。主人が承知して呼びに行くと、清四郎は蔵人たちに向き直って、

「わたしの剣術のお師匠様が迎えに来てくださったのだと思います」

と言い、師匠の名は、

——辻月丹《げったん》
だと告げた。辻月丹という名を聞いて、蔵人は目を光らせた。

「無外《むがい》流か——」

辻月丹資茂《すけもち》は、このころ江戸で無外流の剣術道場を開いていた。

慶安《けいあん》元年（一六四八）、近江国甲賀《こうか》郡馬杉《ますぎ》村の郷士の次男として生まれた。

十三歳の時、京都に出て山口流剣術の流祖、山口卜真斎《やまぐちぼくしんさい》に弟子入りして剣術を修行し、二十六歳で印可《いんか》を得ると、諸国武者修行の旅に出た。

三十三カ国をめぐって十二の流儀を修めた月丹は、中でも居合に秀で、道場の隅に置いた百目蠟燭《ひゃくめろうそく》の炎を、離れた場所で居合を一閃《いっせん》させて消したという。

その後、江戸へ出た月丹は、麴町《こうじまち》に道場を構えるとともに、麻布《あざぶ》の普光山吸江寺《ふこうざんきゅうこうじ》の石《せき》潭《たん》禅師のもとに参禅して四十五歳で大悟すると、自らの流儀を、

――無外流
と定めた。月丹の道場には入門を望む者が詰めかけ、酒井忠挙《さかいただたか》、小笠原長重《おがさわらながしげ》などの大名をはじめ、門人五千人を数えると言われていた。

「そなた、無外流であったか」

蔵人が感心したように言うと、清四郎は恥ずかしげに答えた。

「麴町の道場で稽古始めの手ほどきを受けました」

「なるほどな」

蔵人はうなずいた。

「そののち、辻先生は諏訪までわたしを訪ねて稽古をつけてくださったのです」

清四郎は思い出しながら言った。

「ほう、よほどに見込まれたのだな」

蔵人がつぶやいたとき、部屋の入り口に五十半ばと見える武士が片膝をついて、

「よろしいか」

と声をかけてきた。

頭をそり上げ、頬骨《ほおぼね》が高くあごがとがった、鷹《たか》を思わせる精悍な顔をしている。黒い袖無し羽織を着て、裁付袴《たつつけばかま》を穿《は》いていた。脇差だけを腰にしている。

「お入りくだされ」

蔵人が応じると、武士はすっと部屋に入ってきた。その物腰はなめらかで、隙が無い。蔵人の前に座った武士は、

「お初にお目にかかる。辻月丹と申す」

と丁重に挨拶をした。蔵人も頭を下げる。

「ご挨拶、痛み入る。それがしは肥前浪人、雨宮蔵人、これなるは知友の清厳と妻の咲弥、娘の香也でござる」

月丹は香也を穏やかな目で見つめ、

「香也姫様でございますな。初めて御意を得申す」

と両手を膝につかえて挨拶した。

香也は目を丸くして月丹を見つめたが、ふと、にこりとして答えた。

「香也です」

月丹は目をなごませて、お利発なことじゃ、とつぶやいた。清四郎が膝を進めて、

「先生、お出迎え、まことにありがとうございます」

と言うと、月丹はうなずいた。

「左兵衛様のお命、残念ながら旦夕《たんせき》に迫っておる。この宿でゆっくりしている暇はない。今夜にでも香也様をお連れいたせ」

清四郎は戸惑いの色を浮かべた。

「されど、彼の者たちが見張っておりましょう」

「〈ののう〉のことなら、案じるな。わしが散らしておいた」

月丹は平然と告げた。

「さようでございましたか」

清四郎はほっとした顔になる。蔵人が無遠慮に訊いた。

「辻様、〈ののう〉とは何でございますか。できれば、教えていただきたい」

月丹は頭を下げ、ちらりと清四郎を見てから口を開いた。

「これは、失礼いたした。〈ののう〉とは、おそらく柳沢吉保様の手の者にて、左兵衛様の動きを見張っておる女たちでござる」

月丹は淡々と話した。

「女子でござるか」

蔵人は思わず大きな声を出した。月丹は表情を変えずに言った。

「歩き巫女《みこ》でござる。戦国のころ、甲斐の武田信玄公は、歩き巫女を忍びとして使い、諸国の大名の動きを探らせたそうでござる。柳沢吉保様は甲斐の領主となられたおりに〈ののう〉を手にいれられたのでござろう。〈ののう〉はもともと、諏訪神社の巫女であったらしゅうござるから、諏訪湖のほとりの高島城に幽閉された左兵衛様を見張らせるのに都合がよかったのでしょうな」

「なるほど、さようか」

蔵人は腕を組んだ。〈ののう〉とは、もともとは「のうのう」という呼びかけの言葉で、諏訪神社の巫女が、神が降りてきた際に発したのだという。

甲賀五十三家の筆頭、望月《もちづき》家の娘で、武田信玄の甥《おい》に当たる信濃豪族、望月盛時《もりとき》に嫁した、

――望月千代《ちよ》

が川中島の戦いで夫を失った際、信玄は甲斐、信濃の巫女を統帥する、

――甲斐信濃二国巫女頭領

に任じた。千代は戦乱の世で、親を失い孤児となった少女たち数百人を集めて、呪術や祈禱《きとう》から忍びの術、護身術などを教え、諸国を往来できるよう巫女として修行させた。

こうして一人前となった女忍たちを諸国に遣わして武田信玄のために働いたという。

その女忍たちが見張っているのであれば、高島城に入るのはよほど困難だっただろう。

「では、さっそくに参りましょう」

清四郎が言うと、咲弥は膝を進めた。

「わたくしも香也について参りたいと思いますが、かまいませぬか。城に入るだけでも危ういのであれば、そばについていてやりとうございます」

咲弥の言葉を聞いて、清四郎は眉をひそめた。蔵人が無造作に、

「それはなるまい。〈ののう〉とか申す女忍はおらぬにしても、城内には番人もおる、少々、手荒いことをせねばなるまい。女人であるそなたをともに連れてはいけぬ」

と言った。

咲弥は蔵人に顔を向けて、

「わたくしは足手まといでございましょうか」

と静かに訊いた。

「いや、そんなことは断じてないぞ。のう、清厳――」

蔵人はあわてて清厳に話を振った。清厳は笑いながら、

「仮にも城中に入るのです。人数が多くては目立ちましょう。わたしも宿で待つことにいたします」

と咲弥をなだめるように言った。咲弥はため息をついた。

「さようなことはわたくしにもわかっております。ですが、何とののうわたくしは、気がかりでならないのです。吉良様は必ず香也をお返しくださいますでしょうか」

咲弥に見つめられて清四郎はうなずいた。

「そのこと、必ずお約束いたします。ご対面いただいた後、すぐに咲弥様のもとにお連れいたします」

「今夜のことだけを申しているのではないのです。吉良様が香也に何を仰せになるのかも気になっております」

「さようでございますか」

「言の葉はひとの運命を変えることがございます。吉良様が香也にお話しになることが、香也のこれからを縛りはしないかと案じられてならないのです」

母の想いが込められた真剣な眼差しで見つめられて、清四郎は思わず目に涙を浮かべた。

「香也様へのさほどの思い、胸に染みましてございます。このたび殿のもとに来ていただいたことで、香也様に難儀が降りかかるようなことがあれば、必ずわたしがお守りいたします」

清四郎の毅然とした言葉を聞いて咲弥はようやく納得したのか、うなずいて見せた。

その様子を見ていた月丹は、立ち上がると、

「母御が得心されたならば、さっそく参ろうか」

と淡々と言った。清四郎は蔵人に顔を向けた。

「お願いいたします」

蔵人はうなずき、香也の手を引いて立った。咲弥と清厳が続こうとするのを、月丹が

制した。

「見送りは無用にされよ。ひとたびは〈ののう〉を追い払いはしたが、いつ舞い戻ってくるかわからぬ。そこもとたちが狙われぬとも限らぬゆえ、油断されるな」

月丹が言い残して出ていこうとすると、清厳は呼び止めた。

「お待ちください。〈ののう〉はどのような武器を用いるのでございましょうか。備えるために教えていただけませぬか」

清厳から問われて、月丹は振り向かずに、

「針と吹き矢だ。針は目を狙ってくる。吹き矢にはしびれ薬を塗っておるゆえ用心せねばならぬ」

と言って出ていった。

「針と吹き矢――」

清厳は眉を曇らせてつぶやいた。咲弥は廊下を去っていく香也の小さな背中を心配げに見守った。


間もなく日が沈んだ。

先ほどまで夕日に赤く染まっていた諏訪湖の水面が黒々と静まり返ったころ、蔵人と香也は清四郎に導かれるまま、城門をくぐり、中庭に沿った細い道を抜けて城内の南奥にある南ノ丸へと進んだ。月丹は後ろを警戒しつつついていく。

城内だというのに不思議なほど人影がなかった。やがて柵に囲まれた南ノ丸の門前に立った。門は開いており、篝火《かがりび》が焚《た》かれているものの番士の姿は見えない。

それでも清四郎は物陰にひそみつつ進んで南ノ丸に入った。月丹は入ろうとはせず、長屋の入り口の陰に身をひそめた。

番士が来ないかを見張るつもりのようだ。

灯りのない真っ暗な玄関の式台に上がった清四郎が、

「ただいま戻りましてございます」

と低い声で言うと、すぐに奥から手燭《しゅしょく》を持った若い武士が出てきた。

清四郎の話では、左兵衛についているのは清四郎の他には家老の左右田孫兵衛と近習《きんじゅ》の山吉新八という若い武士だけだという。

討ち入りの際、左右田孫兵衛は壁を破って屋敷の外へ逃げたが、山吉新八は左兵衛の寝所近くで赤穂浪人と斬り合い、負傷して気を失った。

奥から出てきた武士は山吉新八に違いないと蔵人は思った。はたして、若い武士は、

「山吉新八と申します。雨宮蔵人様と香也様でございますね」

と折り目正しく挨拶した。

蔵人は黙って頭を下げた。

新八は清四郎を見て、

「間に合ってよかった。殿にはもう——」

と言葉を詰まらせた。

清四郎は顔を緊張させて、

「では、さっそくご対面の儀を――」

とうながした。

新八はうなずいて先に立ち、奥へ向かった。蔵人たちも続く。廊下を二度ほど曲がってたどりついた座敷の襖《ふすま》がわずかに開いて、燭台の灯りが漏れていた。

新八は敷居のそばでひざまずいて、

「香也様が御着きになられました」

と告げた。

「入られよ」

左右田孫兵衛と思われる中年の男の声がした。蔵人と香也は清四郎に導かれるまま、座敷に入った。

布団が敷かれ、左兵衛とおぼしい若い男が横たわっている。そのかたわらに座っていた左右田孫兵衛が、

「殿、香也様が参られましたぞ」

と声をかけた。うつらうつらしていた左兵衛はわずかに瞼を上げると、

「香也か――」

とかすれた声で言った。新八が手をつかえて答える。

「さようでございます。清四郎がお連れいたしましたぞ」

そうか、とつぶやいた左兵衛は片手をついて体を起こそうとした。新八があわてて、

「殿、ご無理はなりません」

と止めようと膝を立てる。しかし、左兵衛は頭をゆっくりと横に振った。

「構わぬ。香也の顔をはっきりと見ておきたいのだ」

孫兵衛に支えられて起き上がった左兵衛は、香也に顔を向けた。

「そなたが香也か？」

訊かれた香也は手をつかえて、はっきりした声で、

「香也にございます」

と答えた。左兵衛は目を細めて笑った。

「おう、よき返事をしてくれた。寝てばかりゆえ、ふさいでおったが、心持ちが明るくなったぞ」

香也は顔を上げて左兵衛を見つめた。色白でととのった顔立ちをしているが、病のためか青ざめて、頰もこけている。ところが、そんな左兵衛を見て、香也は、

「お祖父様に似ておられます」

とはきはきとした声で応じた。

左兵衛は微笑んだ。

「お祖父様とは、わたしの養父であった吉良上野介様のことか」

香也は、にこりとしてうなずく。

「さようか。それは嬉しきことだ。わたしはいつの間にか父上に似て参ったのか。諏訪に参ってより苦しい思いばかりしてきた気がするが、なにやら安堵《あんど》の思いがする」

左兵衛は感慨深げにつぶやいた。

高島藩に着いてからの左兵衛の暮らしは過酷を極めた。

寒さが厳しい真冬でも木綿布子《ぬのこ》一枚だけで火鉢で暖をとることもできず、また左兵衛が自害することを恐れて、脇差や扇子、楊枝《ようじ》、鼻紙なども身に着けるのを許されなかった。

左兵衛の処遇については次のように箇条書きにして細かく定められていた。
一、左兵衛様の前にいる時はもちろん、番所にいるときも高声、高話はしてはならない。
一、家老は、大手より外へ出る時は、二人の内一人は在宅していること。また、毎日一人ずつ南ノ丸へ行き、左兵衛様の様子をうかがうこと。
一、門の両脇には、足軽二人ずつ、中間《ちゆうげん》二人ずつ配置する。西の番所は暮六つ時（午後六時）に木戸の戸締まりをすること。北の番所の足軽、中間は火の番をすること。夜中二時間に一度ずつ拍子木を打ちながら回ること。
一、御預かり人がいる間は、よその者を一切城内へ入れてはいけない。
一、髪を結《ゆ》う時、湯行水の時、庭へお出の時、爪を切る時、ものを書く時、鋏《はさみ》を使う時は、利兵衛《りへえ》、猶右衛門《なおえもん》、八左衛門《はちざえもん》、八郎兵衛《はちろべえ》（いずれも見張りの役人）のいずれか一人が付いていること。

一、左兵衛様、家来両人に郷外より来た手紙や当方より遣《よこ》す手紙などは、殿様が内見してから渡すこと。

一、医師衆は二、三日に一度様子うかがいをすること。

さらに左兵衛が幽閉されて間もない、宝永元年（一七〇四）六月二日に実父である上杉綱憲が死去した。享年四十二という若さだった。

配流の身となっても実の父が生きている限りは、いつか許されて江戸に戻る日もあるのではないか、と左兵衛がひそかに抱いていた望みは打ち砕かれた。

これらの心労に加え、左兵衛はいまなお夜な夜な赤穂浪人の討ち入りを思い出していた。

元禄十五年十二月十四日――

江戸を雪が覆《おお》った日だった。この日、吉良上野介は茶人の山田宗徧《やまだそうへん》ら知友を集めて茶会を開いた。ひさしぶりに風流を味わった吉良家の者たちが寝静まった夜中の八つ半（午前三時）ごろ、積もった雪は大勢の足音を消し、息を潜《ひそ》める者たちに味方していた。

――どん

と大きな音が屋敷に響き渡った。

討ち入り後に幕府の検死役が記した書類によると、この夜、吉良邸には中間小者など

八十九人がいたとされる。また、桑名《くわな》藩所伝覚書では、

――上杉弾正（上杉綱憲）から吉良佐平（吉良義周）様へ御付人の儀侍分の者四十人程。雑兵百八十人程参り居り申し候よし

と記されている。もっともこの大半は赤穂浪人が討ち入った際、長屋に閂《かんぬき》をかけて閉じ込められており、出て戦うことはなかった。

吉良方の死者は十七人、負傷者は二十五人だった。赤穂浪人は負傷者こそいたものの、死者はいなかった。左兵衛も寝所から出て戦ったが、鎖帷子《くさりかたびら》などで武装した赤穂浪人に歯が立つわけがなかった。左兵衛にとっては嵐に襲われたような恐怖の一夜だった。

しかも、その夜から左兵衛は名門吉良家の当主として継いだ身代のすべてを失い、いまや江戸を遠く離れた諏訪で病床に臥《ふ》しているのだ。

それでも左兵衛は香也にできるだけ笑顔を向けた。

「香也がかくもすこやかであることを、亡き父上もお喜びであろう。吉良家の悲運がそなたによってぬぐい去られるような気がいたす」

香也は涙ぐみながら、

「お祖父様はおやさしいお方でございました」

と言った。目から頰に涙が伝うと同時に、左兵衛は苦しげに咳《せ》き込んだ。

「殿、もはやお休みください」

孫兵衛と新八が両脇から支えて左兵衛を横たえた。

床に臥した左兵衛はしばらく咳《せき》が出て苦しそうにしていたが、やがて落ち着いたのであろう、天井を見上げて口を開いた。

「清四郎、よくぞ、香也を連れてきてくれた。わたしは嬉しい心持ちであの世へ逝くことができようぞ」

左兵衛は落ち着いた声で言った。

清四郎はうつむいて、

「殿――」

と泣きながら声をあげた。

左兵衛は顔を傾けて蔵人に目を遣った。

「雨宮殿であろうか」

蔵人は手をつかえて答える。

「さようにございます」

「香也をかようによき娘に育ててくれて、まことにありがたい。亡き父に代わり、礼を申しますぞ」

「もったいなきお言葉にございます」

蔵人は頭を下げたまま言った。

「かように世話になりながら、申し訳ないが、わたしの願いを聞いてはくださらぬか」

「願いと仰せられますと」

「香也は吉良家の血を引く最後の娘じゃ。できれば香也に婿《むこ》をとらせて吉良家を再興したい」

「さて、それは――」

　蔵人は戸惑って返す言葉に窮《きゅう》した。

　左兵衛はわずかに笑みを浮かべた。

「難しいことはわかっておる。されど、さように頼んだことを冥途《めいど》の父上への手土産といたしたいのだ」

　左兵衛の言葉に蔵人は、

「さようにございまするか」

　と応じるしかなかった。左兵衛はそれに構わず言葉を継いだ。

「香也の婿には、それなる清四郎がよいと思っている。清四郎の父、浅羽又十郎《あさばまたじゅうろう》は赤穂浪人の討ち入りの際、わたしを守って戦い、深手を負って患いついておったのだが、去年、亡くなってしもうた。わたしは又十郎に報いてやりたいと思う。その含みもあって、清四郎に香也を迎えに行かせたのだ」

　左兵衛が言い終えると、香也と清四郎は思わず顔を見合わせた。

「清四郎と香也に異存がなければ、ふたりがよき年頃になる三年後に娶《めと》らせてやってはくれぬか」

左兵衛の言葉を聞いて、孫兵衛が膝を乗り出して、なだめるように声をかけた。

「殿、三年後と申しても、清四郎はまだ十七歳、香也殿は十二歳でございます。さように急がれずともよいのではございますまいか」

「いや、わたしは間もなくあの世へ参るであろう。魂魄《こんぱく》がこの世に留まってふたりの祝言を見届けるためには、三年後でなければならぬ」

左兵衛は何かに憑《つ》かれたように言い切った。

蔵人に顔を向けた左兵衛は、

「いかがであろう、雨宮殿。わたしの末期《まつご》の願いじゃ。聞いてはくれぬか」

と必死の面持ちで言った。

蔵人は大きく息を吸い込みながら、数を数えた。一つ、二つ、三つ――、七息思案である。息を吐き切るなり、決然として答えた。

「わかり申した。清四郎殿と香也の婚儀、雨宮蔵人、承知仕《つかまつ》った」

「武士の約定でござるぞ」

左兵衛は確かめるように念押しした。

「わかっており申す。それがし、死しても約を違《たが》えはいたしませんぞ」

蔵人は頼もしく言い切った。

「よかった。これで、冥途の父上に会うことができる」

左兵衛は安堵の笑みを浮かべて目を閉じた。

その横顔を見遣《みや》りつつ、蔵人は、

（これはとんでもないことになったぞ）

とため息をつく思いだった。

香也は自分の身に何が起きているのかわからずに呆然《ぼうぜん》としている。


下諏訪宿では、夜が更けても、咲弥と清厳は寝につかず、夜明け前に城を抜け出して戻ってくるはずの蔵人たちの帰りを待っていた。

「咲弥殿、もはや休まれたほうがよくはありませんか。蔵人殿たちが帰ってくれば、早々に宿を引き払うことになりましょうから」

清厳が言うと、咲弥はゆっくり頭を横に振った。

「だからこそ、起きていたいのです。香也とともに一刻も早く鞍馬に戻りたいと思っておりますので」

「それほどまでに香也殿を案じておられますか」

清厳が目を和《なご》ませると、咲弥はうなずく。

「蔵人殿とわたくしは故郷を出てより十七年ぶりにようよう巡り合い、それからは支え合って生きて参りました。その心根は香也に宿っているように思います。香也はわたくしたち夫婦の心そのもののような気がいたします」

「なるほど、さようにうかがえば、香也殿はおふたりの純にして清い心あるひとであるように思えます」

清厳は静かに言った。

かつて清厳は咲弥にひそかな想いを寄せたことがあった。

いまとなってみれば、それは生きていくうえでの一瞬の縁《えにし》で、結ばれなかったからこそ、美しいと清厳に思い起こさせるものになっている。

それだけに、蔵人と咲弥にはおたがいへの想いを貫いて生きて欲しいと思っていた。ふたりが心を合わせて生きていく様を見ることで、自分は救われるのだ。そう思えば、あるいはふたりにも増して香也は清厳にとって大切であった。

咲弥と話していた清厳は、ふと耳をそばだてた。そろりと手を伸ばして部屋の片隅に荷物とともに置いている赤樫の半棒を取った。

半棒は長さ三尺（約九〇センチ）、杖術《じょうじゅつ》で使う武器である。清厳は右手を失ってから、護身用に半棒を振るう術を身につけていた。

清厳が半棒を手にしたのを見て、咲弥は眉をひそめた。

「清厳殿、何か――」

咲弥が言いかけると、清厳は、

――叱《しっ》
と言葉を制して、半棒を構えた。同時に縁側の障子が音もなく開き、白い人影が見えたかと思うと、きらりと光る物が投げ打たれた。

針だった。

清厳は針を半棒ではたき落としながら、咲弥を背にしてかばった。縁側の白い影は部屋に飛び込むなり、手にした長針を振るって清厳に襲いかかった。

白い着物に同じ白の手甲《てっこう》、脚絆《きゃはん》姿で白頭巾をかぶり、目だけ出して鼻から下に白い布をたらしている。

清厳は半棒で相手の手を払い、踏み込んで脇腹を突いた。相手はうめいて後退《あとずさ》ったが、倒れない。

清厳は半棒を構えて、

「何者だ――」

と声をかけた。その時、もうひとりの白い影が現れると前の者に替わった。まったく同じ格好をしている。

「お前たちは、歩き巫女の〈ののう〉か」

清厳が質すと、前に立った者が、

「そうだ。その女に訊きたいことがある。殺しはせぬゆえ、邪魔するな」

と言った。

低いが女の声だった。清厳の背後で咲弥は帯にはさんでいた懐剣を抜くと、

「わたくしに訊きたいこととは何です」

と応じた。

〈ののう〉は咲弥をうかがい見つつ訊いた。

「あの娘が吉良上野介の隠し孫だというのはまことか」

「香也はわたくしの娘です。それしか話すことはありません」

咲弥がきっぱり言うと、〈ののう〉は、

「ならば、われらについてきてもらおう」

と言うなり、清厳に迫った。同時に廊下の襖が開いて、白い影が飛び込んできた。清厳は襲いかかってくる〈ののう〉のふたりを半棒で打ち据えた。

咲弥も懐剣を振るって身を防ぐ。

その時、中庭に新たな〈ののう〉が現れ、長い筒を口に構えた。それを見た清厳は、

「吹き矢だ。伏せられよ」

と咲弥をかばって前に立ち、半棒で吹き矢を叩き落とした。しかし、廊下にも新たな〈ののう〉が現れ、筒を口に構えた。

「清厳殿――」

清厳をかばった咲弥の手に吹き矢が突き刺さった。咲弥はあっと声を上げてその場にくずおれた。

「咲弥殿――」

咲弥を助け起こそうとする清厳に吹き矢が飛んでくる。これを半棒で払う、よけきれ

ずに一本が足の甲に刺さった。

うめいた清厳は刺さった吹き矢を半棒で払いのけた。しかし、すでに体がしびれ始めていた。清厳はなおも半棒を構えて咲弥を守ろうとしたが、しびれはひどくなり、体が思うように動かなくなった。


香也を連れた蔵人が清四郎や月丹とともに戻った時、夜中だというのに宿は騒然としていた。入り口に立った蔵人の姿を見て、主人があわてて駆け寄ってきた。

「夜盗が押し入り、奥方様をさらっていきました」

「なんだと」

驚いて蔵人は駆け上がった。部屋に入ると、清厳が畳の上に倒れていて、女中から手当てを受けている。

「清厳、どうした」

蔵人が片膝ついて呼びかけると、女中に抱えられた清厳は苦しげにあえぎながら目を開けた。

「すまぬ。〈ののう〉の吹き矢にやられ、咲弥殿をさらわれた」

愕然《がくぜん》として、蔵人は部屋の中を見回した。

部屋の中は障子が倒れて襖も破れ、激しい闘いがあったことが見てとれた。

「何ということだ」

蔵人がうめくと、香也は泣きそうになりながら口に出した。

「母上はさらわれたのですか」

蔵人は香也を抱き寄せた。

「大丈夫だ。すぐに咲弥を取り戻してくるからな」

蔵人が立ち上がると、月丹は口を開いて、

「案じられるな。下諏訪宿はそれがしの門人たちが〈結界〉を張っており申す。〈ののう〉たちを逃がしはしませんぞ」

と自信ありげに言った。

「かたじけない」

言うなり、蔵人は部屋を飛び出していた。月丹が蔵人の背に向かって、

「〈ののう〉は甲斐に向かうはずじゃ。甲州街道に行かれるが上策であろう」

と声をかけた。

「承《うけたまわ》った」

応じるなり、蔵人は宿屋の土間に降りて、甲州街道はどっちだ、と宿の者に訊いた。

主人があわてて教えた時には蔵人は脱兎《だっと》のごとく宿から駆け出していた。

そのころ、街道沿いの草むらで咲弥は気を取り戻した。

かたわらには、同じ白い着物に白の手甲、脚絆姿で白頭巾をかぶった、五人の〈ののの

う〉がいた。

「あなたがたは、わたくしをどうするつもりなのですか」

咲弥が厳しい口調で問うと、〈ののう〉のひとりが低い声で言った。

「われらに同行してもらいたい。おとなしく言うことを聞いてくれれば、命をとったりはしない」

咲弥は眉をひそめた。

「どこへ参るのですか」

「来ればわかる」

「嫌だと申したら――」

咲弥は相手を睨み据えた。〈ののう〉は懐から短刀を取り出して抜くと、切っ先を咲弥ののどもとに突きつけた。

「その時は気の毒ながら命をもらい受ける」

〈ののう〉のきっぱりとした言葉に咲弥はため息をついた。

「ならば、しかたありません。あなた方とともに参りましょう。ですが、わたくしが宿にいないと知れば、わが夫の雨宮蔵人は必ず助けに参ります。そのときは素直にわたくしを解き放ったほうが身のためです。さもなくば、蔵人殿はあなた方を斬り捨てるでしょうから」

咲弥の言葉を聞いて〈ののう〉は首をかしげた。

「われらを追えば命が危ういぞ。たとえ夫といえども、さような危うきに身をさらすとは限るまい」

咲弥はゆっくりと頭《かぶり》を振った。

「いいえ、蔵人殿はわたくしと娘の香也が窮地にあると知れば、一瞬たりともおのれの危険など考えはしません。すぐさま、わたくしのもとに宙を飛んででも駆けつけてくれます。そういうひとなのです」

〈ののう〉は含み笑いした。

「さような男がまことにいるかどうか、見せてもらうのも一興じゃな」

言い捨てた〈ののう〉は咲弥を急《せ》き立てて街道に出た。

月明かりの道を、咲弥を囲むようにして〈ののう〉たちは歩き出した。しばらく進んだところで、先頭の〈ののう〉の歩みがぴたりと止まった。

「どうしたのです」

後方の〈ののう〉が訊く。

「何者かがいる」

先頭の〈ののう〉は身構えて答えた。

見ると、月に照らされて白ずんだ街道の真ん中に黒い影がうずくまっている。〈ののう〉たちは用心しつつ、近づいた。

街道にうずくまっていたのは、黒っぽい着物に袴をつけた武士だった。長旅をしたのか、着物が埃《ほこり》で汚れ、髷《まげ》も結わずにぼさぼさに伸びた髪は、紙縒《こよ》りで無造作に結んでいるだけのようだ。

一見して流れ者の浪人だとわかる。

先頭の〈ののう〉が、

「われらは道を急いでおる。通してもらいたい」

と低い声で言った。

ゆっくりと浪人は立ち上がった。

額《ひたい》が秀《ひい》でたととのった顔だが、なぜか目を伏せている。

「通せぬ」

浪人はきっぱりと言い放った。予想外に若い、澄んだ声だった。

〈ののう〉たちは一斉に前に出ると短刀を構えた。

「なにゆえ通せぬのだ」

〈ののう〉は浪人に食って掛かった。

浪人はうつむき加減に顔を伏せて答える。

「下諏訪宿からの街道には、われら辻月丹様の門人が結界を張っておる。怪しい者は宿場に入れぬし、外へも出さぬ。押して通るのであれば、斬る」

短刀を手に、〈ののう〉がうかがうように浪人を見た。

「辻月丹の門人だと。それがまことなら、名のったらどうだ」

浪人は腰を落とし、刀の柄《つか》に手をかけた。

「わたしは辻右平太《うへいた》。月丹様は、わが大叔父だ」

言うと同時に、辻右平太と名のった浪人はすっと間合いを詰めて、左右に刀を振るった。

白刃が月明かりに光ったと思った時には、ふたりの〈ののう〉が声をあげる間もなく斬られて倒れた。

「こ奴――」

あまりの腕の違いに、さすがにうろたえた〈ののう〉たちは後退って短刀を構えた。だが、右平太の剣技の凄《すさ》まじさに度肝を抜かれたのか、短刀で突きかかることができない。

右平太はぶらりと片手に刀をさげたまま、

「どうした。かかってこぬか。せっかく月丹様直伝の〈玄夜刀《げんやとう》〉を見せてやっておるというのに」

とせせら笑うように言った。その言葉を聞いて、咲弥が前に出た。

「お待ちなさい。すでに勝負はついているではありませんか。これ以上の殺戮《さつりく》は無用になされませ」

咲弥は右平太を睨《にら》んだ。〈ののう〉は忍びとはいえ、女人である。それなのに、無造作に斬って捨てた右平太への憤《いきどお》りが咲弥の胸に湧いていた。

「怪しい者を斬るのは武家の作法だ」

右平太は素っ気なく答える。

「武士の刀を何とお思いですか。戦場で敵を倒すのは弓矢であり、槍でありましょう。刀は主君を守り、自らを守るためのものです。その刀をみだりに振るい、しかも女人を斬るとは何事ですか」

「おかしなことを言う女子《おなご》だ。わたしは女子を斬ったのではない。風を斬ったまでだ」

右平太は薄い笑いを浮かべて首をかしげた。

「お主《ぬし》もわからぬことを言い募《つの》るならば、斬って捨てるぞ」

右平太はゆっくりと前に出た。

殺気が漂う。

咲弥は身構えて後退った。そのとき、

「わが女房殿に手出しは無用だ」

と野太い男の声がした。咲弥はあっと思って振り向いた。走り続けてきたのか、息をはずませた蔵人が立っている。

「旦那様――」

駆け寄った咲弥を蔵人は後ろ手にかばうと、右平太を見据えた。

「女房殿をかどわかしたのは、そこにいる、〈ののう〉とかいう女たちだ。連れ去るのを止めてくれたことには礼を言う。だが、いましがた女房殿に殺気を放ったことは許せぬのう」

蔵人が腰を落とすと、右平太は薄く笑った。

「面白い。女子ばかりが相手で、いささか退屈していた。お主ならやりがいがありそうだ」

右平太は刀を下段に構えた。

咲弥が蔵人の袖を引いた。蔵人は気にするなという風に、

「何だ。案ずることはない。すぐに片をつける」

と無造作に言ってのけた。咲弥は蔵人に寄り添って囁《ささや》いた。

「いえ、そうではありません。先ほどから様子を見ておりますと、その方は目が不自由なのではないかと思います」

「なんだと――」

蔵人の目が鋭くなった。

一歩前に踏み出した蔵人は、腰の刀を鞘ごと抜いた。抜きかけにした刀の尖端《せんたん》に鞘をひっかけて、そっと突き出した。

右平太に戸惑う気配がうかがえた。

目の前まで鞘が突き出された時、さっと刀で払った。弾かれて鞘が飛ぶと同時に蔵人は踏み込んで斬りつける。

がっ

がっ
白刃が嚙み合う音が響いた。右平太は敏捷に動いて蔵人と斬り結ぶ。

蔵人の刀が風車のようにまわって斬りつけると右平太はしのいで、じわりと間合いを詰め、下段からすくい上げるように斬撃《ざんげき》を見舞った。

蔵人は大きく後ろに跳んだ。

「待て。お主、目が見えぬのに、それだけ使うとはたいしたものだ」

蔵人は刀を下げて声をかけた。

右平太は下段の構えを崩さない。

「目が見えようと、見えまいと剣に変わりはない。わたしには大叔父が工夫した〈玄夜刀〉の技があるゆえ、誰にも後《おく》れはとらぬ」

辻右平太は、月丹と同じく近江国甲賀郡馬杉村の出身で、大叔父である月丹に剣を学んだ。やがて眼病で光を失ったが、剣は精妙で、

――その剣に微塵《みじん》の狂いもなし
と言われた剣客だった。

蔵人は感心したように言った。

「玄夜とは真っ暗な夜のことか。なるほど、たとえ目が見えても、暗闇の中で戦わねばならぬ時がある。そのために工夫された技なのだな」

「さようなことはどうでもよい。まだ、勝負は終わっておらぬぞ」

右平太の言葉を蔵人は受け流した。あたりを見まわして地面に落ちていた鞘を見つけると拾って腰に差し、刀を納めた。

「わたしは、もう斬り合いはやめたぞ」

蔵人は平然と言ってのけた。

「なぜだ。わたしが目が見えぬと知って哀れんだか」

「何の、お主が言う通り、目が見えようが、見えまいが剣の腕に変わりはないようだ。お主の剣は常人を超えておる。わたしは女房、子供がおるゆえ、危うい勝負はせぬことにしておる」

笑いながら蔵人は、咲弥のそばに寄った。

「勝手なことを言うひとだ」

右平太は苦笑して刀を鞘に納めた。そして、蔵人たちの後方に顔を向けて、

「先生、これでよろしゅうございますか」

と声をかけた。いつの間にか蔵人たちの背後の暗闇に月丹がひっそりと立っていた。かたわらに清四郎がいる。暗闇から月丹の声が響いた。

「それでよい。どうやら、〈ののう〉どもも逃げ去ったようだ」

たしかに先ほどまでいた〈ののう〉たちの姿はなかった。右平太に斬られたふたりもいなくなっているのは、ほかの〈ののう〉が担いで逃げたのだろう。

蔵人は咲弥に顔を向けた。

「そなたがかばってやったゆえ、命拾いした者もおろう。それなのに、礼も言わずに逃げるとはとんだ奴らだな」

「さようなことはかまいませぬ。女人が斬られるのを見過ごしにできぬのは、わたくしの性分でございますから」

咲弥は頭を振って言うと右平太に目を遣った。

「せっかく助けていただきながら、わたくしは辻様にご無礼なことを申し上げました。お許しください」

咲弥は深々と頭を下げた。その気配がわかるのか、右平太はため息をついて、言葉を返した。

「あなたは、不思議なひとだ。自分に害をなそうとした者に同情してかばい立てし、あげくの果てにはわたしに斬られるところだったのですぞ。なぜ、そんなことができるのです」

「なぜということもございません。ただ、わたくしは、女子は命をいつくしみ、守る者だと思っております」

「命をいつくしみ、守るか。およそ、剣客には無縁の言葉だ」

右平太は寂しげにつぶやいた。蔵人が笑いながら、言葉を添えた。

「いや、さようなことはないぞ。もとより、わたしも剣はひとを斬るためにあると思っていた。しかし、いつの間にか女房殿に教えられて、ひとを守るためにこそ刀を抜くようになった」

月丹が蔵人に歩み寄って口を開いた。

「さような境地を、どうやって会得《えとく》されたのでござろうか」

「なに、難しいことではない。わたしはこれまで生きてきて、思うにまかせぬことが多かった。それだけに、せっかく天から与えられた命を大事に使いたいと思い知った。わたしがそうであるならば、誰もがそうだろうと思ったまでだ」

蔵人は嘯《うそぶ》くように言った。なるほど、とうなずいた月丹は、

一法実《いっぽうじつ》に外無《ほかな》し
乾坤一貞《けんこんいってい》を得《う》
吹毛《すいもう》まさに密に納む
動着すれば光清《きよ》し

と吟じた。修行のため、神州和尚《じんしゆう》のもとで参禅していた無外が、心法無碍《しんぽうむげ》の悟りを得た際、神州和尚から与えられた偈《げ》だった。禅の偈は余人にはわかり難いが、
——外無し
という言葉から無外流という流名はとられたのだ。蔵人は、一度は得心した顔をしたものの、すぐに、

「なにやら、難しいのう。わたしにはさっぱりわからん」

と言って呵呵大笑《かかたいしょう》した。清四郎はそんな蔵人を好もしげに見つめている。

三

蔵人は下諏訪宿に戻ると、翌朝早く、咲弥と香也を連れ、清厳とともに発って京を目指した。

鞍馬に戻った蔵人は、もはやこの一件は終わったことだ、と思った。

吉良左兵衛の思いは痛ましいが、左兵衛がその生涯を終えると同時に吉良家はつぶれる。

いかに左兵衛が香也と清四郎を妻合《めあ》わせたいと望んだにしても、吉良家再興など到底かなわない夢なのだとしか思えなかった。

蔵人たちが京に戻ってからひと月が過ぎたころのある日、思いがけない男が訪ねてきた。

——山本常朝
である。僧形の常朝は、蔵人を訪ねてくるなり、

「いや、随分と探しましたぞ」

と嘆じた。

「突然、やってくるとは驚いたな。今日は、女房殿は夕刻にならねば戻らぬぞ」

蔵人は渋い顔をした。この日、咲弥は歌道教授のため、京の市中に出ていた。

「いや、そのほうが話しやすいかもしれません」

挨拶もそこそこに家に上がり、蔵人の前に座った常朝は平然と言った。

「なんだ。小城へ戻れという話なら、しても無駄だぞ。わたしは鞍馬を終《つい》の棲家《すみか》にする覚悟だ」

「雨宮殿はそれでよいかもしれませんが、咲弥様はいかがであろうか」

「咲弥もわたしと同じ気持だ」

「そうとも限りますまい。咲弥様は小城の名門、天源寺家の姫であった御方です。ということは、龍造寺の血を引く方でもあります。肥前において龍造寺の名が重いことは雨宮殿もよくご承知のはずじゃ」

「さて、知らんな」

蔵人はそっぽを向いて答えた。

常朝はため息をついて、

「相変わらずの強情ですな」

とつぶやいた。

天源寺家は龍造寺家の末裔である。龍造寺氏はもともと筑前と肥前の守護大名、少弐《しょうに》氏の家臣だったが、戦国時代に龍造寺隆信が勃興して、薩摩の島津氏、豊後の大友氏と九州の覇《は》を競うほどの大名となった。だが、隆信が島津勢との戦で敗死すると、それまで龍造寺家の重臣だった鍋島直茂《なべしまなおしげ》が力をつけ、主家をしのいだ。

豊臣秀吉《とよとみひでよし》の九州攻めの際、直茂は巧みに秀吉に取り入り、ついに龍造寺領をわが物にした。大名となった直茂は、かつての主家に相応の礼儀は尽くしたものの、いわば家を乗っ取られた龍造寺氏には恨みが残った。

咲弥の生家、天源寺家はそんな龍造寺の血を伝えていたのである。

常朝は膝を乗り出して言葉を継いだ。

「殿様は、このままでは小城鍋島家が天源寺家の姫を陋巷《ろうこう》に朽ち果てさせることになりはしないか、と案じておられるのです」

「陋巷とは、何だ。鞍馬は仏恩ありがたき地だぞ」

蔵人は常朝を睨んだ。しかし、常朝は平気な顔をして、

「陋巷とはもののたとえです。少なくとも祖先伝来の地でないことはたしかではありませんか。さようなところに龍造寺家の血を引く咲弥様をとどめてよろしいのですか」

と言い募った。

うんざりした顔つきで蔵人は答えた。

「わたしは近頃、さように祖先の血にこだわるべきではないと思うようになった」

常朝はじろりと蔵人を見た。

「ほう、それはいかなるお考えですか」

「ひとはおのれの思うままに生きればよいのではないのか。おのれの先祖のことに振り回されては、おのれらしく生きることはできぬ」

蔵人は香也のことを考えながら言った。

吉良左兵衛は、吉良家の血を伝える香也に吉良家再興の夢を託した。その思いを受け止めれば、香也は氏素性のために一生を送らねばならぬことになる。それでは憐れだ、と蔵人は思っていた。

常朝は威儀を正した。

「なるほど、ひとが血筋に囚《とら》われ、おのれの生きる道を閉ざしてしまうのは愚かなことでございましょう。されど、ひとの命というものは、わが力で得たものではありませぬ。親もまた、さようです。先祖から託されてきた命があって初めてわれらは生きておるのです」

「さようなことは、言われずともわかっておる」

蔵人は苦い顔をした。

「いや、よくおわかりではないようです。おのれの血筋を大切にいたすとは、自らがどこから来たのかを知り、どこへ向かうのかと思いをめぐらすことでございます」

常朝は厳しい口調で話を続けた。

「血筋のために生きよとは申しておりません。自らの命を大切にし、おのれらしく生きる道を見定めるために、自らがどこから来たのかを知らねばならないと申し上げているのです」

常朝は蔵人を見据えて言い切った。

「なるほど、清厳もそうだが、皆、抹香《まっこう》臭い僧になると、ひとに説教をしたくなるようだな」

蔵人はからりと笑った。常朝はうかがうような眼差しで蔵人を見た。

「おわかりいただけましたでしょうか」

「わかったとも。お主も清厳も頭を丸めると、とたんに説教を始めるということがな」

「雨宮殿――」

常朝が声を高くするのを聞き流して、蔵人はごろりと横になるとひじ枕をした。常朝の話を聞きながら蔵人が考えていたのは、香也のことだった。

（やはり、香也は宿命から逃れることはできないのだろうか）

憐れなことだ、と蔵人は胸の中でつぶやいた。

このころ咲弥は京の市中、石薬師《いしやくし》通りにある公家の中院通茂の邸《やしき》にいた。

肥前から出奔して諸国を放浪していた蔵人は、ある縁で通茂のもとに身を寄せた。時には帝への諫言《かんげん》も辞さない硬骨の公家である通茂は、蔵人を気に入って永年、庇護してきた。

咲弥もまた通茂から和歌の道を教えられ、今では公家や武家の娘、富商の夫人などに和歌を教授することで暮らしを立てていた。

そのため、市中で和歌を教えた後、咲弥は通茂の邸に立ち寄って挨拶するのが常だった。日ごろは玄関先で訪いを告げ、挨拶をしただけで引き揚げるのだが、この日は奥座敷に通された。

何事だろうと思って待っていると、ほどなく通茂が出てきた。七十を過ぎた通茂は体こそ衰えているものの、気力は充実しているようで表情も明るかった。

烏帽子《えぼし》に直垂《ひたたれ》姿の通茂は、咲弥の前に座るなり、

「どうじゃ。蔵人は息災にしておるか」

とせわしなく訊いた。

「お蔭《かげ》さまにて息災でございます」

答えながら、咲弥は表情を引き締めて頭を下げた。通茂がこのような訊き方をしてくる時は、必ず蔵人に頼みたいことがあるのだ。できることであれば引き受けねばならないが、迂闊《うかつ》に応じると政《まつりごと》のもめ事に巻き込まれかねない。

咲弥が用心深い目を向けると、通茂は苦笑した。

「どうやら、用件があるのを見抜かれたようじゃな」

「どのようなことでございましょうか」

咲弥は通茂をうかがい見た。

「そなたも、近衛《このえ》はんの姫が甲府宰相殿の正室となられたことは知っておるであろう」

通茂に言われて咲弥はうなずいた。

甲府宰相とは、五代将軍綱吉に子がなかったため、その養嗣子《ようしし》となって江戸城西ノ丸に入った家宣のことである。

家宣の正室は近衛基熙《もとひろ》の娘熙子《ひろこ》だった。家宣が将軍となれば、朝廷での近衛基熙の力が増すことになる。

通茂は、あごをつまみながら、

「どうやら、これからは近衛はんの天下になりそうやが、柳沢はそれを阻《はば》もうとしているのや」

と通茂は話した。咲弥は、再び朝廷と幕府の対立が深まるのではないかと案じた。かつて大奥では将軍綱吉の正室、鷹司《たかつかさ》左大臣教平《のりひら》の娘信子《のぶこ》と綱吉の母桂昌院《けいしょういん》の確執が激しかった。

信子は桂昌院に従一位の叙位を行う工作をした吉良義央を憎んだ。このことから端を発した陰謀により、浅野長矩が吉良義央に斬りつけた松の廊下の刃傷沙汰が起きたのだ。柳沢吉保はこのことを知ると、すべてを闇に葬るため浅野長矩を即日、切腹させたが、これを憤った大石内蔵助たち浅野家旧臣が討ち入りを果たして吉良義央の首をあげたのだ。

通茂はさらに話を続ける。

「それで、近く近衛はんは、将軍家の招きで江戸に下る。綱吉公正室の信子様は、近衛公の娘が大奥を引き継ぐことを快く思っておられぬようや。柳沢吉保にしてみれば、近衛はんは、権勢を奪う敵も同然や。そんな江戸城に近衛はんが行かはったら何が起きるかわからん。そうは思わへんか」

通茂に訊かれて咲弥はうなずき、

「勅使下向のおりに松の廊下の事件は起きました。あのようなことが起これば大変かと存じます」

と答えた。

「そうや。武家の動きは武士でなければ封じられん。蔵人に近衛はんを警護してもらいたいのや。それにな——」

通茂は声をひそめて、近衛基熙は東山《ひがしやま》天皇が慶仁《やすひと》親王（後の中御門《なかみかど》天皇）を後継に立てる意向であることを将軍綱吉と家宣に伝える使命を帯びているのだ、と言った。

咲弥は目を瞠《みは》った。

「帝《みかど》が譲位されるのでございますか。それは幕府が喜ばぬことかと存じます」

「そうや、幕府は帝が自らのお考えにて譲位されるのを許さぬ。すべては幕府が決めることだと思うておるからな。しかし、それは帝を軽んじることや。朝廷としてもいつまでも黙っておるわけにはいかぬ」

咲弥はため息をついた。

「さようには存じますが、争い事がいつまでも絶えぬのは、哀しく存じます」

「それはわたしも同じ気持だ。今回の譲位についても、朝廷から喧嘩を仕掛けるつもりはないのや。近衛はんが下向して根回しをしたうえで、帝が位を譲られれば京と江戸の間に波風は立たん」

　咲弥は目を伏せてしばらく考えてから、

「わかりましてございます。護衛の一件、夫に伝えまする。されど夫は引き受けぬと申すかもしれませぬ。その際はご容赦願います」

と返した。通茂は膝を叩いて笑った。

「ありがたい。そなたが引き受けてくれれば、蔵人は断りはせぬ。あれはそういう男じゃからな」

　咲弥は何も言わず、また、ため息をついた。


　咲弥が鞍馬に足を向けたのは、日が落ちかけた夕刻だった。

日ごろは、近くの農家の女房に伴をしてもらうのだが、この日はひとりで市中に出ただけに薄暗くなっていく山道を用心しながら上っていった。

　九十九折《つづらお》りの道を歩いていくうちに道沿いにうっそうと枝を重ねる杉林の中に灯りがちらりと見えた。提灯の灯りのようだ。

（何者だろう――）

咲弥は気を引き締めた。このあたりは夕刻、ひとが通る場所ではない。もし、通る者がいるとすれば賊かもしれない。しかし、賊ならばひと目につく提灯などは灯さないだろう。

訝しく思いつつ、咲弥は足を速めた。

杉林を照らしていた灯りはすっと動いて道に出てきた。構わず通り過ぎようとする咲弥に、

「もし、雨宮様の奥方ではございませんか」

と若い男の声がした。

驚いて咲弥は足を止め、男に顔を向けた。提灯を手に立っていたのは、

——冬木清四郎

だった。

「雨宮様をお訪ねするつもりで参りましたが、道に踏み迷い、林に迷いこんで往生いたしておりました」

清四郎はほっとしたように言った。だが、提灯の灯りに浮かんだ清四郎の顔を見て、咲弥は眉をひそめた。

(何か思いつめているような)

清四郎には殺気にも似たただならぬ気配が漂っていた。咲弥は一瞬、清四郎を家に案内することにためらいを感じたが、すぐにいや、だからこそ蔵人に会わせたほうがいい

のではないかと思い直した。

咲弥は、わたくしとともにお出でなさいませ、とうながして清四郎から提灯を受け取り、歩き始めた。

清四郎は後ろからついていく。

ほどなく、清四郎の足音がしないことに咲弥は気づいた。清四郎には何者かを警戒している様子がうかがえる。

あれやこれやと考えをめぐらせつつ、咲弥は道を急いだ。

家に着いた咲弥は玄関で、

「ただいま帰りましてございます。冬木様がお見えです」

と声をかけた。すぐに香也が飛び出してきたが、清四郎を見ると赤くなって式台に座り、三つ指ついて、

「お出でなされまし」

と挨拶した。清四郎は頭を下げて、

「一別以来《えしやく》でございます。香也様にはお変わりございませんか」

と会釈を返した。

香也は恥ずかしげに小さな声で、はいと答えた。そしてあわてたそぶりで、

「山本常朝様という方が見えておられます」

と咲弥に告げた。

「山本様が――」

咲弥は驚きながらも清四郎にちらりと目を遣った。

何事か胸に秘めた様子の清四郎を、常朝の前で蔵人に会わせてよいのだろうか、と思った。だが、いまさら、どうしようもないことだと思いを定めて、

「お上がりください」

と清四郎に目礼した。清四郎は落ち着いた物腰で懐から手拭を出し、足についた泥を丁寧にぬぐって式台に上がった。香也は清四郎の訪れを告げに奥へ向かった。咲弥は香也が奥の座敷に入るのを待ってから清四郎を案内した。

清四郎が部屋に入ると、それまでひじ枕をして横になっていた蔵人がむくりと起き上がった。

「おお、よくみえられた」

蔵人は笑顔で迎え入れた。咲弥と香也はかたわらに控えた。清四郎は座って挨拶する。

蔵人は常朝を振り向いて、

「肥前鍋島藩に仕えていたが、いまは隠居の身の山本常朝殿だ」

と紹介した。常朝は膝に手を置いて、

「山本でございます」

と告げた。清四郎は尋常な挨拶をした後、

「今日参りましたのは、他でもございません。わが主君の吉良左兵衛様が、先月二十日に逝去されてございます」

と寂しげに告げた。

蔵人は一瞬、目を閉じた後、

「それは残念なことでございました。お悔やみ申し上げる」

と重い口調で言った。

「はい、まことに悲しいことでございました」

清四郎は涙ぐみながら応えた。それにつられるように、香也が、

「吉良様が亡くなられたのですか」

と涙声で言葉をはさんだ。清四郎は香也を振り向いて言葉を返した。

「さようです。しかし、最期はお苦しみでなく、穏やかに旅立たれました。香也様とお会いになられて心残りがなくなったからでしょう」

香也は涙に濡れた目を清四郎に向けた。

「まことにそうなのですか」

「まことですとも」

清四郎は微笑を浮かべてうなずいた。そんな清四郎の横顔を見て、蔵人は口を開いた。

「しかし、先月、亡くなられたばかりとあっては、後の事で家来は忙しかろう。わざわざ鞍馬まで吉良様逝去のことを伝えにきたのは、わけがあるのではないか」

蔵人は穏やかな表情で問うた。

清四郎は向き直って威儀を正した。

「さようでございます。わたしは家老の左右田孫兵衛様にお願いをいたし、お暇《いとま》を頂戴《ちょうだい》いたしました」

「ほう、主君が亡くなってすぐに立ち去るとは家臣のとるべき道ではないが、何ぞ思い立ったことでもあるのか」

蔵人は痛ましそうに清四郎を見た。清四郎が何を考えてそうしたのか、聞かなくともおよそわかる気がしていた。

清四郎は膝を進めた。

やや痩《や》せて顔にも翳《かげ》りがあるものの、目からは強い光を放っている。

「わたしは殿の仇討《あだうち》をいたしたいと思い定めてございます」

「吉良様の仇討だと？」

蔵人は眉根にしわを寄せた。

「さようでございます。殿様は高家筆頭の御家柄、しかもご実家は名門上杉十五万石でございます。流罪の地で寂しく亡くなられたことが、わたしには理不尽に思えてならないのです」

清四郎は思いつめた表情で言う。

「そうかもしれぬが、誰を仇として狙うというのだ。吉良邸に討ち入った大石内蔵助殿ら浅野家遺臣はことごとく切腹とあいなった。もはや、この世に生きている者はひとりもおらぬのだから、仇討をしようと思い立ってもできぬ相談だぞ」

　諭すように蔵人が言うと、清四郎は頭を振った。

「わたしは浅野家遺臣の方々を討とうとは思っておりません。浅野家も吉良家もともに非情なるご政道のために滅んだのだ、と思いますから」

「なんと、まさか柳沢吉保を狙おうなどと考えておるのではあるまいな」

　蔵人は愕然とした。

「それは申し上げられません。ただ、わたしは吉良家を滅ぼした悪の根を断ち切りたいと念じています。それがわたしの仇討でございますゆえ」

　清四郎はきっぱりと言い切った。

「だが、さような企《くわだ》てをどうやって成し遂げるというのだ。そなたには同志と呼べるひとたちがいるのか」

　蔵人は確かめるように訊いた。清四郎はゆっくりと頭を振る。

「いえ、誰もいません。赤穂浪人は四十七士でしたが、吉良はただ一士でございます」

　清四郎が静かに答えると、常朝が身じろぎして口を開いた。

「失礼ながら、お話を聞かせていただいた。主君亡き後、間を置かず、ただひとりにて仇討をいたそうというお覚悟はまことに感じ入った。実は、わたしは赤穂浪人の方々が主君が切腹してから一年有余も時をかけて仇討を果たされたことが武士として物足らぬと思っておりました。仇討を志したなら、すぐに江戸に駆けつけ吉良様を討ち果たすべきだと考えておりました。そこもとはお若いながら、武士の亀鑑《きかん》じゃ」

常朝が言い募ると、蔵人は苦い顔になった。

「常朝殿、いまはさような話をしているわけではない。差し出口は控えられよ」

蔵人から手厳しく言われて、常朝は頭に手をやった。

「これは申し訳ない。何分にも近頃の若い者は惰弱《だじゃく》で、いま冬木殿が言われたような丈夫《ますらお》らしき言葉を耳にしたのはひさしぶりゆえ、つい口が滑りました」

蔵人は常朝にかまわず、話を継いだ。

「冬木殿、さように逸《はや》る気持はわからぬでもないが、そのことを亡くなられた吉良左兵衛様は果たして喜ばれようか」

「わたしは殿のご無念の胸の裡《うち》は知っております」

「なるほど、吉良様はご無念であったろう。しかし、だからこそ、わが娘の香也を呼んで対面されたのではなかったか。そして吉良様は香也とそなたを妻合わせて吉良家を再興させたい、と仰《おお》せになった。それこそが吉良様の御遺志であろう。その御遺志をないがしろにいたし、いたずらに仇討の血気に逸るのが武士の務めであろうか」

懇々《こんこん》と蔵人に説かれて清四郎はうつむいた。だが、しばらくして顔を上げて、

「お話はまことにごもっともだと存じます。されど世間では赤穂浪人の討ち入りを義挙と褒め称《たた》え、何の罪もない吉良家をあたかも不義であるかのように見なしております。

これは吉良家の臣としてどうあっても見過ごしにはできません。いまさら世間の評判を変えることはできませんが、吉良の義を明らかにいたしたいと存じます」

　とせつなげに言った。

「では香也のことはどうされるつもりか」

　厳しい口調で問う蔵人に清四郎は手をつかえて頭を下げた。

「本日、お訪ねいたしたのはそのことでお詫びにあがったのでございます。いまとなっては殿のご遺言となり、背《そむ》くのは断腸の思いでございますが、かような思い立ちをいたしたからには破談とさせていただきたく存じます」

　清四郎はきっぱりと言った。

「そなたという男は――」

　蔵人は清四郎を睨んで口を引き結んだ。すると、香也が突然、身を乗り出すようにして、

「それはできないことだと思います」

　と静かに言った。蔵人と清四郎は驚いて香也に目を向けた。香也は顔を赤くしながらも言葉を継いだ。

「吉良様が許嫁《いいなずけ》の話を口にされ、父上が承諾されたおり、清四郎様は否やを申されませんでした。わたしも父上に従うつもりでおりました。でございますから、わたしたちは吉良様とお約束したことになると思います。武家は約束を破ってはならぬ、と父上はい

つも申しておられます。ですから、破談にすることはできません」

香也の言葉を聞いて蔵人はにこりとした。香也は清四郎が危ないことをしようとしているると察して、許嫁の約束は破れないと言い出したに違いなかった。

「冬木殿、香也の申すことに一理あると思うが、いかがじゃ」

清四郎は困惑して答えることができずにうつむいた。その様子を見て、咲弥が蔵人に声をかけた。

「もはや、夜でございます。お話は、ひと晩寝てゆっくり考えてからにしてはいかがでございますか」

蔵人は大きく頭を縦に振った。

「おお、そうじゃ。今日は話ばかりしておった。まずは夕餉をとってゆっくり休まれるがよい」

蔵人が言うと、清四郎は片手をついて、

「夕餉の前に、わたしに稽古をつけていただけませぬか」

と頼み込んだ。

蔵人はにやりと笑った。

「なるほど、仇討ができるほどの腕かどうかを見せておこうというつもりだな。わたしもそなたの剣の技量を見ておきたいゆえ、ちょうどよい。だが、立ち合うのは、わたしではなく常朝殿といたそう」

「わたしが立ち合うのでござるか」

いきなり話を振られた常朝は驚いた。

「退隠したとはいえ、日ごろの鍛錬は怠《おこた》っておるまい。それに、お主は肥前の武士について語り残さねばならぬそうではないか。なれば、今時の若い者の剣の腕前と覚悟のほどを見ておくがよい」

蔵人は常朝に向かってあっさり言うと、

「立ち合いは道場で行う」

と告げた。蔵人の家の庭先には手ずから造った狭い道場が建っている。

近くの農家の若者が時おり来て、剣術か柔術の稽古をしていくのだ。束脩《そくしゅう》代わりに大根や芋などを置いていくだけなのだが、それでも食べ物が途切れることがないので、雨宮家としては助かっていた。

「わたくしどもも拝見いたしてよろしゅうございますか」

咲弥が香也の背に手を添えて言った。香也が許嫁である清四郎の立ち合いを見たいだろうと察して言ったのだ。

蔵人はちらりと香也の顔を見て、

「好きにいたせ」

と応じた。

清四郎と常朝が従って道場に行くと、蔵人は板壁に打ちつけてある鉤形になっている釘に蠟燭を立てて灯を点《とも》し、壁の木刀掛けから木刀を二本とってふたりに渡した。

蠟燭の灯りでほの明るくなった道場で向かい合った清四郎と常朝は、木刀を構えた。

若いころ虚弱だった常朝は、禅《しや》とタイ捨流の剣術で自らを鍛えてきた。

タイ捨流は肥後の南部を領していた相良《さがら》氏の家臣、丸目蔵人《まるめくらんど》が創始した流派である。

丸目は新陰《しんかげ》流を創始した上泉《かみいずみ》伊勢守信綱《のぶつな》の弟子で、信綱が将軍足利義輝《あしかがよしてる》の御前で演武をした際には打太刀《うちたち》を勤めたという。

信綱から印可状を受け、新陰流を九州一円に広めた後、独自の工夫によりタイ捨流を開いて、

——兵法タイ捨流剣術

と称した。

流派名をタイと仮名で書くのは、「体」や「待」、「対」などいずれの意味にも通じ、しかもそれに囚われず、捨てることができるようにということらしい。

新陰流を基本としているが、より実戦向きであることを目指しており、形はすべて袈《け》裟《さ》斬りである。また、刀で戦いつつも、時に応じて相手への蹴り技や目つぶしなども組み合わせている〈戦場の剣〉だった。

タイ捨流は、武雄《たけお》の木島刑右衛門《きじまけいえもん》が丸目に師事したことから肥前にも広まった。

鍋島藩の二代藩主、鍋島光茂《みつしげ》の御側頭、中野就明《なかのなりあき》が刑右衛門の孫弟子にあたることから、側衆《そばしゆう》の間にタイ捨流を稽古する者が多かった。常朝は就明の従弟であったため、若

いころからタイ捨流を修行したのだ。

常朝は気合を発するとともに、木刀をやや斜めにかつぎあげる構えを取った。小細工はせず、いきなり袈裟懸けに打ちこもうという気構えだった。

清四郎は正眼の構え。

常朝が激しい気合とともに打ち込むと一瞬、清四郎の姿が消えた。弾みもつけずにいきなり天井に届きそうになるほど高く跳び上がっていた。

蔵人が目を細めて、ほう、と感心したように声を上げた。

常朝は清四郎を見失ってあわててあたりを見まわした。そのとき、常朝の目の前に飛び降りてきた清四郎が木刀を振り上げ常朝の頭の真上に振り下ろして、一寸の見切りでぴたりと止めた。すると、常朝は振り下ろされた木刀を右手でつかんだ。

真剣ならばできないことだが、木刀ならつかめる。できることであるなら、すればよい、というのが常朝の考えなのだろう。

蔵人は面白そうに笑みを浮かべる。

常朝は木刀をつかんだまま清四郎に体当たりした。倒したうえで打ちすえようというのだ。しかし、瞬時に、清四郎は木刀を手放して体をかわした。その拍子につんのめって体勢が崩れた常朝の木刀を逆に奪った。

目をむく常朝の足を清四郎は木刀で薙《な》ぎ払った。常朝はうめいて床に転倒した。その喉《のど》元に清四郎は木刀を突きつけた。跳ね起きようとした常朝は、木刀を突きつけられて

体を起こすことができず、いまいましげに、

——参った
と言った。

清四郎はさっと木刀を引いて、

「ご無礼つかまつりました。お怪我はございませんか」

と常朝を気遣った。

「ない」

答えながら立ち上がった常朝は、薙ぎ払われた脛《すね》が痛むらしく、うっ、とうめいて顔をしかめた。

常朝が顔をしかめるのを見た蔵人は笑った。

「弁慶《べんけい》の泣き所だ。さぞや痛かろう」

道場の隅に座って見ていた香也は、清四郎の腕前に目を輝かせた。


板敷で鍋を囲んでの夕食になった。味噌をといた出し汁に野菜がぐつぐつと煮えている。蔵人は酒を満たした盃を手にして、

「冬木殿の腕前はよくわかった。なかなか侮れぬ」

と言って飲み干した。清四郎は飯茶碗《めしぢゃわん》を置いて頭を下げた。

「恐れ入ります」

「だが、それと仇討ができるかどうかは、また別のことだ。誰を狙うのか知らぬが、いずれにしても身の回りを大勢の武士で固めておる相手に違いあるまい。だとすると、いくら腕が立とうが、ひとりでは無理というものだ」

蔵人は盃を口に運んだ。

「無謀な真似はいたしませぬ。殿への忠義の思いが果たせればと存じます」

常朝が首をかしげて口をはさんだ。

「冬木殿の忠義の思いは感じ入るが、なにやら性急に過ぎる気もいたしますな」

清四郎は常朝に顔を向けた。常朝は、かような和歌をご存じであろうか、と言って詠じた。


恋ひ死なむ後の煙にそれと知れ終にもらさぬ中の思ひは

恋していると相手に告げることだけがまことの恋ではない。相手に知られずに恋い焦がれて死んだ後、知られるのが恋なのだ、という意である。

「わたしは忠義もこれと同じだと思っている。ひそかに、誰にも知られぬ心の中で尽くし抜くことを忠というのではあるまいか」

常朝が言葉を継ぐと、蔵人は感心して口を開いた。

「常朝殿はさように和歌の心得が深かったか」

「亡き殿に古今伝授をお伝えしなければなりませんでしたからな」

常朝は笑った。咲弥が野菜を鍋から香也の椀によそいながら、

「ただいまの和歌をお聞きして、西行法師《さいぎょうほうし》の山家集《さんかしゅう》にある歌を思い出しました。あるいは歌の心が通じておるのかもしれません」

「ほう、どのような和歌であろうか」

蔵人が興味ありげに訊いた。

咲弥は静かに詠じた。


葉隠れに散りとどまれる花のみぞ忍びし人に逢ふ心地する

葉の陰に散り残っている花を見たとき、逢いたいと思い続けていたひとに会えた気持がするという歌だ。常朝が膝を叩いて感嘆の声を上げた。

「なるほど、葉隠れとは美しき言葉ですな」

清四郎は黙って話を聞いていたが、食べ終わると茶碗と箸《はし》を置いて、御馳走さまでございました、と頭を下げた。そして、立ち上がると隣室に行き、縁側に出た。

冷たく澄んだ空に青白い月が出ている。

清四郎は月を見上げた。

不意に後ろから、

「清四郎様は、どうしても仇討をなさりたいのですか」

と香也の声がした。いつの間にか香也がついてきていた。

振り向いた清四郎は、香也がひとりで立っているのを見て、ほっとしたような声でつぶやいた。

「どうしても討たねばならないのです。さもなくば、殿様が成仏なされないのではないか、とわたしには思えるのです」

「仇討は清四郎様にとって生きることよりも大切なことなのですか」

香也は抑揚の無い声で訊いた。

「赤穂浪人の方々にとってはそうだったでしょう。いえ、主君の仇を討つことが本当に生きることだと思われたのではないでしょうか」

「わたしにはよくわかりません。どうしても生きることのほうが大事だと思えてしまいます」

「それが正しいのでしょう」

清四郎は月を見上げたままつぶやいた。

この日、常朝と清四郎は蔵人の家に泊まった。

翌朝、蔵人が起き抜けに清四郎が寝ていた板敷に行ってみると、布団が畳まれ、清四郎の姿はなかった。

布団のかたわらに一通の書状が置いてある。清四郎が夜中に月明かりで認《したた》めたものなのだろう。

「やはりな――」

苦笑した蔵人は腰を下ろして書状を手にとり、開いた。

書状には、お諭《さと》しのほど、胸に染みましたが、やはり武士としてやむにやまれぬものがございます。

浅野内匠頭様に四十七人もの家臣が命を賭けて忠義を尽くされたからには、吉良も討ち入りの夜に闘って命を失った者だけでなく、忠義を尽くす者がなおある、と示したいのでございます、と書かれていた。

さらに、殿様は諏訪に赴かれてから、時おり、上野介様のことをお話しになられ、

「亡くなられてから慕わしい気持が湧いてくるのは不思議なことだ」

とよく仰せでございました。そのようなご自分の気持に似つかわしい歌があると仰せだったことを昨夜、思い出しました。さらに、その和歌がいまのわたしの思いにも重なります、として、一首の和歌を認めていた。

　色も香も昔の濃さに匂へども植ゑけむ人の影ぞ恋しき

古今和歌集にある紀貫之《きのつらゆき》の歌である。色も香りも昔のままに咲き香っている花を見る

と、この花を植えた亡き人の面影が恋しく思われる、という故人を慕う歌である。

清四郎は歌の後に、大願成就の暁《あかつき》にはたとえ魂魄となってでもいま一度、香也様のもとに戻って参ります、と書状の末尾を結んでいた。

「影ぞ恋しきか――」

蔵人はため息をついた。

すでに台所で朝餉の支度をしていた咲弥が部屋に入ってきた。

清四郎の寝床がきれいに片づけられているのを見て、わずかに眉を曇らせて蔵人のかたわらに座った。

「早や、発たれましたか」

「うむ、われらに気取られぬように出ていったようだ。なまなかの修行でできることではないな」

蔵人は書状を咲弥に渡した。咲弥は書状を目で追いつつ、

――影ぞ恋しき
とつぶやいた。

「赤穂の方々も冬木清四郎も亡きひとの影を慕って、おのれの生きる道を決めてしまう。それでよいのであろうか、とは思うが武士の意地だと言われればどうしようもないな」

蔵人は悲しげに言った。

咲弥は書状を巻き戻しながら言葉を重ねた。

「武士の思いというよりも、わが主君として仰いだ方への思いなのではないでしょうか」

「わが主君への思いか」

「武士は主に仕えるものでございます。さすれば、自らが生きる思いはすべて主に捧げているのやもしれません」

「なるほど、それが常朝殿が言うところの肥前の武士道であるかもしれぬな」

蔵人は腕を組んだ。咲弥は首をかしげて微笑んだ。

「あなた様は、昔からさような方々とは違いました」

「わたしは若いころから天地に仕える武士でありたいと願ってきたからな」

蔵人は縁側越しに朝の山並みに目を遣った。

「それゆえ、亡きひとに縛られずに生きて参れたのでございましょう」

咲弥はしみじみと言った。

「そうかもしれぬが、いま考えねばならぬのはわたしのことではなく、冬木清四郎のことだ」

「まことにさようでございます。清四郎殿は誰を仇と狙っているのでしょうか」

咲弥は訝しげに問う。

「わからぬが、冬木清四郎ただひとりだけの思い立ちとはとても思えぬ。陰で清四郎を動かしている者がおるに違いない」

「陰で動かす者――」

「柳沢吉保の手の者が、吉良様を見張っていたことといい、何かが起きているとしか思えん」

蔵人は腕を組んだ。咲弥が、そう言えば、と思い出したように口を開いた。

「昨夜は清四郎殿のことがあり、申し上げる暇がありませんでしたが、中院通茂様から、近く近衛様が江戸へ下向されるので警護の供をしていただきたいとのことでございました」

「近衛様が？」

「はい、近衛様の姫君は将軍家継嗣《けいし》、家宣様の正室となられておられます。それゆえ、江戸に招かれるとのことですが、あるいは将軍家御台所《みだいどころ》様や柳沢様は、将軍家外戚として力を得ることになる近衛様を快く思っておられぬかもしれませぬ。さらに近衛様は帝のご譲位の意向も幕府に伝えられるそうでございます」

「ご譲位か。それを言い出せば、幕府は帝が何か不満を抱かれているのではないかと勘ぐるであろうな」

蔵人は目を鋭くして言った。

「さようです。それゆえ、道中の警護をお頼みになられているのでございます」

咲弥は思案するように首をかしげて答えた。

そうか、と蔵人は考え込んだ。そこへ、香也が起き出してきた。清四郎の姿が部屋に

ないのを見て、

「清四郎様はいかがあそばしましたか」

と寂しげに訊いた。咲弥がやさしく、

「清四郎殿はお役目がありますゆえ、もう発たれました。書き置きに、お役目を果たした後、帰ってくると残していかれましたから、お待ちしましょう」

と告げた。香也は咲弥を見つめた。

「でも、清四郎様は仇討をされようとしているのでございましょう。無事にお戻りになられるでしょうか」

不安げな香也の言葉を聞いて、蔵人はぴしゃりと膝を叩いた。

「咲弥、わたしは近衛様警護の話を受けるぞ。清四郎が仇を狙うとすれば、いずれにしても江戸であろう。江戸に行けば清四郎の消息がつかめるかもしれぬからな」

咲弥は微笑してうなずく。蔵人が江戸に行くと言うのを聞いて、香也は表情を明るくした。

「父上、清四郎様を連れ戻していただけますか」

「おう、連れ戻すとも。娘の婿殿を守るのは父親の務めであろうからな」

蔵人はからからと笑った。

小鳥の囀《さえず》りが聞こえてくる。

　この日、江戸城本丸の御用部屋で、柳沢吉保と西ノ丸側衆間部詮房《まなべあきふさ》が向かい合っていた。

　間部詮房は甲府藩士の子として生まれたが、幼少のころ能役者喜多七太夫《きたしちだゆう》の弟子となり、甲府藩主綱重《つなしげ》の子綱豊の寵愛を受けて、小姓に用いられた。これより前に名字を間鍋としていたが、綱豊の命により間部と改めた。

　宝永元年に綱豊が将軍綱吉の継嗣になると幕臣に加えられ、西ノ丸奥番頭として千五百俵を給せられて、従五位下越前守に叙任した。

　この年、四十一歳である。

　能役者を務めたほどのととのった白皙《はくせき》の容貌であり、しかも怜悧《れいり》な能吏としての才腕は吉保の耳にも聞こえていた。

　家宣が将軍になれば、権勢をほしいままにしていたいまの吉保の地位につくのは詮房であるということは衆目の一致するところだ。それだけに吉保には詮房への警戒心が強かった。

　何としてもいまのうちに詮房を叩き落としたいと吉保は考えていた。

（こ奴に簡単に取って代わられはせぬ）

　そのことは詮房も察している。吉保の前に出た際、詮房は付け込む隙《すき》を与えまいと心掛けていた。

　詮房は辞を低くして、三月に京から下向してくる近衛基熙一行について詳細を認めた書類を吉保に提出した。

吉保は書類を改めてから、

「近衛様が、帝の譲位のお話を伝えにこられるというのはまことか」

とさりげなく訊いた。詮房は笑みを含んでうなずいた。

「たったいま、ということではございません。帝は近頃、お体が優れぬそうで、万が一のおりには、ということのようでございます」

「万が一か、たとえば西ノ丸様が将軍職をお継ぎあそばしたおりにでも、ということかな」

吉保は皮肉めいた言い方をした。

「さて、それはまた――」

詮房は言質《げんち》をとられぬように、曖昧《あいまい》に答えた。

「まあ、それだけのことであればよいのだがな」

あっさりと吉保が言うと、詮房は大きく頭を縦に振った。

「それだけのことにございます」

吉保はちらりと鋭い目を詮房に向けた。

「存じおるか。諏訪の吉良左兵衛殿が先月二十日に亡くなったそうな」

「さようでございますか」

詮房は初めて聞いたかのように目を瞠った。

「ほうご存じなかったか」

吉保はひややかに言った。詮房は落ち着いた表情で答える。

「存じませんでした。されど、高家筆頭の吉良家を継がれた左兵衛様が配流《はいる》の地で亡くなるとは痛ましいことでございますな。神君家康公は由緒ある家を大切にされ、高家として残されたと聞いております。その吉良家の末路を嘆いておられるやもしれません」

吉保の目がきらりと光った。

「赤穂の者どもの一件で、吉良左兵衛を咎めたのは失態であったとそなたは申したいのか」

詮房はあわてた様子で手をつき、頭を下げた。

「これはいたらぬことを申しました。決してさような思いで申し上げたのではございません。ただ、名家の末路に一掬《いっきく》の涙をそそいだまででございます」

詮房は平身低頭して詫びの言葉を連ねた。

冷たく詮房を見遣った吉保は、

「さほどに恐れ入らずともよい。ただ西ノ丸御側衆であるそなたの言葉は家宣様の言葉として伝わりかねぬ。ご政道に関わる話をいたせば、家宣様のおためにもならぬゆえ、気をつけることじゃ」

と厳しく決めつけた。詮房は平伏して、恐れ入りましてございます、と何度も繰り返した後、吉保の前から下がった。

西ノ丸に戻った詮房は、すぐに家宣の前に出て吉保と会ってきたことを言上した。

家宣は穏やかな笑みを浮かべた。

「柳沢は、近衛様下向のことに文句をつけなかったか」

「はい、その件につきましては何も口にされませんでしたが、吉良左兵衛様が亡くなられたことを告げられました」

詮房は先ほどまでとは打って変わった、にこやかな表情で答えた。

「ほう、それはどういうことであろうか」

家宣は首をかしげた。

「柳沢様はいま身を守ることに汲々《きゅうきゅう》とされているご様子です。矢がどこから飛んでくるかわからぬと思っておられるのでございましょう」

詮房は素っ気なく言った。

「そうだな、仮にも高家筆頭であった吉良家の当主を、流罪地にて死なせたのは幕閣にある者として不手際であったな」

「まことにさようでございます。松の廊下で刃傷沙汰を起こした浅野内匠頭の処分は、性急に過ぎて喧嘩両成敗の公平を欠きました。さらに赤穂浪人が吉良様を討ち取ると、主君の仇討として世間の評判がよいことにうろたえ、罪も無き吉良家をつぶし、当主の左兵衛様を流罪地で死なせました。これもまた情理をわきまえぬ裁きであったかと存じます」

詮房の口調には辛辣《しんらつ》な響きがあった。

「かようなことはすべて将軍家の不評判となり、公儀への信頼を失うことにもなりかねん」

家宣が慨嘆《がいたん》すると、詮房は声を低めた。

「仰せの通りにございます。生類憐《しょうるいあわれ》みの令は将軍家のご仁慈より出ました。だが、これを形ばかり行おうとする役人どもが厳しく取り締まったがゆえに、民の怨嗟《えんさ》の声が巷《ちまた》にあふれておりります。まことに嘆かわしいことにございます」

「政とは実に難しきものじゃな」

家宣は意味ありげに詮房の顔を見た。

詮房は薄い笑いを浮かべた。

「さようにございます。何としても新しい政を行わねば、この世は闇にございます」

「そうか、闇か――」

家宣は眉をひそめた。詮房は、膝を乗り出して聞き取り難いほどの小声で言った。

「右近様がございますれば、必ず闇は払われましょう」

家宣は深々とうなずいた。

三月に入った。近衛基熙の一行は京を発ち、江戸へ向かった。

基熙はこの時、前《さきの》関白だったが、忍びの旅であるとして、供廻りは十人ほどだった。

その中に蔵人がいた。

笠をかぶり、羽織袴姿で公家侍を装っていた。

蔵人が加わると、一行を裁量している近衛家の家宰、進藤長之《しんどうながゆき》が親しげに話しかけてきた。四十過ぎで特徴のない顔をしている。

蔵人とは旧知の間柄だが、公家に仕える青侍にしては剣の腕も立ち、したたかで油断のならない男だった。しかも吉良邸に討ち入った赤穂浪人の頭目、大石内蔵助とは親類だった。内蔵助の曽祖父、大石良勝《よしかつ》の娘が長之の祖母にあたるのだ。長之は、輪王寺宮《りんのうじのみや》守澄法親王《しゅちょうほっしんのう》に仕える公家侍の次男として生まれ、親族である近衛家家臣の進藤長房《ながふさ》の養子に入ってより後、近衛家に仕えてきた。

大石内蔵助は浅野内匠頭の刃傷事件の後、赤穂城を開城すると近衛家領の山科《やましな》へ移り住んだ。長之の世話によるものだった。

長之はその後、内蔵助の討ち入りをひそかに助けた気配があるが、それが、東山天皇や近衛基熙の命によるものなのかどうかは明かそうとしない。

長之は、京を出て東海道を下る途中で、

「一行の中に雨宮殿がいてくださること、何分にも心強うござる」

としきりに言った。蔵人は歩きながら苦笑した。

「関白である近衛様に乱暴を仕掛ける者などおるとは思えませんが」

「いや、さにあらずです。わが主人はいずれ、将軍家の外戚になられます。関白にして将軍家外戚となれば、朝廷にてもその権勢は並ぶ者がございません。されば公家衆の間には妬《ねた》み嫉《そね》む者が多うございます」

　長之はため息をついた。

「それならば、京にておとなしくしておられるのが、一番なのではないかな。かように将軍家継嗣の岳父であると触れ歩くように道中をしては、ひそかに妬む者に、なおのこと憎まれますぞ」

　蔵人は鼻で笑った。

「そこでござる。おとなしくしておれば憎しみも買いませんが、恐れられもしませんからな」

　長之は頭を振りつつ言った。

「ほう、近衛様は恐れられたいのでござるか」

「政はさようなものです。軽んじられるよりは恐れられたほうがようござる。将軍家にしても、恐れられているからこそ、威令が国中に届くのでございましょう。たとえ生類憐みの令のような悪法にてもひとは服します」

　生類憐みの令を悪法と言ってのける長之の大胆さに蔵人は目を瞠った。

「さようなことを申して、近衛様に障《さわ》りはござらぬか」

「なに、雨宮殿なればこそ、かように話しておるのです。わが主人が朝廷にて権勢を得ると申し上げたが、それは家宣公が将軍家となられて新しき政《まつりごと》が行われるようになってからのことです。すなわち、天下が明るくなってからのことでございますれば、おのれの私利私欲や権勢欲で申し上げているのではない、とおわかりいただきたい」

長之は昂然として言った。

「それなら、此度《こたび》の江戸下向も新しき政を開くための旅ということになるのですか」

蔵人が訊くと、長之は軽くうなずいた。

「さよう、此度の旅でわが主人は将軍家にあることを伝えられるのでござる」

「ご譲位のことか」

蔵人は、長之が何を言おうとしているか推し量ろうとした。

「それは表向きのことでござる。まことは、今年、六月の桂昌院様一周忌を機に、赤穂浪人に連座して遠島となっている遺児、さらに今後十五歳になれば遠島になると定められている遺児たちへの大赦《たいしゃ》を、行われて然《しか》るべきではないかという帝の思《おぼ》し召《め》しを伝えに参るのです」

綱吉の生母である桂昌院は、昨年六月二十二日に七十九歳で亡くなっていた。綱吉は生母に孝養を尽くすため一周忌法要を大がかりに行おうとしていた。

「なんと――」

蔵人は息を呑んだ。

赤穂浪人が切腹した後、遺児の男子十九人の中から、十五歳以上の、

吉田伝内《よしだでんない》
間瀬佐太八《ませさたはち》
村松政右衛門《むらまつまさえもん》
中村忠三郎《なかむらちゅうざぶろう》
は伊豆大島に流罪となっていた。
この内、間瀬佐太八は昨年病死していた。さらに今年から大石内蔵助の次男吉千代《きちちよ》ら十五人が順次、島流しになるはずだった。
それを大赦によって救おうというのだ。
東山天皇は、高家筆頭として幕府の意向を朝廷に奏上《そうじょう》し、ややもすれば強引な振る舞いがあった吉良義央を快く思っていなかったらしい。
このため吉良義央が赤穂浪人に討ち取られたという報《しら》せが京に伝わると、東山天皇の機嫌はよかったという。真偽のほどは定かではないが、東山天皇が赤穂浪人を好ましく思っていた気配はあるのだ。
「そうか、さような大赦が行われれば赤穂浪人は浮かばれるな」
「さよう、新しき政の初めになると存ずる」
長之は満足そうに応じた。蔵人に大赦のことを打ち明けたところをみると、実現するという自信を抱いているのだろう。
蔵人はふと、思いついたように、

「しかし、諏訪で吉良左兵衛様が亡くなられてから、さような話になるとは残念なことですな。赤穂浪人の遺児が大赦になるのであれば、当然、吉良様も許されて旧領に復し、江戸に戻られたであろうに」

と言った。長之は眉をひそめてあたりに目を遣ったが、しばらくして囁くように口にした。

「赤穂浪人の遺児を大赦にて救う話は、吉良様が亡くなられたゆえ持ち上がったのでござる」

「なんですと──」

蔵人の目が光った。長之はあたりをうかがいながら言葉を継いだ。

「赤穂浪人には世間の同情の声が強うござる。それに引きかえ、吉良義央様はいまだに賄賂《わいろ》をとろうとしただの、浅野内匠頭様をわけもなくいじめたなどと悪人としての評判が消えませぬ」

「だからどうだ、と言われるのだ。吉良様はさようなことはなさらなかった」

「そうには違いないのですが、世間の評判が政を動かすのでござる」

長之は淡々と言った。

「世間とは奇妙なものですな。正しきを望むと見えて、実はそうでもない。自分たちに都合が良く、耳ざわりのいいことだけを聞きたがるようです」

蔵人は皮肉な笑みを浮かべた。

「まことにさようでござる。それゆえ赤穂浪人の遺児を大赦すれば世間は喜び、公儀の面目も立ちましょう。されど、同時に吉良様も許されるとあれば、そうはいかぬのです」

あっさりと長之は言ってのけた。

「それはあまりにも理不尽ではござらぬか。たとえどのような義があろうとも、赤穂浪人は天下の法を犯したのですぞ。それに引きかえ、吉良様は夜中に襲われ、赤穂浪人を退けることができなかっただけでござる。言うなれば、赤穂浪人により迷惑を被《こうむ》っただけではありませんか」

蔵人は憤然とした。長之は何も答えず、ふたりは沈黙して歩を進めるしかなかった。

一行は伊勢の桑名宿に着いた。すでに夕刻である。宿に入った蔵人はくつろぐ暇もなく長之に、

「明日は船でござるか」

と訊いた。桑名宿から次の宮宿までは海路七里を船で渡ることになる。いわゆる、

――七里の渡し
である。

「さようですが、危ないと思われるか」

長之はうかがうように蔵人を見た。蔵人は首をかしげて、

「海の上で襲われたら防ぎようがござるまい」

と答えた。

徳川家康は慶長六年（一六〇一）、江戸と京都を結ぶ東海道の宿駅制度を制定した。この際、桑名宿と宮宿の間は、海上七里を船で渡る渡船と定めた。しかし、天候が悪ければ船が出ない日もあり、海路を船で行くことを恐れる旅人もいた。

この場合は、桑名宿から佐屋《さや》街道の佐屋宿まで川路三里の渡船を利用した。佐屋街道を通って陸路、宮宿に向かうのである。佐屋街道は女人や子供の旅人が利用したことから、

——姫街道

と呼ばれた。蔵人はちらりと長之を見た。

「佐屋街道を使われるか」

長之はゆっくりと頭を振った。

「宮宿は熱田《あつた》神宮《じんぐう》の門前に開けた宿場で、しかも御三家の尾張《おわり》徳川家の城下町である名《な》古屋《ごや》の表口でもあり、東海道随一の繁盛を誇っていると聞いております。旅人が多ければ、ひとの目にもさらされます。前関白であるわが主は、海路より堂々と乗り込まねばなりません」

長之が話すと蔵人はうなずいた。

「そんなものか」

蔵人は立ち上がると、刀掛けに置いていた刀を取った。

「いかがされる」

長之は目を丸くした。

「夕餉の前にあたりを歩いて参る。もし、見張られておるなら、その気配を探っておこうと存ずる」

蔵人は刀を手に廊下に出ると、そのまま宿の入口に行って番頭に下駄を貸してくれと頼んだ。

下駄を履いて三和土《たたき》から土間に降り、暖簾《のれん》をくぐって外へ出た。まだ人通りが多い道をさりげなく歩いた。通りかかる女たちの様子に素知らぬ顔で目を配る。

近衛基熙の江戸入りを嫌うのは、やはり柳沢吉保だろう、と蔵人は思っていた。だとすると、近衛一行に目を光らせているのは、〈ののう〉と称する女忍たちなのではないか。

（御三家の尾張領内に入れば油断は禁物だ）

蔵人はそんなことを思いつつ、夕闇が濃くなる町筋を歩いた。

一町ほど進んだとき、手に持った鈴を鳴らしながら伊勢参りの巡礼らしい七、八人の女たちが近づいてきた。どの女も菅笠《すげがさ》をかぶった白衣姿で、手に鈴を持ち、金剛杖《こんごうづえ》をついている。

二列になって歩いてきた女たちは、蔵人が体をかわす間も与えず両脇から取り囲んだ。

蔵人はあごに手を遣り、にやりと笑った。

巡礼のひとりが、押し殺した声で、

「雨宮蔵人殿、ついてきていただきたい」

と言った。

「なぜ、ついていかねばならぬ」

蔵人が答えると、巡礼は続けて囁くように言い足した。

「ここはひとの目があります。騒ぎになってはお互いに困りましょう」

蔵人は鼻で嗤《わら》うと、踵《きびす》を返して巡礼たちとともに歩き出した。

蔵人を囲んだ巡礼たちは、なにごともないかのように連れだって歩いていく。

蔵人たちがやがて道沿いの神社の前までさしかかったとき、巡礼は、

——こちらへ
と声をかけて神社の境内に入った。

蔵人が続いて神社の敷地に入ると、巡礼たちがいっせいに取り巻いて金剛杖を構えた。

「なんだ、ここでやろうというのか。そなたらは〈ののう〉だな」

蔵人はつまらなそうに言って巡礼たちを見まわした。

「いかにもわれらは〈ののう〉です。雨宮殿にお伝えしたいことがあるのです」

ひとりの〈ののう〉が一歩前に出た。この〈ののう〉だけは金剛杖を構えず、手にしている。

「伝えたいこととは何であろうか」

蔵人は笠の下の顔を覗き込んだ。意外に若く、二十七、八に見える。

「わたしは望月千代と申します。〈ののう〉の頭領です。伝えたいこととは、桑名宿から宮宿に船で渡れば、柳生内蔵助《やぎゅうくらのすけ》なる男が待ち受けているということです」

「柳生内蔵助――」

蔵人は眉をひそめた。柳生と名のるからには、柳生一門に違いなかろうが、聞いたことのない名だった。

蔵人がかつて家臣だった肥前七万三千石小城藩の藩祖鍋島元茂《なべしまもとしげ》は、十五歳のころから柳生宗矩《むねのり》に弟子入りして柳生新陰流を学び、印可を与えられた。

宗矩が将軍家光《いえみつ》の前で剣技を上覧に供した際、元茂は、木村助九郎《きむらすけくろう》と共に打太刀を務めたほどの腕前だった。

元茂は、印可を受け、宗矩が亡くなる直前の正保《しょうほう》三年（一六四六）に、兵法家伝書を与えられている。

藩祖が柳生宗矩と師弟の間柄だったことから、小城鍋島家はその後も柳生家と交誼《こうぎ》を絶やさなかった。それだけに小城藩士は柳生宗家の人の名は日頃から耳にしていた。

蔵人が柳生内蔵助の名に聞き覚えがない様子を見て、千代は口を開いた。

「柳生内蔵助殿は柳生石舟斎《せきしゅうさい》様の外曾孫にあたられる方で、いまは柳沢様の家臣でございます」

る。


「ほう、柳沢家におられるか」

蔵人は、かつて小城藩主元武に仕えた巴十太夫《ともえじゅうだゆう》という柳生流兵法者と争ったことがある。

柳生家とは不思議な因縁があると思った。

柳生宗矩の父で、柳生新陰流の開祖である柳生石舟斎宗厳《むねよし》には宗矩はじめ五男六女の子があった。

このうち長女は大和狭川《やまとさがわ》村の領主福岡孫左衛門《ふくおかまござえもん》に嫁いだ。この夫婦の娘が須川《すがわ》村の須川長兵衛《ちょうべえ》に嫁いで生まれた嫡子が内蔵助勝興《かつおき》である。

内蔵助は宗矩の三男である飛驒守宗冬《むねふゆ》から柳生新陰流の印可を与えられ、柳生姓を許されて柳生内蔵助と名乗ったという。

千代は笑みを浮かべて、

「柳生様はなかなかに一筋縄ではいかぬお方でございますゆえ、ご用心なされよ。それがわれらのお伝えいたしたきことでございます」

柳生家の記録「玉栄拾遺《ぎょくえいしゅうい》」によると、内蔵助は延宝《えんぽう》二年（一六七四）に柳生家の家老となったが、驕慢《きょうまん》で借金を重ねるなど不祥事が多かった。

このため柳生家では元禄三年（一六九〇）に内蔵助を柳生家から追放し、同時に今後は柳生流を名乗ることも許さないとしていた。

その後、内蔵助の消息は知れなかったが、元禄六年には、柳沢吉保に仕えるようになっていた。このころ、柳生家は宗矩から宗冬、宗在《むねあり》、と受け継がれ、元禄二年に宗在が亡くなると宗在の兄、宗春《むねはる》の嫡男俊方《としかた》が継いだ。

　俊方はこの時、まだ十七歳で剣技が成熟していたとは言い難かった。一方、内蔵助は『徳川実紀《とくがわじつき》』に、元禄六年十二月三日、柳沢吉保の屋敷で、

——家臣柳生内蔵助剣術を得たる旨聞召して、御覧あるべしと仰出され、内蔵助その流の秘伝三学《さんがく》の太刀といへる術を進覧す。また御みづからも御太刀打ちあり、内蔵助御相手つかまつる。

とあるように、将軍綱吉の稽古相手を務めるほど吉保の信を得ていた。

内蔵助は吉保の威光を借りて、柳生家に自らが新陰流を名乗ることを認めさせ、さらに元禄十二年九月には柳沢邸で綱吉に、新陰流兵法書の、

——玉成秘書《ぎょくせいひしょ》

を講じた。綱吉は、内蔵助の講義を聴いて、

「飛驒守に聞いたことと同じじゃ」

と感銘を受けた。このおり、内蔵助は巧みに〈玉成秘書〉と宗冬が内蔵助に与えた印可状も綱吉の御前に出した。この席には、吉保に求められて柳生俊方も同席しており、おそらく歯ぎしりする思いだったろう。

俊方は綱吉の前で〈玉成秘書〉が新陰流の祖である上泉信綱から柳生石舟斎、宗矩、十兵衛《じゆうべえ》三厳《みつよし》、飛騨守宗冬へ伝わり、さらに内蔵助へといたったと認めざるを得なかった。

本来、柳生家を追放されたはずの内蔵助が、吉保の威勢によって柳生新陰流の正統であると綱吉に認められたのである。

その後、内蔵助は平然と柳生宗家をしのぐようになっていた。

「そなたたちと柳生殿は、柳沢殿に使われているのであろう。いわば同輩ではないか。それなのに、なぜ、わたしに柳生殿の動きを教えるのだ」

蔵人は首をかしげて訊いた。

「柳生様は望み高きお方にて、われらを仲間だと思っておられません。さらに申せば、柳生様はおのが野心のために柳沢様がお命じになられていないことをされようとしているのです。それは、われらにとっても迷惑なことでございますゆえ」

「そうか。では、〈七里の渡し〉の海上で襲われることはないのか」

「柳生様が宮宿にて待ち受けるのは、尾張柳生の助けを得るためでございます。されば、宮宿に入る前に襲うことはございませぬ」

千代はきっぱりと言い切った。

「なるほどな。しかし、そなたたちが、なぜそこまで包み隠さず話してくれるのか、やはり解《げ》せぬな。柳生殿がさような方なら、そなたたちの動きを寝返りと見るのは間違いないであろうに」

蔵人は千代を見据えた。千代は表情を和らげて答える。

「諏訪で、われらの仲間が辻右平太なる無外流の剣客に斬られそうになったおり、御妻女に助けられたことを覚えてはおられぬか」

「おお、そう言えば、さようなことがあったな」

「御妻女は囚われの身でありながら、かどわかした我らに情けをかけてくだされた、まことに天晴れな女人でございます。われらはこの恩を忘れぬ。それゆえ、雨宮殿たちを待ち受ける柳生様のことを申し上げた」

蔵人を取り囲む〈ののう〉たちは、いつの間にか金剛杖を構えていなかった。

「そうか。わたしは、また女房殿に助けられるのか」

蔵人は暮れなずむ空に浮かぶ月を見上げて笑った。


翌日の早朝——

近衛基熙の一行は船着場から船に乗った。

渡し場には大名が乗る御座船や、町民が乗る帆掛け船が舫《もや》ってある。

船賃はひとり四十五文、荷物が一駄百文、馬一頭、百二十三文だった。

満潮のときは陸に近い内回りの航路、干潮のときは外回りの航路をとる。およそ二刻（四時間）の船旅である。

快晴で、薄雲が棚引いている。海の上を白い鷗《かもめ》が舞っていた。

蔵人は海を眺めながら船に揺られた。

長之がかたわらに座って、

「いかがでござる。船中に怪しき者はおりませぬか」

と訊いた。

「船中に怪しい者はおらぬが、宮宿には待ち受ける者がいるようだな」

「なんと――」

長之は顔を引き締めた。

「昨夜、〈ののう〉とか申す、柳沢吉保が使う女忍から聞いたが、宮宿では柳沢の手の者が待ち受けているそうだ」

蔵人が明かすと、長之は不審げに問う。

「宮宿で柳沢の手の者が待ち受けていることを、なぜその女忍が報せてきたのです」

「わが女房殿に恩を感じておるらしい」

「信じられませせぬな。忍びならば、ひとの心は持たぬはず。まして恩など感じますまい」

言い募る長之に蔵人は、はは、と笑い飛ばした。

「女忍の言葉を信じる、信じないは勝手だが。万が一にも襲われでもしたならどうする。何もなければ、それに越したことはないのではござらぬか」

蔵人に言われて、長之は腕を組んで考え込んでから口を開いた。

「なるほど、それなら用心をいたしますか」

「どうされる」

「宮宿に着いたら、まだ日は高うござるが、ひとまず宿に入ります。それから尾張藩に領内での護衛を頼みましょう」

「それはよいかもしれませんな」

蔵人は柳生内蔵助が尾張柳生の手を借りるのではないか、と千代が言っていたことを思い出した。柳生石舟斎の五男である宗矩が、将軍家の兵法指南役となったことで柳生新陰流の名は天下に知られた。

石舟斎は孫の兵庫助利厳《としよし》に正統第三世の相伝を授けた。兵庫助は尾張徳川家に兵法師範として出仕し、時流に沿った、

――直立たる身
の位を考案した。兵庫助の剣技はその子の柳生連也斎《れんやさい》に伝えられた。このため、柳生新陰流の正統は尾張藩に庇護《ひご》されることになり、俗に、

――尾張柳生
と呼ばれることになったのだ。

もし、内蔵助と尾張柳生の間に緊密な連絡があるとするならば、尾張藩に護衛を求めたことを逆手にとられるかもしれない。

（だが、闇から襲われるよりは目の前に現れてくれたほうがしのぎやすかろう）

蔵人はそう考えて何も言わなかった。

潮風にさらされて、やがて御座船は宮宿の船着場に着いた。

尾張藩は、将軍をはじめ大名や公家等を迎え入れて接遇するため、渡船場の近くに東浜御殿と西浜御殿を設け、西浜御殿に隣接させて熱田奉行所と船奉行所を置いている。

長之はさっそく熱田奉行所の役人に相談して、一行は西浜御殿に入った。長之はさらに、藩庁への書状を役人に託した。

近衛基熙らは長之が交渉している間に熱田神宮に参詣した。

熱田神宮は、三種の神器の一つである草薙《くさなぎ》の剣の鎮座に始まるとされる。景行《けいこう》天皇の御代、ヤマトタケルは神剣を火上山に留め置いたまま能褒野《のぼの》で亡くなった。

ヤマトタケルのお妃《きさき》であるミヤズヒメは、神剣を熱田の地に祀《まつ》った。以来、伊勢の神宮に次ぐ尊い宮として篤《あつ》い崇敬をあつめているのだ。

基熙たちが西浜御殿に戻り、日が暮れて夕餉をとっていると、広縁に役人が来て頭を下げ、

「お城より、近衛様護衛の者が参りましてございます」

と告げた。かたわらに控えていた長之が、

「それがしが会って参ります」

と基熙に頭を下げた。

基熙は気のない様子でうなずく。

長之は控えの間にいる蔵人を呼び寄せて供を頼み、尾張藩の護衛だという武士たちが待つ部屋に向かった。
長之が座敷に入ると、羽織袴姿の四人の武士が手をつかえて頭を下げた。
長之は武士たちの前に座り、蔵人は部屋の片隅に控えた。
四人のうち、三人はいずれも屈強な二十代の武士で、ひとりは三十代半ばに見えた。
三人を率いているらしい年長の武士が、長之に挨拶した後、三人の名を、
木場伝四郎《きばでんしろう》
坂西織部《さかにしおりべ》
井脇源九郎《いわきげんくろう》
と順に告げ、ともに尾張柳生の逸足《いっそく》だと言い添えた。いわゆる尾張柳生の剣士たちなのだ。三人が平伏すると、年長の男は自らを、
――柳生内蔵助
だと名のった。蔵人は表情を変えずに柳生内蔵助を見つめた。
小柄な男で、椎《しい》の実のような形の顔をしており、眉が薄く、目が細い。あごがとがって狐《きつね》を思わせる顔立ちをしている。
時おり、笑声を発するところは好人物に見えるが、腹の底はうかがいしれない。
長之への挨拶を終えた内蔵助は、ぐいと顔を蔵人に向けた。
「そこな御仁《ごじん》は、やはり護衛の方か」

蔵人は答えずに頭を下げた。かわって長之がにこやかに応じる。

「さよう、以前から関わりのある方で雨宮蔵人殿と言われる。京からここまで護衛してきていただいた」

「さようか。されば、京よりこの宮宿までなんぞ異変がございましたかな」

狐のような目をさらに細めて内蔵助は訊いた。

「いや、幸いなことにこれまで怪しきことはございませんでした」

「それは、重畳《ちようじよう》でございました。さもなくば、素浪人では何の役にも立たなかったでございましょうからな。われらが参りましたからには、さっそくお召し放ちをされるがよろしかろうと存じます」

内蔵助は無遠慮に笑い声をあげた。

「さて――」

長之が思わず困惑した表情をすると、蔵人はゆっくりと口を開いた。

「面白きことを申される。先ほどからのお話を聞いておりますと、柳生殿はあたかも尾張藩士であるかのような話しぶりでございます。だが、柳生殿は柳沢吉保様のご家来であったと仄聞《そくぶん》いたしております。なぜご身分を偽られる」

内蔵助は片方の眉をぴくりとあげて、

「ほう、わたしのことを知っているとは驚いた」

とつぶやいた。

「実はそれがしは柳沢様の命により、たまたま尾張を訪れておりました。そこに近衛様から助けを求められたゆえ、同門の者たちの介添えとして参った。身分を明かさなかったのは、近衛様にお気遣いいただかぬためでござる。ここまで申せばおわかりいただけよう」

内蔵助は低い声で言った。

蔵人は落ち着いた表情で話を続ける。

「それがしがお供いたしておる近衛様は、前関白にて貴き身分の御方でござる。さような御方に近づく者が身分を偽っていることはまことに見過ごし難い。柳生殿こそ、即刻、この場から立ちのかれるがよろしゅうございましょう」

長之は微笑みながら大きくうなずいた。

「なるほど、雨宮殿は全《まった》きことを言われる。お側近くに仕えるわたしのもっとも心がけておるのが、胡乱《うろん》な者を主に近づけぬということじゃ」

内蔵助はじろりと長之を見た。

「それは、われらを胡乱だと言っておられるのでござるか」

長之は首を横に振って答える。

「さようではござらぬ。そちらの三人の方はいずれも尾張藩士でござろう。それがしは尾張藩に合力をお願いいたしたゆえ、藩士の方が来られるのは当然のこと。されど、頼みもしておらぬ柳沢家中の方が来られて驚いたというのが、正直なところでござる」

内蔵助が口を開きかけたとき、長之は満面の笑みを浮かべてかぶせるように言った。

「さりながら、柳沢様よりさほどまでの気遣いをしていただいたのであれば、これはありがたい限りのことでござる。よしなに願いたい」

内蔵助は苦笑した。

「それは、この方も連れていこうということでござるな」

「警護の人数は多いに越したことはございますまい」

長之はしたたかな笑みを浮かべて言葉を返した。


この夜から内蔵助たちは西浜御殿で警衛の任についた。中庭に篝火を焚き、交代で仮眠をとって近衛基熙を守るのだという。

その様を見て、蔵人は内蔵助に話しかけた。

「大層な警戒でござるな。あたかも夜襲に備えるかのようだ」

蔵人の言葉を聞いて、内蔵助はにやりと笑った。

「さよう、それほどにせねば敵は防げませぬからな」

内蔵助は笑みを浮かべたまま答えた。

「敵とは誰なのでござる」

蔵人はさりげなく訊いた。内蔵助は腕組みをして篝火を見つめながら答える。

「されば、朝廷と幕府の間がよきことを好まぬ者たちですな」

「さような者がおりますか」

内蔵助は蔵人を振り返って見つめた。

「貴殿は、先年、江戸城松の廊下で、吉良上野介様に斬りつけた浅野内匠頭の背後に禁《きん》裏《り》がいたという噂《うわさ》を聞いたことはないのか」

「いっこうに存じませぬな」

素知らぬ顔をして蔵人は答える。内蔵助はふたたび篝火を見つめた。

「浅野内匠頭が刃傷によって切腹したことを恨んで、浅野家旧臣たちは吉良邸に討ち入りして上野介様を討ち果たした。あれもまた、禁裏の手が動いたのではないかとの噂もあるのだ」

「ほう、さようなことがございましたのか」

蔵人が大げさに感心すると、内蔵助は蔵人の肩にそっと手を置いた。

「かような噂がどれほどまことであるのか、わからぬ。それゆえ、肝心なのは噂の火元を断つことでしょうな」

「噂の火元？」

「さようです。近衛様の江戸入りは様々な噂を呼んでおる。されば、近衛様がご出府を果たさず、そのまま京に戻られるのが一番ではないかな」

内蔵助は薄く笑った。篝火で狐を思わせる顔が赤く染まっている。

「驚きました。柳生様は守るべき近衛様を京へ追い返そうとされるのか」

蔵人はあきれたように言った。

「そのほうが近衛様のためではないかと申しているのです」

内蔵助は口元に薄ら笑いを浮かべた。

「されど、近衛様がいまさら京へ引き返されることはありますまい」

蔵人が憮然として言うと、内蔵助はしたり顔でうなずいた。

「それはまた残念なことでござるな」

この夜は何事もなかった。

翌日、一行は宮宿を出た。一里半離れた鳴海《なるみ》宿を通り、国境を越えて三河《みかわ》国の池鯉鮒《ちりゅう》宿に向かうという。

薄曇りの日である。

基熙を乗せた輿《こし》を囲むようにして一行は進んでいく。柳生内蔵助たちの護衛は尾張藩領内までのはずである。

(尾張藩領を出るまでの用心だな)

笠をかぶった蔵人は、輿のまわりを守る尾張藩士に油断なく目を配る。

内蔵助は長之とともに輿の前を歩んでいた。時おり、長之が内蔵助に何事か話しかけている。

内蔵助は愛想よく答えているが、話の合間にさりげなく蔵人に視線を送ってきた。

鳴海宿で昼餉《ひるげ》をとり、休息してから進み始めると、間もなく昼なお薄暗い松林にさしかかった。あたりには田畑や人家も少ない。

内蔵助は何を思ったのか、長之に輿を止めるように言った。

「なにゆえでござるか」

長之が怪訝《けげん》な顔で問うと、内蔵助はよどみない口調で答える。

「このあたりは有松《ありまつ》と申し、松林が続いて強盗、追剝《おいは》ぎが多いところだと聞きました。尾張藩では諸役免除して、ひとが移り住むように勧めておりますが、まだまだ人家は少ないようでござる」

尾張藩では九州豊後の絞染《しぼりぞめ》の技法を伝え、有松絞を名産にしようとしているのだ、と内蔵助は話した。

「さようでござるか」

長之は困惑した。強盗や追剝ぎが出ると言われれば、このまま進むのは考えものだ。しかし、引き返すわけにもいかない。

内蔵助は考え込む長之を見据えて、

「いかがでござろう。われらと雨宮殿で物見をいたして参りますゆえ、しばし、ここにお留まり下され」

長之はちらりと蔵人を見た。蔵人は内蔵助に何かの策略があると見たが、自分をおびき出して始末しようというのなら、応じたほうがいいと思った。

蔵人がうなずくのを見た長之は、内蔵助に向かって、

「ならばお願いいたす」

と言って、下人に輿を下ろすように命じた。長之は輿のかたわらに片膝をついて、基熙に内蔵助たちに物見をしてもらうと声を低めて告げた。輿の中から、基熙が、

「そら難儀やが、よろしゅう頼みますえ」

と答えた。

長之は頭を下げてから立ち上がり、内蔵助と蔵人に近づいて、

「よしなに」

と伝えた。内蔵助は蔵人に笑顔を向けた。

「では、われらとともにお出でくだされ」

蔵人は軽く頭を下げただけで、内蔵助に続いた。

内蔵助は薄暗い松林の中の道を先に歩いて行き、蔵人のまわりを尾張柳生の男たちが押し包むようにして進んでいく。

やがて道を曲がって三町ほど進み、長之たちの目が届かなくなったところで、内蔵助は立ち止まって振り向いた。

同時に木場伝四郎と坂西織部、井脇源九郎もいっせいに蔵人から間合いをとると、腰の刀の鯉口《こいくち》を切って身構える。

蔵人は目を細めて内蔵助を見つめた。

「柳生殿、いかがされるつもりだ」

「腕試しをつかまつる」

内蔵助は平然と答える。

「腕試しだと？」

「さよう、ほどなく国境になる。われらの護衛はそこまででござる。されば、これから先、そこもとの護衛で近衛様が無事、江戸にたどり着けるかどうかを確かめとうござる」

「わたしの腕がさほどでもない、ということがわかったらいかがするのだ」

蔵人は面白そうに内蔵助を見た。

「この先の道中が不安ゆえ、京へお戻りいただくことを進言いたす」

「それは柳沢様の命か」

蔵人の問いに内蔵助は少し考えてから、

「いかにも――」

と答えた。

「そうではあるまい。柳生殿の思いつきであろう。尾張藩の方々に申し上げるが、柳生殿がなそうとしていることは柳沢様の命とは信じ難い。もし、柳生殿の口車にのって近衛様の江戸行きを妨げるならば、西ノ丸様よりお咎めがあることを覚悟されよ」

蔵人の言葉を聞いて伝四郎と織部、源九郎ら三人の間にたじろぐ気配があった。

三人にとって思いがけない話だったのだ。

近衛基煕が西ノ丸にいる将軍家後嗣、家宣の岳父であることは周知のことだ。柳沢吉保の命であれば、近衛一行の行方を妨げることもためらわないが、もし吉保の命ではないということなら話は違ってくる。

内蔵助は尾張藩士たちの動揺を感じ取って、苦笑した。

「尾張柳生の方々、さように舌先三寸で踊らされては剣客とは申せませんぞ。だが、戯《たわ》言《ごと》であっても、聞いたからには主家への迷惑が気にかかりましょう。なれば、この者の腕試しはそれがしひとりで行います。方々はこの者が逃げ出さぬように見張っていただければよろしい」

言うなり、内蔵助はさらりと羽織を脱いで地面に落とし、刀の下げ緒《お》で襷《たすき》をかけた。

十分な間合いをとって蔵人に向かい合った内蔵助は腰を落として、

――いざ

と気合を発して、刀を抜き、正眼に構えた。

蔵人は腰を落としたが、刀の柄に手をかけただけで抜かない。

居合の構えである。

内蔵助は目を細めて蔵人の構えを見据えると、

「参るぞ――」

つぶやくように言って、間合いを詰めた。刀は心持ち剣尖《けんせん》を下げている。

内蔵助が将軍綱吉に披露した、

——三学《さんがく》の太刀《たち》

である。〈三学〉とは、仏教の、

戒《かい》

定《じょう》

慧《え》

を表す。戒は禁戒、定は禅定、慧は智慧を示し、稽古を怠らず、熟達して事に臨んで惑わず、敵に応じて自《おの》ずと技が出る境地を慧とするという。

静かに間合いを詰めつつ蔵人の出方を待つ内蔵助は、

——円之《えんの》太刀

を遣うつもりのようだ。〈円之太刀〉とは、孫子《そんし》の兵法にある、

——渾々沌々《こんこんとんとん》として形円にして敗るべからず

という意を示す円転自在な太刀で、敵に先《せん》を出させ、その動きに応じて待にして後《ご》の先で打ち、攻めて詰めるのだ。

内蔵助の構えには隙が無かった。

蔵人は腰を落としたまま、

一つ、

二つ、
三つ、
と胸中で数え始めた。七息思案で、七つを数えたときに居合を放とうと思っていた。
内蔵助の構えがどのように変化しようが、構わずに一閃、刀を振るうつもりだ。
すでに蔵人は生死、勝敗を超え、すべての執着を捨てて、
――放下《ほうか》
の境地で内蔵助に向かい合っていた。やおら内蔵助が構えを変えた。刀を斜めにして
剣尖に左手を添えた。
右足を大きく前に踏み出し、体が斜めに傾いた。
異風な構えだが、斬りかかるだけでなく、突いてくるのではないか、と思わせる迫力
があった。
だが、蔵人は眉ひとつ動かさない。
胸中で、
四つ、
五つ、
と数え続ける。
六つ、
蔵人が六つまで数えたとき、内蔵助は不意に動いた。内蔵助はすでに待の構えから変

えていたのだ。自ら仕掛けて敵の心の動きに従い、表裏を以《もっ》て敵を破る、――天狗抄《てんぐしょう》の太刀だ。

内蔵助が仕掛けたのは突きだった。蔵人の喉元に向かって剣尖が迫った。

蔵人はわずかに身を揺らして、これをかわすとともに、居合を放った。間合いを見切って、内蔵助の胴を斜めに斬り上げたはずだった。

だが、蔵人の居合は虚《むな》しく宙を斬った。

突いた内蔵助は、体をかわされた瞬間、跳躍して宙を跳んでいた。しかも地面に降り立つや否や、また突きを続けざまに放った。

あたかも獣が飛びかかるかのような俊敏さだった。蔵人は押されて後ろに退いた。その時、内蔵助が、

「方々、いまだ」

と鋭く声を発した。その声に操られるように、伝四郎と織部、源九郎は刀を抜いて三方から蔵人に斬ってかかった。

蔵人は身を低くして伝四郎の刀を弾き返すとともに、織部に体をぶつけるようにして鍔《つば》迫《ぜ》り合いに持ち込んだ。

背後から源九郎が斬りかかると、織部に添うようにして体をかわした。源九郎は危うく織部を斬りそうになってたたらを踏んだ。

その瞬間、蔵人は横に跳んで伝四郎に斬りつけた。伝四郎が刀で受けると、弾かれた刀を蔵人は大きくまわして、体勢が崩れていた源九郎の足を薙いだ。

源九郎がうめき声をあげて転倒するや、蔵人は返す刀で織部の右足の太ももを斬ると同時に、伝四郎に突きを見舞った。

蝶が舞うような太刀さばきだった。織部と伝四郎がくずおれた。

蔵人は倒れた三人に目を配りながら、内蔵助に対峙《たいじ》して刀を正眼に構えた。しかし、その時には、内蔵助は刀を鞘に納め、地面から拾い上げた羽織の土を手で払っていた。

その様を見た蔵人は、

「もはや、腕試しは終わりでござるか」

と言いながら、刀を鞘に納めた。内蔵助は蔵人を見て、にやりと笑った。

「さよう。もはや狙いは果たせたのでな」

「狙いとは何でござる」

蔵人はうかがうように内蔵助を見た。

「お主は尾張藩士を斬って手傷を負わせた。されば、西ノ丸様の岳父、近衛様の護衛が尾張藩士を手にかけたことになる。これで、西ノ丸様と尾張藩の間はうまくいかなくなるであろう」

内蔵助は笑みを浮かべて言った。

「なるほど、それが狙いか」

「さもなくば、尾張藩領内で仕掛けたりはせぬ。それに、もうひとつの狙いもあった。これもうまくいったようだ」

蔵人は眉をひそめた。

「もうひとつの狙いとは何だ」

「お主を近衛様から引き離し、その間に浪人者に近衛様の一行を襲わせようというのがわたしの狙いだ」

「なんだと――」

蔵人は目を剝《む》いた。内蔵助は、薄ら笑いを浮かべ、くっくっと笑った。

「いまごろ、近衛様の輿は襲われているぞ。お主はわたしの策にまんまとはまって護衛の任を果たせなかったことになる」

内蔵助の言葉を最後まで聞かず、蔵人は踵を返して走りだした。

蔵人の背に向かって内蔵助は、

「安心せい。殺めたりはせぬ。ただ、近衛様に少しばかり怖い思いをしていただき、江戸行きを断念していただくだけのことだ」

と声を発した。

蔵人はそれに構わず走っていく。やがて、道を曲がった先から剣戟《けんげき》の響きが聞こえてきた。せわしなく近づくと、七、八人の浪人者たちが輿に迫っていた。

これを長之が刀を抜いて防いでいた。しかし、長之だけでは防ぎきれなかったと見えて、もうひとり、僧形の男が長さ三尺の半棒を振るって戦っていた。

その僧侶を見て、蔵人は、

——清厳
と叫んだ。

清厳はちらりと蔵人を見て微笑んだようだった。だが、その瞬間にも浪人が斬りかかる。清厳は容赦なく浪人の肩を打ち据えた。

浪人がくずおれると、ほかの浪人が斬りかかる。清厳はこの浪人の鳩尾《みぞおち》を半棒で突いた。

浪人は弾かれたように倒れる。そこへ蔵人が飛び込んで清厳と背中合わせになった。

「清厳、どうしてここへ」

蔵人は対した浪人が斬りつけてきた刀を弾き返しながら訊いた。

「咲弥様から頼まれました。此度の江戸行きは思わぬことが起こりそうゆえ、助けてくれと」

「そういうことか。助かったぞ」

大声で言うなり、蔵人は浪人たちに向かって斬り込んでいった。これまで、長之と清厳の防戦に手を焼いていた浪人たちは、新手として蔵人が加わったことで崩れ立ち、倒れている浪人をかつぐなどして逃げ始めた。

「逃さんぞ」

蔵人が追いすがると、浪人たちは必死の形相で逃げていく。その様を見て、蔵人は笑いながら刀を鞘に納めた。

蔵人は同じく刀を鞘に納めた長之に近づき、

「申し訳なかった。柳生内蔵助に誘い出されて、近衛様の輿を離れたのはそれがしの不覚でござった」

と言って頭を下げた。

「何の、雨宮殿が柳生衆を引き受けてくれたからこそ、浪人たちの襲撃を退けることができました。いまの浪人者たちに柳生衆が加わっていれば、と思うと、ぞっとしますぞ」

長之は笑った。

蔵人は長之に清厳を引き合わせ、それがしの従兄弟でござる、と短く告げた。

長之は清厳の風に揺れる右袖にちらりと目を遣ったが、何も言わず、

「ご助勢、ありがたかった」

と礼を述べた。そして輿に近づいて、基煕に浪人者の襲撃を退けたことを報告した。

基煕は輿の戸を開けずに、

「怖かったのう。助かってよかった」

とおっとりした声で答えた。長之は片膝をついて、

「あるいは、柳沢はこの先にもまだ罠《わな》を仕掛けておるやもしれません。いかがいたしま

しょうか」

と問うた。

「いかがするかとは、京に引き返すかということか」

「さようにございます」

長之が目を鋭くして輿の戸を見つめた。

輿の中から笑みを含んだ基煕の声が聞こえてきた。

「柳沢はわしが江戸に参るのがよほど嫌なんやろう。そこまで嫌がられてるなら、これは行かんわけにはいかんなあ」

長之はほっとした表情で言った。

「ならば、このまま参りましょう」

基煕は輿の戸をゆっくり開けて顔をのぞかせると、蔵人に笑いかけた。

「すまんが、よろしゅう頼む。何分、此度ばかりはわしも覚悟を決めて江戸へ参るのでな」

蔵人と清厳は頭を下げた。

長之は輿をかつぐ下人たちに、

——参るぞ
と声をかけた。

近衛基煕の一行は、その後、何事もなく旅を重ね、四月には江戸に入った。

基煕はすぐに江戸城、西ノ丸の家宣のもとに挨拶に赴いた。

蔵人は、長之に、

「江戸城に入れば、あとは西ノ丸様がお守りくだされよう。わたしは神田《かんだ》の亀屋《かめや》という飛脚問屋を訪ねることにする。かねてからの知り合いでござる」

と告げた。

長之は、何かあれば使いの者を遣るので、と言い置いて基煕の輿に従い、江戸城の大手門から入っていった。

四

近衛基煕を無事、江戸城まで送り届けた蔵人は清厳とともに亀屋に向かった。

神田へ歩を進めつつ、蔵人は、

「つけられておるぞ」

と清厳に声をかけた。

何者かが蔵人たちの跡をつけている気配があった。

「承知しております。何者でしょうか」

清厳は落ち着いた声で答える。

「さて、何者かな。〈ののう〉か、柳生内蔵助の手の者か。それとも――」

蔵人はつぶやきながら歩いていく。

ふたりが、やがて神田に近づいても、ふたりの跡をつけてくる者の気配はまったく変わらなかった。

蔵人はしびれを切らせて、ゆっくりと振り向いた。つけてきた者はうろたえる様子もなく、蔵人に向かって頭を下げた。

蔵人は苦笑した。

小柄で丸顔の目立たない風貌の若い男だった。月代《さかやき》を剃《そ》り、木綿の着物に袴をつけ、脇差だけを腰にしている。その様は武家の奉公人に見えた。

「そなた、なにゆえ、われらをつけて参ったのだ」

蔵人が問うと、男はまた頭を下げてから口を開いた。

「申し訳ございません。道端で声をかけては失礼と存じ、いずこかの宿に着かれるのを待っておりました」

「ほう、わたしたちの宿を探ろうというつもりではなかったのか」

蔵人は鋭い目で男を見た。

「決してさようなことではございません。わたしは旗本寄合席、新井勘解由《あらいかげゆ》の家士にて飯尾孫八《いいおまごはち》と申します」

「新井勘解由殿――」

知らぬ名だ、と蔵人は首をひねった。すると、孫八は咳払いしてから、

「主人は白石《はくせき》という号を用いております。その号のほうが世間にはよく知られているようでございます」

と言い添えた。かたわらの清厳が口を開いた。

「新井白石先生でしょうか」

「さようでございます」

孫八は大きく頭を縦に振った。

蔵人は清厳に目を向けた。

「新井白石という方を知っているのか」

清厳はうなずいて、

「西ノ丸様の学問の師です」

と短く答えた。

「なんと」

蔵人は息を呑んだ。

新井白石は数奇な運命をたどった学者だった。

白石の父は、上総《かずさ》国久留里《くるり》の城主、土屋《つちや》利直《としなお》に仕えた。

だが、利直の死後、藩主を継いだ土屋直樹《なおき》に奇矯《ききょう》の振る舞いがあり、父は仕えるに足らずとして、一度も出仕しなかった。

このため、新井父子は主家を追われ、白石は貧困の中で学問に励み詩文を学んだ。
その後、白石は大老の堀田正俊《ほったまさとし》に仕えた。だが、正俊が若年寄の稲葉正休《いなばまさやす》に殿中で刺し殺されると、堀田家は次々に国替えを命じられ、窮状に陥った。
白石はこれを見かねて浪人し、のちに、儒学者、木下順庵《きのしたじゅんあん》の門人となった。順庵の門下には、
雨森芳洲《あめのもりほうしゅう》
室鳩巣《むろきゅうそう》
祇園南海《ぎおんなんかい》
など錚々《そうそう》たる学者がいたが、白石はこの中でも高弟として〈木門《もくもん》の五先生〉、あるいは〈十哲〉の一人に数えられるに至った。
そして順庵の推挙により甲府藩主徳川綱豊の侍講となった。綱豊が綱吉の養子となって西ノ丸に入り、名を家宣と改めると白石も幕臣として寄合に列せられた。
家宣に仕える白石ならば、江戸城大手門まで近衛基熙の供をしてきた蔵人と清厳に目を留めてもおかしくはなかった。
「それで、新井白石様はわたしに何の用事があるのだ」
蔵人は孫八を見据えて訊いた。
「されば、主人の屋敷は神田小川町《かんだおがわ》にございます。ご足労ではございますが、これより主人のもとにお出でいただくわけに参りますまいか」

　孫八は丁寧に頭を下げた。

「新井様はわたしに会いたいと仰せなのか」

「さようでございます。会ってぜひともお話しいたしたきことがある、とのことでございます」

「どのようなお話であろうか」

　蔵人が首をひねると、孫八は首をかしげて、

「わたしにはわかりません」

　と言った。

　そうか、とつぶやきつつ、蔵人は清厳に顔を向けた。

　清厳はかすかにうなずいてから、

「新井白石様は学者として自らを律すること、まことに厳しき方と聞いております。さような方のお話はうかがったほうがよいのではありませんか」

　と告げた。

　白石は浪人のころ、豪商の角倉了仁《すみのくらりようじん》や河村通顕《かわむらみちあき》から縁組の話が持ち込まれたが商人の養子となることを潔しとせずに断った。

　また、師の順庵が白石を金沢藩に推薦しようとしたことがあった。

　金沢藩は学問が盛んで蔵書の多いことで知られており、白石は仕官するにやぶさかではなかった。

しかし、同門で加賀出身の男が母親を世話するために加賀に帰りたいと望んでいるのを知るとあっさり譲った。

その後、甲府徳川家から三十人扶持で白石を仕官させたいとの話があった際に順庵は、薄禄《はくろく》では推挙できないと掛け合った。

学問のできる高弟を安売りしたくなかったのだ。このため甲府徳川家では四十人扶持にすることにした。

順庵はそれでも推挙を渋ったが、白石は、

――かの藩邸のこと、他藩に準ずべからず

と、将軍家連枝である綱豊の将来性を見込んで仕官した。

蔵人はしばらく考えてから答えた。

「ご案内いただこうか」

孫八は嬉しげに、

「では、さっそくご案内いたします」

と言うと先に立って歩き始めた。

神田小川町は、古くは鷹狩《たかがり》に使う鷹の飼育を行う鷹匠《たかじょう》が住んでいたことに由来して、元鷹匠町などと呼ばれていたが、元禄六年に小川町と改称された。

このあたりに清らかな小川が流れていたことからついた町名らしい。

徳川家康が江戸入りする以前に江戸城を築いた武将、太田《おおた》道灌《どうかん》は和歌の素養が深く、

小川のある風景を、

　むさし野の小川の清水たえずして岸の根芹《ねぜり》をあらひこそすれ

と詠んだという。

蔵人と清厳は孫八に案内されて新井白石の屋敷を訪れた。思ったよりも構えが小さかったが、さすがに学者の屋敷らしく清《きよ》げな佇まいだった。

ふたりを玄関で待たせて奥へ向かった孫八は、すぐに戻ってきて、

「おあがりください」

と告げた。上がって廊下を進んだ蔵人と清厳が、通されたのは、白石の書斎だと思われる小さな部屋だった。

痩身《そうしん》の人物が書見台に向かって書を読んでいたが、ふたりが座敷に通されると、書物を閉じた。わずかな時間も惜しんで学問に勤《いそ》しんでいるのだと見てとれた。

白石はこの年、五十歳。だが、髪は黒々としており、鼻下とあごに蓄えた髭《ひげ》にも白いものは混じっていない。

顔色はやや青白いが、目は爛々《らんらん》として鋭気に満ちている。

気性が激しく、怒った際に眉間《みけん》の皺《しわ》が「火」の字に似ていることから、白石が若いころに仕えた土屋利直は白石のことを〈火の子〉と呼んだという。

白石は、学者にしては珍しいほど精悍な人物だった。蔵人たちが頭を下げて挨拶すると、

新井勘解由でござる、と名のるなり、

「貴殿らは前関白、近衛様を護衛して京より下られたとのこと。その間、尾張領内にて賊に襲われたというのはまことでござるか」

と問うた。蔵人は戸惑いながらも、

「まことでござる」

とむっつりした表情で答えた。白石は鋭い目を蔵人に向けた。

「その賊は柳沢吉保殿のまわし者だと聞きましたが、間違いありませぬかな」

蔵人はちらりと清厳に目を向けた。

清厳が白石は偉い学者だというから来てみたが、こんなことを問い質すようでは目付か町奉行所の役人と変わるところがない、と目に失望の色を浮かべた。

蔵人は白石に顔を向けておもむろに口を開いた。

「さようなことはそれがし、存じませんな。新井様は西ノ丸様に仕えておられるとのこと、さすればそれがしなどに問われずとも、近衛様のご家来に訊かれればすむことではございませんか」

白石はあっというように口を開けてから苦笑した。

「これは矢継ぎ早に問いを発して失礼いたした。わたしは知りたいことがあると、矢も

盾もたまらぬようになります。失礼を許されよ」
白石は頭を下げた。
蔵人はそんな白石をじろりと見てから、
「さようにすぐに謝られては、こちらも返事に困りますな。されど、いま訊かれたこと
ははなはだ俗世間に関わることでござる。明窓浄机《めいそうじょうき》にて学問をされる方の耳を汚すだけ
ではないかと存ずるが」
と言った。すると、白石はすぐさま口を開いた。
「いや、さように思われるのは貴殿が間違っておられる。学問と申すは治国平天下、政
の歪《ゆが》みを糾《ただ》し、民を安んじるためのものです。それゆえ、わたしが柳沢吉保殿の動きを
知ろうとしたのは学問のためです」
白石の口調には蔵人を説き伏せようという強引さはなく、自らの信じているところを
述べるだけ、という迷いのない歯切れのよさがあった。
蔵人は思い直して、
「せっかく問われたことゆえお答えいたす。近衛様一行に罠を仕掛けたのは、柳沢様の
家臣である柳生内蔵助なる者でござる。彼の者は近衛様が江戸に赴くのを邪魔立てしよ
うとしたのではござるまいか」
と告げた。白石は、なるほど、やはりさようでござったか、と言いながら大きく頭を
縦に振った。そして、蔵人を見遣りつつ、目に笑みを浮かべて、

「して、貴殿はなぜ、近衛様の一行を柳沢殿の手から守ろうと思われたのです。柳沢殿に、なんぞ遺恨でもおありになるのか」

と続けて訊いた。

蔵人はゆっくりと頭を振る。

「いや、恨みなぞはありませんな。近衛様を守る仕事は、頼まれたゆえ、受けました。それにもう一つ——」

言いかけて蔵人は白石の顔をのぞきこむようにして見た。そして言葉を継いだ。

「ある者の行方を捜すために江戸に出て参った」

「ある者とは？」

白石は能面のように無表情な顔をして問うた。

「亡くなられた吉良左兵衛様の家臣にて冬木清四郎と申す若者にござる」

「ほう、その者をなぜ捜しておられますか」

白石の目がきらりと光った。

「その者は吉良様が配流の地で亡くなったことを憤っておりました。あるいは江戸にて騒動を起こすつもりではないかと思い、案じております」

「吉良様が不遇のまま逝かれたことを嘆く家臣がいたとして、なぜ江戸に出たと思われる。吉良様はたしか信州にお預けの身でおられたはず」

白石は訝しげに訊いた。

「赤穂浪人も播州から江戸に赴いて吉良邸に討ち入ってござる。仇が江戸にいるのであれば、江戸へ向かいましょう」

淡々と蔵人は答えた。

「吉良様の仇が江戸にいるとは解せませぬな。吉良様は病で亡くなられたと聞いておりますが」

「もし赤穂浪人の討ち入りが無くば、吉良左兵衛様は平穏に江戸で過ごされ、若くして亡くなられることもなかったと存ずる。されば吉良様のお命を縮めたものは江戸にいると考えたのやもしれませんな」

「なるほど――」

白石は何度かうなずいたが、その様子をじっと見つめていた蔵人は、

「新井様は、冬木清四郎のことを何かご存じなのではござらぬか」

と言った。白石は驚いたように目を瞠った。

「なぜ、さようなことを思われるのですかな」

蔵人は微笑して答えた。

「冬木清四郎の名を出したおり、新井様は興味を持たれたご様子でした。いや、もともと清四郎の話を聞きたくて、われらを屋敷に呼ばれたのではないかと勘ぐってしまいました」

ははは、戯言《ざれごと》を言われる、と白石は笑った。

蔵人は白石が笑い終わるのを待って、

「さて、問われたことにもお答えいたしましたゆえ、お暇つかまつろうか。最前より隣の部屋に客人が待っておられるようでござる。長居いたしては無礼でござろう」

と言いながら隣室との間を仕切る襖を睨み据えた。白石は眉をひそめて隣室をうかがった。すると、隣室から、

「白石殿、そちらへ参ってもようござるか」

と男の声がした。白石はほっとしたように応じた。

「お入りなさいませ」

襖がすっと開くと、隣室から羽織袴姿の四十過ぎと思える武士が入ってきた。

ひと目見るなり、風采《ふうさい》のよさがにじみ出てひとかどの人物であることがわかった。

額が広く眉が秀でてととのった顔立ちをしている。武士は落ち着いた物腰で、

「越智右近《おちうこん》と申す。新井殿より、学問の教授を受けておりますが、今日はたまたま隣にて調べ物をいたしておりましたゆえ、ご無礼いたしました」

と言った。蔵人は大げさにうなずいて見せた。

「さようか。それがしは雨宮蔵人と申す肥前浪人でござる。ご様子から、いずこかの御家中の方とお見受け申す。さような方は調べ物をいたす際に、あたかも忍びのごとく気配を断たれるのか。田舎武士のそれがしには、さような真似はできぬことでござる」

からかうかのような口調で蔵人が言うと、清厳は口を開いた。

「蔵人殿、言い過ぎてはなりませぬ。越智様は身分ある御方とお見受けします。さように乱暴な物言いは慎まれたほうがよいと思います」

蔵人は、はは、と笑った。

「なるほど、さようであろうな」

蔵人は、ご無礼いたした、と言って頭を下げた。右近は微笑して手を振った。

「いや、さように謝られてはこちらが恐縮いたします。わたしは、吉良様の名が出てより話を盗み聞きしていると思われてはいかぬと気配を消しておりました。却って怪しい振る舞いになってしまい、申し訳ござらん」

鷹揚に頭を下げる右近の物腰には人品卑しからぬものが感じられ、蔵人はわずかに気《け》圧《お》された。

蔵人は少し考えてから、あらためて白石に頭を下げた。

「いずれにしても、長居いたしましたゆえ、これにて御免こうむります」

白石はうなずき、右近も止めようとはしなかった。清厳をうながして、蔵人は廊下に控えていた孫八の案内で玄関に向かった。門をくぐって外に出ると、蔵人は大きく伸びをした。

「やれやれ、学者殿と話して肩がこったぞ」

蔵人が笑って言うと清厳が応じた。

「肩がこったのは、新井白石様にというよりも越智右近様がおられたからではありませんか」

「その通りだ。越智という武士は身分ありげだった。あるいは旗本かもしれぬ。いずれにしても剣をかなりに使うぞ」

蔵人は清厳に顔を向けた。

「わたしもさように思います。しかし、奇妙なのは、越智様は冬木清四郎の名を訊いたおりに気が乱れたことです。さもなければ、わたしが隣室の気配に気づくことはなかったと存じます」

清厳は白石の屋敷での様子を思い出しながら言った。

「新井殿も越智殿も冬木清四郎について何事か知っているに違いない。これは面白くなってきたぞ」

蔵人はにやりと笑って歩き出した。

間もなく飛脚問屋亀屋の看板が見えてきた。


そのころ、白石と右近は屋敷の茶室にいた。

白石の点《た》てた茶を喫した右近は、淡々と、

「あの雨宮蔵人なる者はよき武士だが、おそらくわれらの敵となるな」

と口にした。

「さようご覧になられましたか」

白石は自らにも茶を点てながら言った。

「漢《おとこ》であるがゆえに、おのれを曲げまい。されば、われらにとっては妨げになろうゆえ、死んでもらうほかなかろう。辻月丹に斬らせるしかあるまいな」

「さようでございますか」

白石は茶を喫してため息をついた。

「いかがした。あの者を斬ること、不承知か」

右近は白石をからかうような物言いをした。

「滅相もございません。なさねばならぬことは、なすばかりでございます。ただ、それが瑕瑾《かきん》にならねばよいが、と思うばかりです」

白石は頭を下げて重い口調で返した。

「瑕瑾とはいかなることだ」

右近は眉を曇らせた。

「天知る、地知る、我知る、と申します。どのようにひそかに行おうとも、我が知っているからには、したことから逃れられませぬ。されば、正徳《しょうとく》に傷がつくのを恐れるのでございます」

「正徳に傷か――」

右近はしばらく考えた後、つぶやくように言った。

「やむなし。なさねばならぬことからは逃れられぬ。もし、傷を負うというのであれば、わしが一身に負ってでも正徳に傷はつけぬ。それでよかろう」

右近のつぶやきには気魄《きはく》がこもっていた。白石はその気魄に圧されたかのように目を閉じて大きく吐息をついた。


蔵人と清厳がようやく訪れると、亀屋のお初《はつ》は喜んで迎えた。お初はすでに四十半ばだが、髪は若いころと変わらず豊かで、潑剌《はつらつ》とした表情も昔のままだ。あいにく亭主の長八《ちょうはち》は大坂へ飛脚に出ていて、当分の間、戻ってこないということだったが、いつものことらしくお初は気にする様子もなかった。

蔵人と清厳を店先から奥座敷に嬉しげに案内したお初は、挨拶もそこそこに、このたびはいつごろまでいられるのですか、と訊いた。

「さて、それだが、人捜しに来たのでな。どれほどかかるかわからないのだ」

おやまあ、と言いながら、お初はにこりとした。

「それなら気のすむまでいらしてください。それにしても、どなたをお捜しなのでございますか」

「亡くなられた吉良左兵衛様の家来で、冬木清四郎という元服する年ごろの若者だ」

蔵人があっさり言うと、お初は目を丸くした。

「吉良様のご家来でございますか」

「そうだ、これも因縁というものだな」

蔵人は苦笑いをもらした。以前、江戸に出てきたのは、赤穂浪人が吉良邸へ討ち入る騒ぎに巻き込まれたおりのことだった。

討ち入られた際、吉良邸で赤穂浪人から傷を負わされ、寂しく信州で亡くなった吉良左兵衛の、その家来を連れ戻そうと江戸に来ることになったのは、やはり因縁というしかないと蔵人は思った。清厳が身じろぎして、

「せっかく飛脚問屋の亀屋殿に世話になりに参ったのです。江戸に着いたことを、咲弥様にお報せいたさねばなりますまい」

と口をはさんだ。

おお、そうだな、と応じた蔵人は、

「さて、何と書いたものかな。まだ、何の手がかりもつかんではおらんぞ」

と眉根を寄せた。清厳は首を横に振った。

「さようなことはございません。わたしたちが江戸に着くなり、西ノ丸様の学問師範である新井白石様のもとに連れていかれ、越智右近なる方とも会いました。清四郎殿を追ってきた蔵人殿の動きは見張られているに違いありません。ということは捜さずとも向こうから手がかりがやってくるのではないかと思われます」

「なるほど、そうかもしれんな」

蔵人は感心したように言って膝を打ち、しばらくして、ふふ、と笑った。

「手がかりが向こうからやってくるのはありがたいが、柳生内蔵助のように抜き身をぶ

ら下げてやってくるのであろうな」

蔵人は面白そうに言った。

「おそらくさようでしょう」

清厳はすました顔で言った。話を聞いていたお初はいっそう目を見開き、

「相変わらず蔵人様は物騒なことでございますね」

とため息をついた。

「そうだな。わたしもそう思うが、なぜかかようなことになる」

蔵人は自らを笑うように言った。そんな蔵人を見つめて、清厳は静かに言葉を添えた。

「蔵人殿が剣の達人だからでしょう。その気がなくとも、まわりは蔵人殿を敵か味方にしていきます」

清厳の言葉を聞いて、蔵人はかたわらに置いていた刀に手を伸ばし、すらりと抜いた。

白刃が鈍い光を放った。

「邪を斬る破邪顕正《はじやけんしよう》の剣しか振るわぬつもりだが、その剣がいつしかわたしを死地に誘うのかもしれぬな」

つぶやくように蔵人が言うと、お初は顔色を変えた。

「蔵人様、さようなことを申されてはなりません。咲弥様と香也様がおられるのでございますよ」

お初が声を高くして言うと、蔵人は苦笑しながら刀を鞘に納めた。

「わかっておる。しかし、時おり、思うことがあるのだ。人は所詮いつか死ぬ。ならば死に時を自分で選びたいと思うかもしれぬとな」

清巌は首を横に振った。

「仏法ではさようなことは申しません。ひとは、命を与えられたならば寿命が尽きるまで、たとえ、どれほど辛い思いをいたそうとも、生き抜くのが務めでございます」

「もはや、ひとの役に立たなくなったとしてもか」

蔵人は清巌を見返した。

「ひとは生きている限り、この世の役に立っております。命の火がひとつでも消えずにいれば、ひとつぶん、この世を照らして明るませましょう。無駄な命などひとつたりともございません」

清巌が言うと、蔵人は中庭から目を転じて空を見上げた。

「わたしは武士だ。時にはひとを斬り、命を奪うことがある。わたしはその都度、命の火を消して、この世を暗くしているということか」

蔵人の声には哀しげな響きがあった。

「蔵人殿は、命を救うためにのみ剣を振るわれることを、わたしは存じております。それゆえ、蔵人殿が振るわれるおりは一殺多生《いっせつたしょう》の祈りの剣となるはずでございましょう。とはいえ、ひとを斬れば、その罪業は背負わねばなりません。蔵人殿はよくこらえておられます」

蔵人は微笑して清厳を振り向いた。

「さすがに説教がうまくなったな。思わず喜捨《きしゃ》をしそうになったぞ」

「蔵人殿よりの喜捨は、咲弥様のもとに生きて帰っていただくことで十分でございます」

清厳は沁《し》みとおるような声で言った。


三日後——

江戸城西ノ丸に滞在していた近衛基熙は、本丸で将軍綱吉に謁《えつ》した。

基熙は家宣とともに白書院に赴《おもむ》いた。すでに柳沢吉保が来ていた。末席に長之が控える。

間もなく綱吉が出座して対面の儀がつつがなく行われた。その後、御座所に席を移して酒肴が供された。綱吉は盃を手に上機嫌で京のことなどを基熙に訊ねた。

「近衛殿、いかがでござる。近頃、江戸と京は何の諍《いさか》いもなく平穏に過ごしていると思うておりますが、相違ござらぬか」

「まことにさようどす。これも将軍家の禁裏への忠誠がほんに抜きん出ておられるからやと思うてます」

基熙はやわらかな表情でそつなく答えた。綱吉は喜色満面で、ふと口を開いた。

「間もなくわが母の一周忌を執り行いますが、勅使はお遣わしくださいましょうな」

基煕は顔をほころばせた。

「それはまた、当然のことどす。亡き桂昌院様は、女人として最高位の従一位を授けられし御方にございます。一周忌のおりに勅使派遣は当然のことどす。もっとも、いまの関白がどのように差配しておるかは存じまへんゆえ、京に戻ったら間違いのないよう、確かめましょう」

基煕の応えを聞いて、綱吉は満足げにうなずく。すると基煕がさりげなく言葉を継いだ。

「時に、せっかくの一周忌やよって、大赦をされてはいかがかと帝はお考えです」

綱吉は眉をひそめた。

「大赦でござるか——」

綱吉はつぶやくように言った。

「さよう、法要にあたってはひとを救うのが何より供養になるのは明らかどす。このおりに大赦をなさはったら、天下万民、喜びに沸きましょう」

基煕が言うと綱吉は首をひねった。

「さて——」

綱吉は吉保に顔を向けた。心得た様子で膝を乗り出した吉保は、手をつかえて頭を下げ、言上した。

「畏れながら申し上げます。近衛様が仰せになられているのは、先年、吉良上野介を討ち果たした赤穂浪人の親族にて連座し、島流しになっている者たちを大赦してはどうかとのお申し越しかと存じます」

吉保の言葉を聞いて、綱吉は、さようでござるか、と基熙に訊ねた。基熙は大きくうなずく。

「何も赤穂浪人の親族だけを大赦せよとは申しておりまへんえ。桂昌院様が従一位を賜られたのは、たしか元禄十五年でございました。あの赤穂浪人が吉良邸へ討ち入ったのと同じ年どす。そんなことも因縁やから、大赦をなすったらどうやろう、と帝はお考えであらしゃいます」

基熙はなめらかな口調で話した。すぐさま、吉保が顔を上げて基熙の言葉を遮《さえぎ》るように、

「畏れながら、帝のご意向とは申せ、その儀はいかがかと存じます」

と口をはさんだ。基熙はじろりと吉保の顔を見た。

「いけまへんか。どうしてやろう。わしはよいお考えやと思うたがな」

吉保は手をつかえたまま言葉を継いだ。

「赤穂浪人どもの討ち入りは、桂昌院様への叙位に不満を抱く者が浅野内匠頭をそそのかして、叙位の話を禁裏とつけてきた吉良上野介を討たせたのだ、などと噂いたす者もおりまする。さすれば、桂昌院様の一周忌の大赦を行えば、あたかも噂通りであったと認めたかのようになりかねませぬ」

「はて、それは難儀やなあ。わしはいまが一番ええ頃合いやと思いますがなあ」

基熙がつぶやくように言うと、綱吉は口を開いた。

「いい頃合いとは、いかなることでござるか」

「吉良左兵衛殿が今年の一月に亡くならはったのを、将軍家はご存じでおいやすやろ」

基熙は笑みを浮かべて綱吉に目を向けた。

基熙に言われて、綱吉は思案する面持ちで吉保に顔を向けた。

「いや、知らぬが。美濃守、まことか」

吉保は手をつかえて答える。

「まことでございます。吉良左兵衛は流罪の身のまま亡くなりましたゆえ、お耳に入れることはございませんでした」

「そうか、流罪人の生死をいちいち知らねばならぬこともないな」

綱吉はつめたく言い放った。

基熙はちらりと家宣に目を遣ってから、再び綱吉に話しかけた。

「まさにさようではございましょうが、もし吉良が生きておったならば、大赦のおりに許されるに相違ありまへん。そうなると浅野贔屓《びいき》の世間の者は何を言い出すかわからしまへんえ。さらに大赦をされず、吉良のように流罪地で赤穂浪人の親族が死んでしもうたら、どうなります。慈悲の沙汰をするのは永遠にかなわへんのやおへんか」

諭すように話す基熙の言葉に綱吉はうなずいた。

「なるほど、それも一理ありますな」

吉保は、うかがうように基熙に目を向けた。内心では苦り切っているのが表情に滲《にじ》み出ている。しかし、基熙は平気な顔で、

「なあ、美濃守もそう思うやろう」

と声をかけた。吉保が、さて、と口ごもっていると、家宣が追い打ちをかけるように言葉を発した。

「すでに上様がお考えあそばしているのだぞ。何をためらう。帝が望まれ、上様がお考えになられたことを滞りなく行うのがそなたの役目ではないのか」

決めつけられて、吉保は平伏した。

「さっそく、いかにすべきか老中の評定にかけまする。そのうえにて然るべくいたしますゆえ、しばらくお待ちいただきたく存じます」

基熙は、ほほ、と笑った。

「わしはしばらく西ノ丸に厄介になって江戸見物などいたしたいと思うてます。その間に返事をもろうて京に戻り、帝にお報せいたしたいものや」

返事を聴くまで京には戻らないと、脅しともとれる言葉を露骨に言われて、吉保は眉根にしわを寄せた。

「さてさて、楽しみなことでございます」

家宣がゆったりとした微笑を浮かべて言った。

五

基熙が大赦のことを言い出した日の夜、下城した吉保は、居室に柳生内蔵助を呼んだ。

居室の前の廊下にひざまずいた内蔵助が、

——内蔵助にございます
と声をかけると、吉保は不機嫌そうに、入れ、とひと言だけ口にした。

内蔵助はかすかに皮肉な笑みを浮かべると襖を開けて中に入った。部屋の敷居近くで手をつかえた時には笑みを消し、真面目腐った顔になっていた。

「近う——」

吉保の声に応じて内蔵助は膝行《しっこう》した。

吉保は煙草盆《たばこぼん》を引き寄せて煙管《きせる》の煙草を吸いつけ、内蔵助に目を向けて、

「やはり近衛を江戸に入らせたのは間違いであったな」

と言った。

内蔵助は膝に手を置き、黙っている。

吉保は紫煙を吐いてから、

「そなたが油断したゆえ、かようなことになったのではないか」

といまいましげに言い捨てた。

内蔵助は素知らぬ顔をして訊いた。

「近衛様は何を仰せになられたのでございましょうか」

「おそらく帝は慶仁《やすひと》親王を後継に立てるというお話を言い出されるであろうと思っていたのだが、違ったようだ。桂昌院様の一周忌に合わせて赤穂浪人どもの親族を大赦にせよとの仰せであった。これは帝のお考えであるそうな」

吉保は怜悧な顔で言った。

「それは、それは――」

内蔵助はつぶやくように言いながら、にやりとした。

「されど、それにて西ノ丸様の思惑が見てとれましたな」

「西ノ丸様の思惑だと」

吉保は片方の眉を上げて内蔵助を見た。

「さよう、西ノ丸様はどうやら赤穂浪人の親族に温情を示すことで世間の人気を得ようとしているのではありますまいか」

「そうであろうな。小賢《こざか》しきことをされる。間部詮房か、あるいは新井白石の知恵であろうが」

「されど、その知恵に帝や近衛様が肩入れされているとなると、見過ごしにはできませんぞ」

内蔵助は膝を乗り出した。

「見過ごしにできぬとはどういうことだ」

吉保はじろりと内蔵助を睨んだ。

「されば赤穂浪人の吉良邸討ち入りは、そもそも松の廊下での刃傷の裁きが浅野に厳しく、吉良に温情をかけたために起きたものでございます」

内蔵助はしたり顔で言った。

「それがいかがした」

吉保は苦い顔になった。

松の廊下の刃傷事件を裁いて浅野内匠頭に即日、切腹という異例の沙汰を下したのは吉保だった。浅野内匠頭の裁きが不当であったと言われると不快になる。

内蔵助は平然と言葉を継いだ。

「もし、赤穂浪人の親族を恩赦にいたせば、世間はお上が以前の過ちを悔いたゆえ、温情を示されたものと思いましょう」

「さようなことはわかっておる」

吉保が苛立たしげに言うと、内蔵助はにやりと笑った。

「されば、これは殿を追い落とそうとする西ノ丸様の謀《はかりごと》でございましょう。赤穂浪人の親族の大赦を行った後、殿を咎めようというのでござる。赤穂浪人の討ち入りの一件はすでにお裁きが下り、過ぎ去ったことになっておりましたが、大赦によって蒸し返すことができるのでござる」

「はたして、そこまで考えているであろうか」

吉保が首をかしげると、内蔵助は断固とした口調で言った。

「間違いございません。殿、これはもうのんびりと構えておるわけには参りませんぞ」

鋭い目で内蔵助は吉保を見つめた。

吉保はしばらく目を閉じて考えてから、瞼を上げ内蔵助を見返した。

「ならば、何とする」

「禍根を断つしかございません」

「禍根を断つだと」

吉保は目を瞠った。

「赤穂浪人の遺児で男子は十九人おります。このうち十五歳以上で伊豆大島に流罪となった者は四人でございますが、ひとりはすでに病死いたしたとか。さすれば残るは三人に過ぎませぬ。しかもこの者たちは、さほど身分高き者にあらずと聞いております。大赦となって世間の人気が集まるのは、やはり赤穂浪人を率いた大石内蔵助の子ではありますまいか」

内蔵助の話を吉保は吟味した。

たしかに大赦によって軽格の者の子が助かったからといって世間は騒ぐまい。

吉良上野介を討ち取ることで幕府に煮え湯を飲ませたのは、やはり大石内蔵助だ。その大石の子に世間の同情は集まるに違いないだろう。

吉保が考え込むかたわらで、ひややかに内蔵助は話を続けた。

「大石内蔵助の遺児は、次男、吉之進《きちのしん》と三男の大三郎《だいざぶろう》でございます。吉之進はお上の目を逃れるためでありましょうが、仏門に入っているとのことゆえ、大赦になろうともさして世間は驚きますまい。三男の大三郎は元禄十五年の生まれにて、大石は顔も見ておらぬはずでござる。されば、親の慈しみは他の子に増してかかるのではありますまいか」

「なるほど、さように思えるな」

吉保はうなずいた。

「まだ年端《としは》もゆきませぬゆえ、大赦が行われて大石の三男が許されることになれば、おそらく世間はもてはやしましょう。あるいは大石家を再興するのは、この三男においてということになるやもしれませぬ。さすれば、この者を生かしておかぬのが肝要かと存じます」

内蔵助の言葉に、吉保はうなずいた。

「大石大三郎を斬っておけば、大赦となっても世間の騒ぎようはよほどに小さかろうということか」

――御意

内蔵助は手をつかえ、深々と頭を下げた。

吉保の顔にようやく満足げな笑みが浮かんできた。

十日後——

咲弥は二条河原町にある近衛家の別邸に赴いていた。中院通茂の使者が、近衛家別邸に行くようにとの手紙を携えて訪れたのは三日前のことだった。

咲弥は香也を自分の留守中にいつも世話してくれている農家の女房に預けて、ひとりで京の市中に出向いた。

別邸を訪ねると、案内を請うまでもなく、中院家を取り仕切る家宰が門前で待ち受けていて、近衛家の家僕とともに咲弥を奥に案内した。

咲弥が通された広間には、驚いたことに左大臣近衛家熙《いえひろ》がいて通茂となにやら話していた。かたわらに、武家の女房らしき大柄でふくよかな顔立ちの三十代後半に見える女人と、四、五歳の男の子が控えている。

女人は後家らしく、切り下げ髪にして地味な小袖を着ている。だとすると、かたわらにいる男の子は亡き夫の遺児だろう。

咲弥は、公家屋敷で開かれた歌会のおりに見かけた家熙に向かって深々と頭を下げた。基熙の子で左大臣となった家熙はこの年、四十歳。

学問を好み、諸道に卓抜の才があることで知られていた。書は賀茂《かも》流を学んだが、空《くう》海《かい》や小野道風《おののみちかぜ》らの書を臨書《りんしょ》し、ついに独自の書風を編んで一流を成した。

茶道では慈胤《じいん》法親王により宗和《そうわ》の流を学んで一流の茶人となり、さらに絵も優れ、礼典儀式を究めるため、『唐六典《とうりくてん》』の校訂を行うなど、雅を極めた文人であり、学者でもあった。

家熙は、敷居際で手をつかえる咲弥に、

「遠慮は無用や。近う参れ」

とかねてより顔見知りであるかのように気さくに声をかけた。

通茂も笑みを浮かべて、

「こちらへ」

と手招きした。咲弥が膝を進めると、家熙は、

「そなたの顔は歌会のおりによう見かけた。さらに中院殿より話を聞いておるゆえ、初めて会うた気がせぬぞ」

と笑顔で口にした。

「恐れ入ります」

咲弥はあらためて手をつかえて頭を下げた。近衛家といえば、朝廷でも重きをなす家柄のひとであるだけに、どう挨拶したものかと咲弥は戸惑った。

そんな咲弥の迷いにかまわぬ様子で、通茂が言葉を継いだ。

「どうや、もう近衛様は江戸に着かれたであろうが、蔵人からそなたになんぞ文を寄越《よこ》して参ったか」

咲弥はわずかに顔をあげ、微笑した。

「夫は筆不精《ふでぶしよう》にございますゆえ」

「それは困ったことやな」

通茂は笑い声をあげてから家煕に目を向けて会釈した。家煕はうなずいて、

「実はな、わしのところには進藤長之より書状が届いておる。父上は無事に江戸に入られ、将軍家とも対面されたそうな」

と言った。咲弥は頭を下げた。

「畏れ多いことでございます」

家煕が前関白である基煕の消息を地下《じげ》の者である自分に話してくれたのは、もったいないことだと咲弥は、かしこまらずにはいられなかった。

家煕は打ちとけた様子で話を続けた。

「それでな、父上は将軍家に赤穂浪人の親族の大赦をしたらどうや、と言わはったそうや」

「赤穂浪人の親族の大赦でございますか」

咲弥は思わず声をあげた。

ほほ、と家煕は笑った。

「父上も大胆なことをされる。六月に桂昌院の一周忌があるから、それに合わせて島流しになっておる赤穂浪人の遺児を赦免《しやめん》いたし、十五歳になれば遠島が決まっておる者たちもことごとく許したらええ功徳になると言うたら、柳沢吉保は青くなっていたそう

や」

「それはまあ――」

咲弥はどう応じていいかわからなかった。赤穂浪人の遺児が大赦によって救われるのは何よりのことだが、近衛基熙がそこまで思い切ったことを口にした背景には何があるのだろうと思った。

刃傷事件を起こした浅野内匠頭や吉良邸に討ち入った赤穂浪人の処分は、すべて柳沢吉保が行ってきたといっても過言ではない。それなのに、赤穂浪人の大赦を行うのは吉保の面目をつぶすことにほかならない。

これは基熙が家宣と組んで、綱吉の亡き後には、吉保を政の場から追うと宣告したことになるのではないか。

咲弥は、政の争いの厳しさを垣間見た気がした。通茂が身じろぎして口を開いた。

「それでなあ、進藤殿が気になることを書いてきてな」

「なんでございましょうか」

咲弥は通茂の顔をうかがい見た。

「家宣様の側近の間部詮房殿が、対面のおりの柳沢吉保の様子を見ていて、あるいは用心したほうがよいのではないかと思われたそうや」

「用心と申しますと」

咲弥は首をかしげた。

「大赦で赤穂浪人の親族が許されるとなれば、世間はもてはやすかもしれぬ。わけても赤穂浪人を率いて見事に仇討をなしとげた大石内蔵助殿の子なれば、召し抱えたいと思う大名もおるやろう」

通茂の言葉を聞いて、たしかにそうだろう、と咲弥は思った。

赤穂浪人が討ち入りをした後、世間の評判は高く、大名の間でも大石たちを義士と称え、幕府の処分が軽ければ召し抱えたいと望む声があったという。

「それだけに用心したほうがええ、と間部殿は口にされたらしい。柳沢の顔色はただごとではなかったゆえ、ひょっとしたら大赦の前に大石殿の子を殺めようと企てるやもしれぬと言葉を添えられたそうな」

続く通茂の言葉に、咲弥は息を呑んだ。

「まさか、さような非道を柳沢様ともあろう方がなさいましょうか」

家煕がにこりとして口を開いた。

「柳沢もかつての柳沢やない。将軍家がお代替わりすれば、もはやこれまでの力を失い、どこぞ江戸から遠いところへ追いやられるに決まっておる。そんなとき、ひとは見苦しくあがくものや。柳沢が世間の評判を気にして、大赦の前に大石内蔵助の息子を殺めようと企むのはありそうなことや」

さようでございますか、と言いかけた咲弥は、ふと広間に控えている女人と男の子が気になった。

話のつながりから女人は大石内蔵助の妻女なのではあるまいか、という気がしてきた。咲弥が女人を気遣う表情で顔を向けると、通茂は破顔してうなずいた。

「さすがに咲弥や。気づいたようやな。彼の女人が大石内蔵助の妻のりく、そばにおるのが三男の大三郎や」

通茂が告げると、女人は男の子をうながして咲弥のそばに寄って、

「大石内蔵助の家内でございました、りくと申します。これは大三郎にございます」

と丁寧に挨拶した。

りくは、但馬《たじま》国豊岡《とよおか》藩、京極《きょうごく》家の家老石束源五兵衛《いしづかげんごべえ》の長女として生まれた。石束家は、代々京極家の筆頭家老を務め、千二百石の名門だった。

十九歳で十歳年上の内蔵助に嫁《か》して長男の主税《ちから》、次男の吉千代《きちちよ》、長女のくう、次女のるりを産んだ。

主君浅野内匠頭長矩が高家旗本の吉良上野介義央に刃傷に及び、赤穂藩が取り潰《つぶ》しになると、りくは一時、但馬国の実家へ帰った。だが、内蔵助が赤穂城開城後に山科に居を定めると、りくも再び一緒に暮らした。

このころ、りくは、また子を身ごもった。しかし、討ち入りの企てが進むと、内蔵助は盟約に加わることを望んだ長男主税を除いて、りくと他の子らを豊岡に戻した。さらに討ち入り後に連座が及ばぬようにとの配慮から、りくを離縁した。

りくは石束家に戻って三男の大三郎を出産したのである。

りくの丁重な挨拶を受けて、咲弥は、

「咲弥でございます」

とゆかしく頭を下げた。りくは微笑して、

難波津《なにはづ》に咲くやこの花冬ごもり今は春べと咲くやこの花

と古今和歌集の仮名序《かなじよ》にある和歌を口にした。

「この歌のような美しきお方でございますね」

とやわらかな言葉つきで言った。その口調から、りくは鷹揚でのびやかな人柄であることがうかがえた。

美しいと真正面から褒められて返す言葉が見つからず、咲弥が困ったように微笑んでいると、りくの頰が朱に染まった。

「これは、また、思うたことをそのまま口にしてしまい、失礼いたしました」

りくが頭を下げると、かたわらの大三郎もあわてて頭を下げた。

咲弥は苦笑して、

「何を仰せになられます。褒められて気恥ずかしい思いがいたし、言葉を詰まらせてしまいました。こちらこそ失礼いたしました」

と会釈を返した。通茂が笑いながら話を引き取った。

「りくと大三郎は但馬の豊岡に戻っておったのやが、このほど近衛様を訪ねて参ったのや。十五歳になれば遺された男子が次々と遠島になることを案じて、近衛家に仕える親戚の外山局《とやまのつぼね》を頼ったというわけや」

近衛家の老女、外山局は内蔵助たちの討ち入りに加わった大石瀬左衛門《せざえもん》の実母である。瀬左衛門が討ち入りした後、近衛家に仕えるようになっていた。

「さようでございましたか」

咲弥はあらためてりくに目を向けた。夫であった内蔵助が切腹して果てた悲しみは深いだろうが、それよりも子供たちを守り、育てようと懸命なのだろう、気が挫《くじ》けておらず、真っ直ぐに先を見据えているのが見てとれる。

りくは咲弥に見つめられて、はにかんだように、

「草深き田舎にて暮らしておりますゆえ、京に出て参りますと、どこにおりましても場違いな気がいたし、心落ち着かぬ日を送っております」

と正直な気持を口にした。

「それはわたくしも同じでございます。九州の肥前に生まれ、生涯を故郷にて過ごすと思っておりましたのに、いまは鞍馬の山奥に暮らしております。ひとは思いもよらず変転の暮らしを余儀なく送らねばならぬこともございます。先々をどのように生きるのか、わからぬものだと存じます」

咲弥が何気なく言うと、家煕が口を開いた。

「その鞍馬の山奥に、このりくと大三郎を匿《かくま》ってはくれぬか」

「りく様と大三郎様をわたくしどもが匿うのでございますか」

咲弥は目を瞠った。

「長いことではない。六月に桂昌院の一周忌が終われば、大赦が行われるやろ。それまででええのや」

「どうしてまた、さようなことを――」

咲弥が当惑を口にすると、通茂が言葉を添えた。

「実はな、赤穂浅野家の本藩である広島の浅野家が、もし大三郎が大赦となり、遠島になるのを免《まぬが》れるなれば千五百石で召し抱えたいとの意向なのじゃ。つまり、亡き大石内蔵助の家を再興してやろうということじゃな。それほど赤穂浪人の名は高まっておる。本藩も見過ごしにできなくなったのやろう」

仮にも幕府の咎めを受けて切腹した大石の息子を旧禄で召し抱えるとは、信じられないような話だった。りくは困ったような顔をし、

「まだ、決まったわけではないのでございますよ」

とおおらかに言った。

家煕が膝を乗り出して言い添えた。

「六月までわが屋敷に匿ってもええのやが、京はひとの口がうるさい。大石内蔵助の妻子がいるとなれば、すぐに知れ渡ってしまうやろう。それならば、いっそのこと鞍馬山

に隠れたほうがよいのではないか、と中院殿が言われて、わたしもそれがよき思案やと思うたのや」

「ですが、わたくしの夫、蔵人はただいま近衛様の護衛として江戸に赴いております。お二方様をお預かりいたしても、お守りすることは難しいかと存じます」

「そのことなら、わたしから進藤に申し伝える。江戸城に入られたからには、もはや父上に護衛はいらぬであろうゆえ、蔵人を返してくれよう」

「とは申されましても」

　咲弥が困惑していると、りくは手をつかえた。

「ご迷惑ではございましょうが、お願いできればありがたく存じます。何分にもわたくしは京の町におりますと、窮屈でございます」

と、りくはあたかものどかな引っ越しの話のように言った。

りくが頭を下げると、かたわらの大三郎も大きな声で、

「お願いいたします」

　と言って頭を下げた。

　その様を見て、咲弥は、とうてい断ることはできないだろうと思った。だが、清四郎を捜しに行った蔵人がすぐに戻ってこられるだろうか、と不安を覚えた。考えをめぐらすうちに、もし蔵人が戻れなくとも、清厳は事情を知れば帰ってきてくれるのではなかろうか、と思った。

咲弥はようやく心を決めて、

「わかりましてございます。お引き受けいたします」

と手をつかえて応じた。

「それでこそ、雨宮蔵人の奥方や」

通茂は家熙と顔を見合わせてにこりと笑った。


りくと大三郎が中院家の家僕に伴われて鞍馬山の蔵人の家に来たのは三日後のことだった。

咲弥はいつにもまして隅々まで掃き清め、一行を待ち受けた。

家の上がり框《がまち》でりくは額の汗を懐紙でぬぐいつつ、

「わたくしはかように体が太めなものですから、山道はこたえます」

と言った。

「さようにはお見受けしませんが」

咲弥が心のままに言うと、りくは嬉しげに顔をほころばせた。

香也も出てきて挨拶し、咲弥が濯《すす》ぎを支度しようとしたとき、大三郎が庭先にある道場に目をやった。

「母上、あれは何でしょう」

大三郎が訊くと、香也が身じろぎして言った。

「あれは父上の道場です」

「道場とは剣術のですか」

大三郎は身を乗り出して興味ありげに訊いた。

「父上は剣術も柔術も教えておられます」

香也は少し誇らしげに答えた。

「行ってもいいですか」

顔を輝かせて大三郎が言うと、香也は困ったように咲弥の顔を見た。

咲弥はにこりとしてうなずいた。

「大三郎様を道場にご案内しなさい」

香也は静やかに立ち上がり、

「どうぞ、こちらへおいでください」

と少し大人ぶって先に立った。

大三郎は元気よく香也についていった。ふたりが道場に入って間もなく、
えいっ
やあっ
と甲高い気合が響いてきた。道場に入った大三郎が木刀を手に稽古の真似事をしているのではないだろうか。座敷に落ち着いて出された茶で喉をうるおした後で、りくが眉をひそめた。

「初めておうかがいした道場で乱暴なことをしているようです。申し訳ございません」

咲弥は頭を振った。

「気になされることはございません。やがて大石内蔵助様の跡を継がれるのですから、勇ましいのは結構なことだと存じます」

「皆様、さように仰せられますが、それがよいことなのかどうか」

りくは心配げに言った。

「なぜさように案じられるのでございましょうか」

咲弥が首をかしげて訊くと、りくは困ったような顔つきをして答えた。

「皆様、亡き夫を武士の亀鑑だとたたえてくださり、大三郎に父上のようになれ、と声をかけられるのです。それゆえ、大三郎は武張《ぶば》ったことを好むようになり、しかも自分は偉いひとの子だと思うようになっているようです」

「父上を誇りにされることは、よいことだと思いますが」

慰めるように咲弥が言うと、りくはため息をついた。

「それはそうなのでしょうが。内蔵助殿はおのれが普通であることを貫いて、自らの信じることをなしとげたひとでございます。まわりから武士の亀鑑とおだてられ、それに合わせようという生き方はしなかったひとでした」

「そのような大石様を、りく様は慕わしく思っておられるのでございますね」

咲弥がさりげなく言うと、りくは、はい、と答えてうなずいた。しかし、すぐに亡き

夫をいまも慕っているのだ、と言ってしまったことに気づいて、

「これはどうしたことでしょう。咲弥様はおひとが悪い」

と言いながら、赤くなった顔を袖で隠した。

そんな気取りのないりくの振る舞いを、咲弥は好もしく思った。

それとともに、りくの内蔵助への想いをもっと聞いておきたくなった。

「大石様はどういう方だったのでございましょうか」

咲弥に訊かれて、りくは思い出すように遠くを見る目をした。

「そうでございますね、よくはわかりませんが、ただ、いつでもわたくしのもとにかえってきてくれるひとだったように思います」

りくの言葉に咲弥は目を瞠った。内蔵助は武士の大義に生き、家族を顧みなかったひとかと思っていた。

「亡くなられても、なおそう思われるのでしょうか」

「はい、亡くなってからは、わたくしのそばにいつもいてくれているという気がしております。それならば、大三郎に少しは小言を言っていただきたいのですが、それはわたくしにまかせきりなのでございますよ」

少し口をとがらせてりくが言ったとき、咲弥は思わず瞬《まばた》きした。

りくのかたわらに肩を丸くすぼめて穏やかに苦笑する武士の姿を見た気がしたからだ。

咲弥は得心した。

夫亡き後も、りくが明るい心を失わないでいるのは、内蔵助の魂魄がいまなおかたわらにいるからに違いない。

たとえ、生死で隔てられようとも、心はいまなお深い絆で結ばれている。

りくは内蔵助の死を嘆くひとの言葉を聞くたびに、胸の裡で当惑しているのではあるまいか。

すぐそばに夫はいる。だが、そのことがひとびとには、わからないだけなのだ。

かといって、りくにしても内蔵助の生身にふれることはできず、魂は通っても言葉を直《じか》に交わせるわけではない。

身近に感じられるだけに、言うに言えない寂しさ、もどかしさもあるのではなかろうか。

そんなことを感じた咲弥は、我知らず和歌を口にしていた。


色も香も昔の濃さに匂へども植ゑけむ人の影ぞ恋しき

「それはどなたのお歌でしたでしょうか」

りくが首をかしげて問うた。

庭先の道場では大三郎が木刀を振り上げては気合を発していた。

ええぃ
大三郎が甲高く叫ぶのを、香也は道場の隅に座って聞いていた。そうしていると、おのずと清四郎のことが思い起こされた。

この道場で山本常朝と立ち会ったおりの清四郎の凜々《りり》しい姿は、いまも脳裏に焼き付いている。清四郎には剣技の冴えだけでなく、心映えの涼しさがあった。

主君、吉良左兵衛へのひたすらな思いは香也の胸を熱くした。剣は何のために振るうものなのかが、あのときわかった気がする。

それだけに、大三郎が懸命に木刀を振るう様は微笑ましくはあっても、ひとより強くなりたいという思いが前面に押し出されているとしか感じられない。

香也が静かにひとり稽古を見つめていると、大三郎は気合を発さず、不意に木刀を下ろした。

「どうしました」

香也が訊くと、大三郎はゆっくりと頭を振った。

「いや、何でもありません」

大三郎はひどく悲しげに答えた。香也はその時になって大三郎が生まれて間もなく父を亡くし、その寂しさの中で懸命に生きているのだと気づいた。

「大三郎様、お母上がお待ちです。戻りましょう」

香也が声をかけると、大三郎は素直にこくりとうなずいた。

亀屋に逗留している蔵人は、しばらく何もせずにごろごろしていたが、十日ほどたって、

「こうもしておられぬな」

とつぶやいた。連日、寺巡りをしていた清厳は、この日は亀屋に落ち着いて、暇を持て余す蔵人ににこりと笑いかけた。

「ようやく動く気になられましたか」

蔵人は苦笑して答える。

「うむ、黙っていても向こうから仕掛けてくるかと思うたが、そんなこともないようだ。ならば、こちらから行かねばなるまい」

「どちらへ参られますか」

清厳は気にかかる様子で問いかけた。

「辻月丹の道場だ。清四郎が江戸で身を潜められるのはそこしかあるまい」

蔵人はあっさりと答えた。

辻道場は麹町九丁目にある。

旗本や外様藩の藩士たちの間で弟子になる者が相次ぎ、大名自身が入門することも珍しくないという道場だった。それだけに住み込みの弟子も多く、清四郎が隠れ住むには格好の場所だった。

「わたしも参りましょう」

清厳が言うと、蔵人は頭を振った。

「いや、繁盛している道場だ。わたしのような浪人者が道場破りを装って入り込むのがよい。僧侶が来れば、何事かと道場の者が警戒するだろう」

「道場破りをされるのですか」

清厳は微笑しながらも案ずる心持ちで問いを重ねる。

「形だけのことだ。信濃で会った辻右平太でも出てくれば、あっさり負けて茶でも馳走になろう」

蔵人はのんびりとしたことを言った。だが、江戸の剣術道場は道場破りに来た者を足腰立たぬほどに痛めつけるのが常だ、と清厳は聞いていた。

「さようにやさしゅう、あしらってもらえればよろしいですが」

清厳が心配げに言うと蔵人は笑った。

「行ってみねばわからぬ。案じるほどのことはないかもしれんぞ」

この日の昼下がり、蔵人は麴町に赴いた。

麴町には心法寺《しんぼうじ》という浄土宗の古寺があり、辻道場は心法寺の寺領を借りて建てられているという。寺を目あてに進むと、大きな道場が見えてきた。看板は出ておらず、ここだろうと見当をつけた蔵人が門をくぐって玄関に立つと、道場から竹刀を打ち合う音と甲高い少年の気合が聞こえてきた。

「お頼み申す」

蔵人が声をかけると、稽古着姿の若い門人が出てきた。

薄汚れた黒の紋服にしおたれた袴をつけた蔵人を胡散臭げに見た。

門人は蔵人を道場破りで金をせしめようとする浪人と見たらしく、

「当道場では他流試合をいたしておりません。お引き取りください」

とあらかじめ言った。

「結構でござる」

蔵人はにこやかに言葉を返した。門人は眉をひそめて迷惑そうな顔をした。

「何が結構なのですか」

門人は首をかしげた。

「拙者、名高い辻道場の稽古を見学させていただければ、それでよろしいのです。そのうえで、あるいは入門を願い出るかもしれませんぞ」

蔵人が言うと、門人は、

「ははあ、さようか」

と馬鹿にしたように答えた。

蔵人が平然としていると、門人はしかたなく、

「あがられよ」

と言って、道場へと案内した。道場の中央では数人が木刀を手に形稽古をしている。

門人は蔵人を片隅に座らせて、師範席に向かった。そこには、辻月丹が座っている。

（あの男がいる——）

蔵人は師範席に目を遣って、思わず緊張した。月丹のそばに羽織袴姿の越智右近が座っていた。

右近は悠揚迫らぬ様子で門人たちの稽古を見つめている。

さらに目を移すと、形稽古をしている門人たちの間に辻右平太が稽古着姿で立っていた。右平太は目が不自由なはずだが、門人たちの動きがわかるのか、手にした木刀で手の位置や足の置き所などを細かく教えている。

右平太に教えられるまま、門人たちは形を使っていく。最初はぎこちなかった動きがしだいに呼吸がととのい、木刀を振るうたびに風を切る音がしてくるようになった。

真剣を振るう時の腕前のほどは、打ち合っての掛かり稽古よりも形稽古のほうがよくわかる。実際の斬り合いで強みを発揮するのは、無念無想で木刀を振るう形稽古のほうだからだ。

蔵人は稽古を見つめながら、

（さすがなものだな、木刀におのれの魂を乗り移らせる稽古をしている）

と思った。この道場で鍛えられた者は強くなるだろう、と感心した。

蔵人がそんな思いで見ていると、月丹が師範席から、

「雨宮殿、こちらへ」

と声をかけてきた。蔵人は少しためらったが、意を決して立ち上がり、中腰のままするすると師範席に近づいた。

月丹と右近に頭を下げた蔵人は、

「見取り稽古をさせていただいております」

と挨拶した。

「雨宮殿にいまさら見取り稽古はいるまい」

月丹は微笑して応じる。

いや、決してさようなことは、と言いながら蔵人は差し控えた。すると、その声を耳にした右平太がすかさず、

「信州で会った御仁ですな。あのおりの決着がついておらぬ。一手、ご教授願いましょうか」

と口をはさんだ。蔵人は右平太をちらりと見て、

「滅相もござらん」

と答えはしたものの、これは立ち合わぬわけにはいかぬようだ、と覚悟した。右平太は月丹に顔を向けて、

「よろしいでしょうか」

とうかがいを立てた。月丹は苦い顔をして答える。

「ならぬ。無用なことだ」

右平太は眉をひそめ、蔵人は安堵した。しかし、月丹のかたわらで右近が身じろぎして口を開いた。

「師匠、それがしが立ち合うのはいかがであろうか」

月丹は目を瞠った。

「越智殿が立ち合うと言われるのか」

「さよう、それがしは師匠から剣を学びはしましたが、いまだ他流試合をいたしたことがございません。それゆえ、おのれの腕前に何とのう、心もとない気がいたしております。彼《か》の仁《じん》とはいつぞや新井白石先生のお宅でお会いいたした。これも何かの縁でござろうゆえ、稽古をつけていただきたく存ずる」

右近がにこやかに言うと、月丹はさらに苦い顔になった。しばらく考えてから、月丹は右平太に向かって、

「そなたがいらざることを口にするゆえ、越智殿に気まぐれを起こさせてしもうたではないか」

と叱りつけるように言った。右近は、はは、と笑った。

「さよう、気まぐれでござる。お許しあれ」

軽く頭を下げて右近は、月丹の返事を聞かずに脇差を腰から抜いて置くと、羽織を脱いで立ち上がった。師範席から降りて壁の木刀掛けから木刀を手に取り、軽く素振りを

して道場の中央に進み出た。右平太と形稽古をしていた門人たちがさっと道場の両脇に退く。

右近にうながすような眼差しを向けられた蔵人は、門人のひとりが差し出した木刀を受け取り、立ち上がった。ゆっくりと右近の前に歩み出る。

右近はさりげない様子で蔵人の動きを見つめている。蔵人は、右近と向かい合うと、

「稽古は勘弁していただけませぬか」

とのんびりした口調で言った。右近は微笑して首を横に振った。

「さようか」

蔵人はしかたがないという顔で一礼すると、腰を落とし、正眼に構えた。右近は興味深げに蔵人の構えを見据えながら、自分は木刀を片手にぶら下げたままで構えない。

「それでよろしいのか」

蔵人は問うた。

右近が少しずつ、足を横にすべらしながら答えようと口を開きかけた瞬間、蔵人は、だん、と床板を蹴って踏み込み、木刀を上段に振りかぶって打ち込んだ。

かん

と鋭い音が響いた。右近は蔵人の打ち込みを無造作に払っていた。蔵人は払われた木刀を肩にかつぐようにして踏み込み、さらに打ち込もうとした。だが、そのときには、右近は正眼に構えていた。

右近はどっしりと構えて、蔵人の動きを見遣りながら、動かない。その構えを見て蔵人はにやりと笑った。

「動かざること、山のごとしですな」

右近は何も耳に留めていないかのように静かな面持ちで蔵人と向かい合っている。

蔵人は右手に木刀を持ち、左右の手を大きく横に伸ばした。

あたかも鷲が羽を大きく広げたかのような構えだった。

「かかってこられよ」

誘うように蔵人は言った。

右近はかすかに笑みを浮かべたかと思うと、すっと間合いを詰めて蔵人に打ちかかった。

かん
かん
木刀が続けざまに激しく打ち合った。右近は蔵人に詰め寄り、木刀をからめて力任せに押さえ込もうとした。

これに対して、蔵人も木刀を押し返す。ぐいぐいと蔵人が押すと、右近はじりっと退いた。蔵人がさらに力を込めたとき、右近はさっと退いて木刀をはずした。

蔵人はつんのめりそうになりながらも、よくしのいで踏みとどまり、右近の胸板に突きを見舞った。

右近は体をひねってかわしながら、蔵人の木刀を下から跳ね上げようとした。蔵人がこれを受け止めたとき、右近は木刀をするりとかわして上段から打ち下ろした。

がきっ

大きな音が響いたかと思うと、蔵人の木刀は真ん中から折れていた。蔵人は手に残った半分の木刀を投げ捨てると、

「いざ、組まん」

と大声を発した。

「待てっ」

師範席の月丹が驚いて声を上げたが、その時には、右近も木刀を投げ捨て、

「おおう」

と応じていた。蔵人は突進して右近に体当たりした。受け止めようとした右近が後ろに弾き飛ばされるほどの勢いだった。右近はかろうじて足を踏ん張ってとどまり、迫ってくる蔵人の襟《えり》をとろうとした。だが、あろうことか蔵人は右手を大きくまわして右近の頬を思い切り叩いた。

ばしっ

という音がして、驚いたように目をしばたく右近に構わず、蔵人はさらに左手で右近の頬を叩いた。さすがに右近がひるんだと見た瞬間、蔵人は右近の襟をつかみ、腰を入れて投げ飛ばした。

宙に飛んだ右近は、猫のようにくるりと体を回転させて床に降り立ったものの、蔵人からはたかれて出た鼻血を手でこすって苦笑した。

「随分と乱暴なものだな」

右近がつぶやくと、蔵人は両手を前に構えて、

「武術は本来、乱暴の極みでござろう」

と事もなげに言った。

蔵人は肥前に伝わる〈角蔵流〉という柔術を修行した。角蔵とは、草履《ぞうり》取りの名である。佐賀の剣術者、鍋島喜雲《なべしまきうん》は、自分に仕える草履取りの角蔵が喧嘩の名人で負けたことがないのを知り、その喧嘩のやり方を柔術の技としてまとめたのだ。

このため、組み打ちに際して、まず相手の顔を張り倒すという乱暴な技を用いる。それだけに実戦的でもあった。

蔵人が両手を構えて右近に迫ろうとすると、師範席の月丹は、

「それまでじゃ。越智殿、もはや雨宮殿の手の内は見えたでござろう」

と声をかけた。

右近は笑って、

「たしかに身に沁みた。これで、十分でござる」

と答えて構えをといた。

蔵人は両手をおろして頭を下げた。

「ご無礼、仕った」

「何の、戦国さながらの武士の在り様を教えてもらい、感ずるところが多うござった」

右近も頭を下げてから師範席に戻った。

月丹は、鼻血が滲む右近の顔を見て言った。

「お顔を清めなされ。雨宮殿には奥で茶を進ぜましょう」

右近が会釈して道場を出ていくと、蔵人はわずかに頭を下げて見送った。

月丹は、右平太に向かって、

「皆の稽古はまかせたぞ」

と声をかけた後、蔵人に、奥へ参られよ、とうながした。

蔵人はうなずいて月丹に従った。

辻道場は月丹の屋敷と渡り廊下でつながっている。月丹についていくと、中庭に面した広い座敷に通された。

月丹は門人に茶を持ってくるように命じてから、おもむろに蔵人と向かい合って座った。

「お手並み、しかと拝見した」

月丹がにこりとして言うと、蔵人は頭に手をやった。

「いささか乱暴にすぎました。生来、野人でござれば、お許し願いたく存ずる」

「武芸の立ち合いでござれば、気にされることはない」

淡々と月丹は応じた。静かな様で座る月丹を前に蔵人は膝に手を戻して居住まいを正した。

「しかし、それがしも驚きました」

「何に驚かれたのでござろうか」

さりげなく問う月丹に、蔵人は鋭い目を向けた。

「されば、武術の稽古で少々の怪我は当たり前のことでござるが、先ほど越智殿が鼻血を出されたおり、辻殿はあわてられた。辻道場の門人には大名もおられると聞き及んでござる。越智殿は、よほど身分のあられる方のようですな」

蔵人に問われて月丹は眉をひそめた。

「さて――」

月丹が言いよどんでいると、顔をきれいにぬぐった右近が座敷に入ってきた。

「辻殿、無用の隠し立てをしては、雨宮殿に勘繰られてしまう。正直に申すのが一番であろう」

右近は気軽な様子で口にした。

さりげなく座った右近に、蔵人は頭を下げた。

「やはり、ご身分のある方でござったか。失礼をいたしました」

右近は穏やかな笑みを浮かべた。

「さようにかしこまらずともようござる。わたしは何ほどの者でもないが、ただ、兄はたしかに身分がござるゆえ、日ごろは明かさぬようにしており申す」

ほう、と言いながら、蔵人は右近の言葉を待った。右近はゆるゆると話した。

「わたしは、甲府藩主徳川綱重公の次男として生まれたが、家臣の越智《おち》喜清《のぶきよ》に養われてその家督を継ぎ、越智姓を名のっておる。つまり西ノ丸様の弟だ。西ノ丸様も幼いころ、家臣の新見《にいみ》正信《まさのぶ》の子として養育され、新見左近と称された。それゆえ、わたしは市井に出たおりは越智右近という名で過ごしている」

右近の母はお保良《ほら》という側室である。綱重が京から正室を迎える際、右近を身籠っていたお保良は、正室を憚《はばか》って越智喜清に下げ渡され、右近を産んだ。

兄の家宣も同じ運命で家臣に育てられたことから、兄弟としてたがいを思いやる気持があった。宝永元年に家宣が将軍綱吉の養子となって世嗣となると、右近は寄合衆に列して二千石を与えられた。さらに今年、一万石を与えられて大名となっていた。

後に綱吉が亡くなって家宣が将軍になると加増が続き、越智松平《おちまつだいら》家五万四千石の藩祖となってより、

——松平清武《きよたけ》
と名のり、出羽守、さらに右近将監《うこんのしょうげん》とも称した。辻月丹に入門誓紙を出しており、ほかの大名の門人たちと並ぶ正式の門人だった。

「さようでございましたか。ご無礼、ご容赦ください」

蔵人がかしこまって言うと、右近はからりと笑った。

「雨宮殿には似合わぬ挨拶だな。まことは、西ノ丸様の弟なら、もっとなぐってやればよかったと思っているのではないか」

「滅相もございません、決してさようなことは――」

蔵人は笑いつつ答えた。

「いや、考えているという顔をしておるぞ」

右近はさらに声を高めて笑った。

蔵人は困ったように頭をかいたが、ふと月丹に顔を向けた。

「ところで辻殿は、吉良左兵衛様に仕えていた冬木清四郎が左兵衛様ご逝去の後、出奔いたしたことをご存じか」

蔵人の問いに月丹は黙ってゆるやかに頭を振った。さようか、と何気ない風に受けて、蔵人は話を継いだ。

「吉良左兵衛様は清四郎をわが娘の香也と妻合わせたいと思し召しでござった。いわば清四郎はわたしにとっては娘婿になる者でござる。行方がわからぬでは困るゆえ、近衛公の護衛で江戸へ出るついでに捜しに参った。清四郎がいずれにいるか、お心当たりはござらぬか」

月丹は穏やかな眼差しで蔵人を見つめ返して、

「存ぜぬな」

と一言だけ応じた。

蔵人がなおも言い募ろうとしたとき、右近が口をはさんだ。

「辻殿、その清四郎とやらは、吉良左兵衛殿の仇《あだ》を討とうとしておるとかいう若者のことですかな」

蔵人は鋭い目を右近に注いだ。月丹は無表情に黙っている。

「さようにござる。清四郎のことをご存じか」

蔵人がすかさず問いかけると、右近は微笑みを浮かべた。

「右平太がさようなことを話しておりました。吉良左兵衛殿の家来が仇討を思い立ったと言って道場を訪ねてきたが、師匠に取り次ぐまでもないと思い、追い返したということでござった」

「追い返した？」

蔵人は問い返した。

「さよう、その若者が何を企んでいたか知り申さぬが、剣術者として関わらぬがよい、と思ったのでしょう」

「さようか。一理ありますが、彼《か》の赤穂浪人には陰になり日なたになり、かばってくれた者が数多《あまた》いたと聞き及んでおります。それに比べると、吉良左兵衛様に仕えていた清四郎は世間からつめたくされるのでござるな」

蔵人が皮肉な口調で言うと、右近は、ははと笑って言葉を継いだ。

「赤穂浪人を助けたと称する者たちは、吉良邸への討ち入りが世間の評判になってから言い出したもので、大半は虚言でござろう。無謀な仇討など企てる者を、世間が助けるなどありえぬ話でしょう」

右近が言い切ったとき、月丹が口を開いた。

「右平太が冬木清四郎を追い返したのにはわけがござる」

月丹は静かに言った。蔵人は月丹に顔を向けた。

「わけとはいかなることでござる」

「それがしは、かねてから吉良家に出入りを許されておりましたゆえ、左兵衛様が流罪となって後、身辺を守る家臣に無外流を手ほどきいたしました。中でも清四郎は年少ながら、上達が早く驚き入りました。あまりの習得の速さに、清四郎はおそらく上杉の〈軒猿《のきざる》〉を祖先とする家の者であろうと推察いたした」

「〈軒猿〉とは、戦国の世に上杉謙信公が使われた忍びの者のことでござるな」

蔵人は確かめるように訊いた。月丹はうなずく。

「さよう、かつて武田信玄公は透波《すっぱ》、北条氏康《ほうじょううじやす》公は風魔《ふうま》という忍びを使ったと伝えられておる。泰平の世となって、忍びの者は姿を消したが、それぞれの家で家臣の中に子孫を残しておる。その子孫は祖先が駆使した技を一子相伝にて代々、伝えているという話でござる」

上杉謙信に仕えた忍びの者は、〈聞者役《ききものやく》〉、〈夜盗組《やとうぐみ》〉とも呼ばれたと伝えられる。

「越後軍記」によると、謙信はこれらの忍びの者を甲斐や能登、加賀、さらに小田原にも派遣して、それぞれの国内の様子を調べさせた。また、武田信玄との川中島の合戦においても武田勢の動きを探った。

謙信が不敗の戦歴を重ねることができたのは、総称して〈軒猿〉と呼ばれた忍びの者の活躍によってだともいう。〈軒猿〉の名は軒轅黄帝《けんえんこうてい》からきたとされる。

中国古代の伝説的な三皇五帝の中の黄帝は、姓を公孫《こうそん》、名を軒轅といった。黄帝は風雨や濃霧を自在に操る妖怪〈しゆう〉を西王母《さいおうぼ》から与えられた霊宝五符の霊力によって退治したと伝えられる。忍術は山に籠って霊力を身につけようとする修験道から発生したともいわれ、黄帝への信仰から〈軒猿〉と名乗るようになったのかもしれない。

「では、冬木清四郎は〈軒猿〉の家の者だと言われますのか」

蔵人が確かめるように訊くと月丹の目が鋭さを増した。

「雨宮殿なら、そのことに気づいていなかったとは思えませんな」

月丹はちらりと蔵人を見た。

蔵人は鞍馬山で初めて会った際の清四郎に、あたかも、〈物の怪《もののけ》〉のような身動きをすると感じたことを思い出した。

さらに清四郎は、吉良左兵衛の仇討をすると告げにきたおり、翌朝、誰にも気づかれぬように蔵人の家を忍び出た。

あのときも生半可な修行でできることではない、と思った。もし、清四郎が〈軒猿〉の血筋を引く者であるとすれば納得がいく。

「さようか」

　やや呆然として蔵人はつぶやいた。清四郎が〈軒猿〉の術を身に着けているとするならば、数々の疑念に得心がいくことばかりだ。

　だが、それだけに、左兵衛がそんな清四郎をなぜ香也と妻合わせて吉良家を継がせようとしたのかが気にかかる。

（あるいは吉良左兵衛様は、清四郎に自らの仇を討つように命じ、その代わりに吉良家を継がせると言われたのかもしれない）

　もし、そうであるなら、清四郎が左兵衛の仇を討とうとするのは、自らの思い立ちではなく、主君の遺命だということになる。

（それがまことであれば、清四郎の仇討はもはや誰にも止めることはできない）

　蔵人は暗澹《あんたん》とした気持になった。蔵人が物思いにふけっていると、月丹が言い添えた。

「右平太が清四郎を追い返したのは、仇討の話を危ぶんだからではござらん。清四郎が持つ忍びの技が、わが無外流に入ることを恐れたからでござる」

「ほう、右平太殿は忍びを嫌っておられるか」

　蔵人は、諏訪で女忍の〈ののう〉を右平太が斬って捨てたことを思い出した。なぜ、あのように容赦ないのか、と訝しかった。

「なぜ、と申せば、わたしは甲賀の出でござる。近江六角《ろっかく》氏に仕えた忍びの甲賀衆の地元でござる。若いころは甲賀の岩尾山《いわお》で剣の修行をいたした。岩尾山は伝教大師《でんぎょうだいし》が開山した霊山にて、修験者や忍者が修練する山でござる。おのずと、わたしの剣にも忍びの技は入っているのでござるが、右平太はそれを嫌い、除こうと懸命になっておる。それゆえ、清四郎殿がわが道場に入ることを拒んだのであろう」

「さようでござったか」

蔵人は大きくため息をついた。

右近と月丹の話を真に受けたわけではないが、清四郎が〈軒猿〉の家の者だとすると、連れ戻すのは容易なことではない、と思えた。

蔵人はしばらく考えた後、

「お世話にあいなりました。ご無礼の段、お許しくだされ。本日はこれにて――」

と唐突に頭を下げて挨拶した。

月丹が片方の眉をあげて、

「お帰りになるか」

と問うと、蔵人は白い歯を見せて、にこりと笑った。

「さようでござる」

言うなり、蔵人は立ち上がって振り向きもせずに座敷を出た。後ろから右近の愉快そうな笑い声が聞こえてきた。

蔵人が玄関から出ていこうとすると、門のところに右平太が立っていた。

蔵人は近寄って声をかけた。

「お邪魔いたした。また、いずれのおりにかお手合わせ願いたい」

右平太はかすかに首をかしげた。

「立ち合うとなれば、木刀ではなく、真剣ということになりましょう」

「さて、それは、どうでござろう」

蔵人は右平太に顔を向けた。

「冬木清四郎がこの道場を訪ねて参ったおり、右平太殿が追い返されたとのことでござるが、まことか」

右平太は表情を変えず、つめたく答えた。

「奥で師匠と話されたであろう。師匠が言われたことがすべて正しい。わたしからはそれだけしか言えぬ」

「なるほど、師弟はそうでなくてはなり申さんな」

蔵人は笑みを含んで言いながら、すっと門をくぐって振り向いた。

「念のため申し上げるが、これ以上、送っていただかずとも結構でござる。送り狼はご免こうむりたい」

右平太は薄い笑いを浮かべたが、動こうとはしなかった。

「ご免――」

蔵人は頭を下げると踵を返してすたすたと歩き、門から遠ざかっていった。

右平太は蔵人の足音に耳をすませるばかりで、後を追おうとはしなかった。

蔵人が神田の亀屋に戻ると、ちょうど店の上がり框で飛脚の旅から帰ったらしい長八が草鞋《わらじ》を脱ぎ、お初が小盥《こだらい》に濯ぎの水を満たして持ってきたところだった。

「長八殿、戻られたか」

蔵人が親しげに声をかけると、長八は笑顔で応じた。

「雨宮様がせっかくお見えになったというのに、しばらく留守をいたしておりやして、申し訳ございません。今夜は一杯、お付き合いを願いやす」

蔵人はうなずく。

「それは嬉しいが、まずは頼みたいことがある。落ち着いたら話を聞いてくれ」

蔵人に言われて、長八は、ようがす、と気軽に応じたものの、何の話だろうとお初と顔を見合わせた。

蔵人はそのまま奥へ向かい、部屋に入ると、経机《きょうづくえ》に向かって読経していた清厳に、

「いま、帰った。ちと、話がある」

と無造作に声をかけた。

清厳は静かに読経を終えると、蔵人に向き直った。

「何でございましょうか」

「長八殿とお初にも頼もうと思うが、辻道場を探ってもらいたい」

蔵人は座りながら言った。

「やはり、清四郎殿は辻道場にかくまわれていましたか」

清厳はうかがうように蔵人を見た。

「それはわからぬ。だが、思いがけないことを知ったぞ。先日、新井白石殿の屋敷で会った越智右近殿は、西ノ丸様の弟君だそうだ」

「なんですと——」

清厳は目を瞠った。

「辻殿の背後には、西ノ丸様がいるということになる。ということは、柳沢吉保と西ノ丸様の争いに清四郎は巻き込まれようとしているのかもしれぬ」

「それはまた、難儀なことですね」

清厳は眉をひそめた。

「清四郎は、どうやら、上杉家の乱波《らっぱ》〈軒猿〉の家の者らしい。それがまことなら、刺客として使いようがあるからな」

腕を組んで顔をしかめる蔵人を、清厳はうかがい見た。

「それで、辻道場を探れ、と言われるのですね」

「そうだ。今日、道場に行ったから、わたしの顔はすでに知られている。お主と亀屋夫婦に動いてもらうしかあるまい」

蔵人が言い終えたとき、襖が開いて長八とお初が入ってきた。お初は手に書状を持っている。

「雨宮様、ただいま、武家屋敷の腰元だと思われる若い女の方がこれをお持ちになりました」

お初は書状を蔵人に差し出した。清厳が口もとに笑みを浮かべて、

「若い女人からの手紙ですか。それは珍しいことですな」

とつぶやくと、長八はうなずいた。

「まったくですねえ」

蔵人はふんと鼻で嗤って、

「どうせ、ろくな手紙ではあるまい」

と言いつつ書状を受け取り、ぱらりと開いた。書状の末尾に目を走らせるなり、

「お初、その女人はまだ近くにおるであろうか」

と訊いた。

「はい、さように存じますが」

お初が言い終わらぬうちに、蔵人は書状を懐にしまい、刀を取って立ち上がった。

「その女人に訊きたいことがある」

言い置いて、蔵人はばたばたと店に向かった。帳場に出るなり土間の下駄を履《は》いて表へ飛び出した。

往来に出て見回すと矢がすりの着物に黒繻子《くろじゅす》の帯を矢の字結びに締めた若い女の後ろ姿が見えた。

「お待ちあれ」

蔵人は声を発して駆け寄ろうとした。

だが、矢がすりの女は歩みを止めない。

蔵人が足を速めて追いかけても、女はさらに遠ざかっていく。

(何としたことだ)

蔵人がさらに追っても追いつけない。間無しに女は辻を曲がった。蔵人はその後を追ったが、辻を曲がって目を大きく見開いた。

道には誰もいない。

道沿いには武家屋敷の築地塀《ついじべい》が続き、駆け込むような商家もなかった。

「どこへ消えた」

うめいた蔵人は、しばらくして苦笑いを浮かべると懐から書状を取り出した。

書状には、仇討を果たした後、鞍馬山に戻りますゆえ、もはやお捜し下さいますな、と書かれており、末尾には冬木清四郎の名が記されていた。

蔵人は書状を持ってきた女から清四郎の居場所を聞き出そうとしたのだが、その女がどこかに消えてしまった。

蔵人はううむ、とうなり声をあげ、踵を返して亀屋へと戻っていった。

五日後――

越智右近は江戸城に登城して、西ノ丸の御座所で家宣に拝謁していた。かたわらに間部詮房が控えている。

人払いして小姓は遠ざけていた。

裃《かみしも》姿で威儀を正した右近は、どことなく家宣に風貌が似ている。ご機嫌うかがいの挨拶の後、右近は、

「近衛様には、いかがお過ごしでございますか」

と訊いた。家宣は苦笑して、

「さすがに前関白だけに鷹揚なもので、寺社見物や茶会、歌会などを開かれて満足しておられるようだ」

と答えた。右近が聞きたいことを察した詮房は、

「赤穂浪人の遺児への大赦については、いまだ上様よりお話がございませぬが、柳沢吉保は大赦について調べ始めたようでございます。さすれば、間もなくのことではございますまいか」

と言葉を添えた。

「おお、それならばよいな」

右近は微笑んだ。家宣は緊張した面持ちで訊いた。

「しかし、それでうまくいくのであろうか」

右近は自信ありげにうなずいた。

「赤穂浪人が吉良上野介を討った一件は、いわば埋み火《うずび》でございます。桂昌院様の一周忌に赤穂浪人の遺児への大赦を行って火を掻《か》き立ててやれば、世間は討ち入りのことを思い出します。そして京の方々は、桂昌院様に従一位を賜ったことをいまさらのように忌々《いまいま》しく思い出しましょう。その火は大奥におわす将軍家御台所、信子様の胸に飛び、焔《ほむら》をかきたてることになると存じます」

家宣は厳しい目を右近に向けてつぶやくように問うた。

「さようにまでして、ひとびとの不満と憤りの火を掻き立てねばならぬものであろうか」

「兄上は将軍家の治世がいかようなものであったかをよくご存じのはずでございます。生類憐みの令により庶民を苦しめ、犬公方《いぬくぼう》とまで呼ばれた方でございますぞ。その政に一片の理も義もございません。兄上はいずれ、新井白石の学識も借りて、そのような政を糺《ただ》し、正徳《しょうとく》の治《ち》を行われるのでございます。そのためには、いったん炎を熾し、正邪を明らかにせねばなりません」

右近の目が光った。

「そうであった、柳沢吉保を幕閣から追わねばならぬな。そのための策であったな」

たしかめるように家宣は口にした。

「それもありますが、さらに――」

右近がいいかけたとき、詮房があわてて口をはさんだ。

「城中にございます。それ以上は口になされませぬよう」

右近は言葉を飲み込んで、はは、と笑った。

「わたしは、近頃、面白き浪人に出会いました。その者は歯に衣着せずに話しますゆえ、いつの間にかわたしもつられた話し方をいたすようになってございます」

「ほう、そなたがさように気に入るとは珍しいな。何者じゃ」

興味深げに家宣は訊いた。

「さて、何と申し上げたらよいか」

右近は少し考えてから、

「およそ、おのれを偽ることを知らぬ漢にございます。いかなる栄耀栄華《えいようえいが》を与えようとも、あるいは地獄の責め苦に遭おうとも、おのれを偽らぬ強情者にございます」

と答えた。

家宣は興趣がわいた様子で口を開いた。

「ほう、聞いておると、何やらそなた自身のことを申しているようだぞ」

「何を仰せになられますか。わたしはあのような頑固者ではございません」

右近は笑った。

「さようかな。そなたは、余の政のために重き荷を背負うことを覚悟しているように見えるぞ。いかなる栄誉も求めず、陰の働きを尽くすつもりであろう」

しみじみとした口調で家宣は言った。

右近は首を横に振った。

「わたしは武門に生まれました。武士であるからには兄に弟が仕えるのは当然のことと心得ております」

家宣はわずかに頭を下げて、

「ありがたく思うぞ」

と口にした。

右近は微笑しただけである。


亀屋では長八とお初をはじめ、飛脚たちが手配して辻道場の様子を探った。

稼業のかたわら調べを始めた長八とお初は店に戻ってくると、奥の部屋で辻道場の噂を蔵人に告げた。

「近くの武家屋敷の足軽部屋で聞いて参りましたが、あの道場の門人たちは物堅くて、遊びに出る者もおらず、道場のことをしゃべる者もおりません。何の話もさっぱり、つかめませんでした」

すまなそうに言う長八に、蔵人は笑って答えた。

「武芸の道場は本来、そうしたものだ。門人が道場のことをしゃべり散らすようでは話にならん」

お初がうなずいて口をはさんだ。

「そうなんですが、ただ、辻月丹という方は屋敷に女中も置かない方らしゅうございますが、近頃、若い女を見かけると言って近所のひとが不思議がっておりました」

「若い女とは、あの矢がすりの女のことか」

蔵人は膝を乗り出した。

「おそらくそうだと存じます。一度、道場に女物の黒漆塗りの乗り物がきたことがあって、そのころから見かけるようになったそうでございます。武家奉公の女のようだ、と言っておりましたが、何者なのでしょうか」

「さて、わからぬが、清四郎の手紙を届けに参ったのであるから、清四郎の居場所を知っている女であることは間違いなかろう」

蔵人は腕を組んで考え込んだ。

長八が首をかしげながら、

「清四郎という方は、いったんあの道場を訪ねはしたものの、その後、どこかのお屋敷に匿われておいでなんじゃありませんかね。そのお屋敷から道場への使いを務めているのが、矢がすりの女かもしれませんぜ」

と言った。

「もし、そうだとすると、清四郎は越智右近殿の屋敷にいるのかもしれんな。いや、もしかすると、越智殿の差し金で江戸城、西ノ丸に――」

と言いかけて、蔵人は続く言葉を飲み込んだ。もし清四郎が潜んだ先が江戸城であるのなら、捜し出すことはもはやできない。

うーむ、とうなり声をあげる蔵人に、お初が言い添えた。

「そう言えば、あの矢がすりの女は御殿女中のようでございました。品がよくて、そのあたりの女中とは違っておりましたよ」

蔵人は諏訪の女忍の〈ののう〉を思い出した。

(西ノ丸様に仕える女忍であろうか)

蔵人は思いをめぐらすのだった。

この日、清厳は鉄鉢《てっぱつ》を手に托鉢《たくはつ》を装って辻道場のまわりを歩きまわっていた。昼を過ぎて、道場の裏門に黒漆塗りの乗り物がつけられ、下人と足軽が人待ち顔で立っているのに気づいた。

清厳がさりげなく佇《たたず》んでいると、裏門から矢がすりを着た若い女が出てきた。

(蔵人殿が言われていた女人ではないだろうか)

女はあたりを見回してすばやく乗り物に乗った。

下人が乗り物をかつぎ上げ、ゆっくりと動き出すと、清厳も後を追おうとした。しかし、清厳が裏門の前を通り過ぎようとしたとき、

——待て
男の声がした。

清厳は振り向いた。

裏門からゆったりとした足取りで若い武士が出てきた。

辻右平太だった。

だが、清厳は諏訪では顔を合わすおりがなかったことから、右平太の顔を知らなかった。

「拙僧に何用でございましょうか」

清厳が言うと、右平太は首をひねった。

「ほう、坊主か。坊主がかようなところで何をしている」

「托鉢でございます」

答えながら、右平太は目が不自由らしいと清厳は察した。

(蔵人殿が口にされていた辻右平太とはこのひとか)

清厳が胸の裡で思った瞬間、右平太は一歩前に出た。

「お主、わたしを知っているな。だが、わたしはお主を知らぬ」

つぶやくように言った右平太は、ゆるやかな動きで刀の柄《つか》に手をかけた。

清厳は眉をひそめた。

「乱暴はおやめください。拙僧はただ托鉢をいたしておるだけです」

「ならば、なぜいま乗り物に乗った女をつけようとしたのだ。ただの坊主ではあるまい」

柄に手をかけたまま右平太はすっと近づく。清厳が後ずさりをした瞬間、右平太は居

合を放った。白刃が光ると同時に、

がきっ

と金属音が響いた。清厳は右平太の刀を鉄鉢で受けていた。

「ほう、面白い」

右平太はつぶやくと、刀を鞘に納めた。さらに腰を落として構え、呼吸をととのえるや、再び抜き打った。

今度も金属音が響いて、右平太の刀は鉄鉢で押さえられた。だが、右平太は続けざまに、左右からの斬撃を見舞う。

清厳はその都度、鉄鉢で受けていたが、右平太が引いて下段に構えるや否や、鉄鉢を投げつけた。

右平太は鉄鉢を刀で払ったものの、その隙を逃さず、清厳はくるりと背を向けて後方へと走り出していた。

「待てっ」

右平太が怒鳴ると、清厳は走り去りながら、

——待ちませぬぞ

と言い返した。

右平太は舌打ちして刀を納めるしかなかった。

この日の夕方――

亀屋に戻った清厳は辻道場の裏門から矢がすりの女が出てきたことと、後を追おうとした際、右平太に邪魔されたことを蔵人に話した。

長八とお初も部屋にやってきて、その話を共に聞いている。

「そうか。やはり清四郎の行方はあの女が知っているのかもしれんな。しかし、どうやって探ったものか」

蔵人はあごをつまみながら考え込む。長八が身を乗り出して、

「こうなりゃ、店の者たちに毎日、辻道場を見張らせやしょう。そうすりゃあ、手がかりがつかめますぜ」

と勢い込んで言った。蔵人は何も答えずにちらりと清厳に目を遣った。清厳は苦笑して応じた。

「とんだしくじりを、わたしはしてしまったようです。辻右平太と思しき者に、わたしが矢がすりの女をつけようとしていたと悟られたのではないかと思われます。もはや、あの女は用心いたして辻道場には近づかぬかもしれません」

蔵人はうなずいた。

「わたしもそうではないかと思うのだ。いわくありげな女だけに用心深かろう」

「それじゃあ、どうすりゃいいんですかねえ」

長八が苛立たしげに膝を叩いて言うと、お初が口を添えた。

「それでも、あの女が辻道場に出入りしていることがわかっただけでもよかったじゃありませんか。明日からわたしが近所を探ってみますよ。剣術道場に出入りしていた女のことは随分と目立ちましょうから、まわりがよく見ていると思いますよ」

お初の言葉に蔵人がなるほど、とうなずいた。そのとき、女中が縁側に膝をついて、

「雨宮様にお客様がお見えですが、いかがいたしましょうか」

と告げた。

蔵人は怪訝な顔をして訊いた。

「わたしに客だと？　どのようなひとだ」

「お武家の女の方でございます」

女中はためらうことなく答えた。

「武家の女か――」

蔵人は訝しげに皆の顔を見まわした。長八が声を低めて、

「ひょっとしたら、矢がすりの女かもしれませんぜ」

と言うと、蔵人はうむ、と応じて、

「こちらへ通してくれ」

と女中に言った。頭を下げて店に向かった女中は、ほどなくひとりの女を案内してきた。

水色に草花模様を散らした着物を身にまとった美しい女だった。

女の顔を見た蔵人は息を呑んだ。

「そなた、望月千代ではないか」

千代は座敷に入って座ると手をつかえ、頭を下げた。

「覚えていてくださいまして、ありがたく存じます」

艶然と微笑む千代を、お初は胡散臭《うさんくさ》げに見た。

「雨宮様、どういうお知り合いでございますか」

お初に睨まれて、蔵人はすぐに言葉が出なかった。

女忍の〈ののう〉の頭領であるなどと言うわけにもいかずに黙っていると、千代が口を開いた。

「わたくしは、雨宮様の奥方様に仲間の命を助けられた者でございます。本日は、その奥方様に危難が迫っていることをお知らせに上がりました」

千代の言葉に蔵人は愕然とした。

「咲弥に危難じゃと、どういうことだ」

千代は、長八やお初の顔をちらりと見て少し考える風であったが、やむを得ないと心を定めた様子で話し始めた。

「柳生内蔵助様が京の鞍馬山に向かわれたのでございます」

千代の口から柳生内蔵助の名を聞いて、蔵人は緊張した。

「柳生が何のために鞍馬山へ向かったのだ」

蔵人が嚙みつくように訊いても、千代は平然と答える。

「鞍馬山の雨宮様の家には、いま赤穂浪人の頭領、大石内蔵助様の奥方りく様と三男、大三郎殿が匿われておられます」

蔵人は目を瞠った。

「大石殿の妻女が、なぜわたしの家にいるのだ」

「おそらく中院通茂様に依頼されてのことではないかと存じます。わたしどもは大石りく様の行方を捜しておりましたが、なかなか見つからず、ようやく鞍馬山にいることを探り出したのでございます」

「それで、柳生内蔵助が鞍馬山に向かったというのか」

蔵人は千代を睨み据えた。

「さようでございます」

千代は蔵人の目を見返した。

「何のためだ」

「江戸へ下られた近衛基熙様は、上様に桂昌院様の一周忌に際して赤穂浪人の遺児たちを大赦されるよう進言されてございます。大赦が行われれば、世間は赤穂浪人の遺児が助かったことを喜び、また赤穂浪人の人気が上がりましょう。そうなれば、ある方の評判が落ちるのが道理でございます。そのため、大赦が行われる前に大石内蔵助様の遺児をこの世から消し去ろうというのでございましょう」

「何ということだ。大石殿の三男と言えば、まだ幼かろう。さような年端もいかぬ者を政の都合で殺めようとするとは、何という言語道断な振る舞いではないか」

　蔵人は歯噛みした。

「さようにございます。さらに申せば、柳生様は大石りく様と大三郎殿だけでなく、雨宮様の奥方様と娘御も口封じのために殺めようとするのは必定だと存じます。それゆえ、急ぎお知らせに参上いたしました」

　千代が情を交えぬ口調で淡々と言うと、蔵人はにじり寄って頭を下げた。

「かたじけない。教えてもらわねば、危うく妻と娘の危難も知らずに江戸でのうのうと日を過ごすところであった」

　千代は興味深げな眼差しで蔵人を見た。

「では、鞍馬山に戻られますか」

　千代が確かめるように訊くと、

「ああ、今夜のうちにでも発とう」

と蔵人はきっぱりと言ってのけた。その言葉を聞いて、千代は嬉しげに、ほほ、と笑い声を上げた。蔵人は怪訝な顔をした。

「何がおかしいのだ」

　千代は微笑して答える。

「以前、〈ののう〉が奥方様をかどわかしたおり、奥方様は、もし自分と娘が窮地にあると知れば、あなた様は一瞬たりともおのれの危険など考えず、宙を飛んで駆けつけると言われたそうにござります。その言葉がまことであったのだなと感服いたしました」

「なんだ、そんなことか。わが妻と娘はわたしの命だ。命を大切にすることに何の不思議もあるまい」

からっと笑う蔵人に、清厳は顔を向けた。

「では、辻道場の探索はしばらくそれがしが続けましょう」

蔵人はうなずく。

「そうしてもらえるか」

「近衛様が京に戻る際の護衛についてはいかがなさいますか」

清厳が訊くと蔵人はしばらく考えてから答えた。

「進藤長之殿に手紙を書いておく。近衛様の護衛が必要であれば、西ノ丸様におすがりすればよいのだ。辻月丹殿が何としてでも守ってくれよう」

辻月丹の名を口にした蔵人が続けて、そうか、とつぶやくのを耳にして、清厳は、

「いかがされました」

と気がかりな様子で訊ねた。

「清四郎が辻道場を頼っているのであれば、西ノ丸様の意を受けて動くことになるであろうが、もともと清四郎は辻殿から西ノ丸様の意に従うよう言われていたのかもしれぬと思ってな」

蔵人の言葉に清厳は眉をひそめた。

「では、清四郎殿が吉良左兵衛様の仇を討つと言い出したのも――」

「そうだ。西ノ丸様の思惑によってなのかもしれぬ。いや、西ノ丸様というより、越智右近殿の謀《はかりごと》ではあるまいか」

「だとすると、清四郎殿はわれらの手が届かぬ政の闇の中にいる恐れがありますな」

「ということになるな」

蔵人はため息をついた。

だが、もし清四郎が、咲弥と香也が危うい目に遭っているのを知れば、助けようと動いてくれるのではないか、と蔵人はひそかに思った。

(わたしなら、そうする。清四郎、そなたはどうなのだ)

目を閉じて考え込む蔵人を、千代は静かに見つめている。

翌朝――

空が白み始めたころ蔵人は亀屋の店先で見送る清厳とお初、長八に、

「辻道場の見張り、よろしく頼む」

と言い残すと背を向けて足早に歩き出した。

長之への手紙は長八に託していた。

今日中に長之のもとへ亀屋の飛脚が届けてくれるだろう。手紙には咲弥と香也が襲われる恐れがあることとその経緯をすべて認めた。

（進藤殿がどう出るか。いや、西ノ丸様がどう出るかだ）

蔵人は考えをめぐらしつつ、一路、鞍馬を目指して足を速めた。

六

蔵人が江戸を発ってから十日が過ぎた。

この日、咲弥は京の富商の屋敷を訪れて、妻や娘たちが集う歌会に出ていた。それぞれが詠んだ和歌を披露した後、咲弥のもとへ講評を聞きに来る。咲弥は談笑しながら丁寧に答えていく。

商家の妻や娘たちは、歌を詠み始めたころは、ただの遊びのような趣だったが、続けるうちに、真剣に詠むようになっていた。近頃では案外に心の裡をさらけ出したり、その時々の思いを素直に歌に託したりしている。

咲弥にとって、女たちの和歌を指導することは、思いがけない楽しさをともなうものでもあった。

広間で女たちのはなやかな声を聞きながら、ひとりずつ講評を示していた咲弥の前にひとりの見慣れぬ女が座った。

「これはわたくしの歌ではないのですが、どういうものなのか、教えていただけないでしょうか」

女が差し出した短冊には、流麗な文字で、

玉の緒よ絶えなば絶えねながらへば忍ぶることのよわりもぞする

と書かれていた。

わたしの命よ、絶えるのならばいっそのこと絶えてしまえ、これ以上、生き永らえると忍ぶ恋心が弱ってしまう、という恋の和歌だ。

咲弥は女の顔をさりげなく見た。

(なぜ、このようによく知られる恋の歌をあらためて訊こうとするのだろうか)

女ははんなりとした風情で美しい顔をしているが、言葉に東国訛りがある、と思った。やさしげな面立ちだが、物腰に隙がない。何者なのだろう、と訝りつつ、

「これは新古今和歌集にある、式子内親王《しょくしないしんのう》様の御歌でございますね」

と咲弥は口にした。

式子内親王は後白河法皇《ごしらかわほうおう》の第三皇女である。賀茂神社の斎院となったが、十年ほどで病のため退下《たいげ》した。新古今和歌集の代表的な歌人だが、何より恋の歌が多く、

——忍ぶ恋
の歌びととして知られていた。

女はうなずいて、

「さように聞いておりますが、かように強い思いを女人は持てるものなのでしょうか」

と重ねて訊いた。咲弥は苦笑して応じた。

「さて、女人すべてがさようであるかどうかは、わたくしにはわかりません。式子内親王様はさような思いを抱かれたということではないでしょうか」

咲弥の言葉を聞くなり女は首をかしげて、

「さようでしょうか。では、かような歌はいかがでしょうか」

と言い、ゆったりとした口調で和歌を詠じた。


春ごとに花のさかりはありなめどあひ見むことはいのちなりけり

かつて、咲弥からおのれの心を表す和歌を示して欲しいと言われた蔵人が、十七年の歳月をかけて届けた歌だ。

この和歌にまつわる話はふたりだけの胸に秘められていたはずだった。それなのに、なぜ、この女は知っているのだろう、と咲弥は不審に思いつつ笑みを浮かべた。

「あなたはどなたなのでしょうか。この歌会には商家のお内儀《かみ》やお嬢様方がおいでになられておりますが、あなたはとてもそのような方には見えません」

咲弥の問いかけに、女は楽しそうにうなずいた。

「さようですか。さて、わたくしは何者なのでしょうか」

女から問い返された咲弥は目を閉じて考えた。しばらくして瞼を上げ、

「〈ののう〉ですか」

と声を落として訊いた。

女は神妙な面持ちで頭を下げた。

「さようです。わたくしは〈ののう〉の頭領にて、望月千代と申します」

「やはり、そうでしたか。なにゆえ、わたくしに声をかけて参られたのでしょうか」

咲弥に問われて、千代はあたりをうかがってから、

「われらは、諏訪で辻月丹の門人、辻右平太から仲間が殺されかけたところを助けられたことに恩義を感じております。実はわれら同様、柳沢吉保様に仕える柳生内蔵助殿という剣客が、奥方様が鞍馬に匿っておられる大石りく様と大三郎殿を殺めようと企てております。われらは柳沢様に仕える身なれば、柳生殿と争うわけには参りませぬ。されど柳生殿は大石様母子だけでなく奥方様も殺めようとするに違いありませぬゆえ、かようにお報せに参りました」

と小声で告げた。咲弥は落ち着いた物腰でうなずく。

「わたくしはどうすればいいのでしょうか」

咲弥がすぐに問い返したことに千代はにこりとした。

「わたくしの言葉を信じてくださいますのか」

「疑わしいひとならば、疑いもいたしましょう。しかし、あなたは信ずべきひとだと感

じましたゆえ」

「それだけで信じてくださるのですか」

千代は驚いたように目を見開いて咲弥を見つめた。

「ひとを信じるのに、それ以外に何があるというのですか」

咲弥は微笑んだ。

「わかりました。されば、申し上げますが、雨宮蔵人様はただいま、江戸より戻られる途次にあります。おそらく一両日中にも京に戻られましょう。それまでどこぞへ身を隠されてはいかがかと存じます」

千代が声を低めて言うと、咲弥はしばらく考えてから、

「一両日のことであれば、鞍馬で待ちましょう」

と静かに応じた。

千代は息を呑んだ。

「されど、柳生殿が先に襲ってくるやもしれませんぞ。その時、われらはお助けすることがかないませぬ」

千代が当惑して言うと咲弥は落ち着いて答える。

「承知いたしております。ただ、蔵人殿は鞍馬の家を目指してまっすぐに駆け戻りましょう。鞍馬で待つのがもっとも確かです」

「しかし、雨宮様が間に合うとは限りませんぞ」

「それは、わたくしども夫婦、親子の縁と申すものです、わたくしたちがともに生きる定めであれば、蔵人殿は必ずや間に合います。わたくしたちは死ぬも生きるも一緒だと信じております」

咲弥の言葉に迷いは無かった。

「なぜ、そのように信じられるのでしょうか。われら女忍はもとより女子として生きることを捨てております。それゆえ、男女の心の結びつきなど、この世にない夢幻のごときものと思うて生きております」

千代はため息をついた。

「ひとは皆、夢幻の中に生きているのではないでしょうか。誰しも確かなものを手にしているわけではありません。おぼろげであっても信じたいものを信じているからこそ、生きていけるのだと、いつしか知るようになっていたのです」

「それは雨宮様のお力ゆえでしょうか、それとも奥方様のお心立てがあってのことなのでしょうか」

真剣な眼差しを咲弥に向けて千代は問うた。

「ともにだと思います。夫婦は何事も、ともに。だからこそその夫婦なのではないでしょうか。それゆえ、夫であれ、妻であれ、先立つことの嘆きは親子にも勝るかもしれません」

「比翼の鳥、連理の枝でございますか」

つぶやくように千代は言った。唐の詩人、白居易《はくきょい》が、玄宗《げんそう》皇帝と楊貴妃《ようきひ》の悲劇の物語を詠った、

――長恨歌《ちょうごんか》

の一節に、

天に在りては願はくは比翼の鳥と作《な》り
地に在りては願はくは連理の枝と為《な》らん

とある。比翼の鳥、連理の枝は、同じ翼によってつながったひとつがいの鳥、根は別でも枝でつながった二本の木にたとえ、夫婦が情愛深く、一体であることを詠った詩句だ。

「さて、さほどまで言うのはいかがかと思いますが」

言いながら咲弥は立ち上がり、急用ができたからと歌会を主宰している富商の内儀に中座する断りを言いに行った。

京の町に出るおりはたまに近くの農家の女房に供を務めてもらったりすることがあるが、今日は連れもなく、辞去するのに手間はかからない。咲弥が主宰者に挨拶して振り向いたとき、すでに千代の姿はなかった。しかし、先ほどの千代の口ぶりから、陰供をしてくれるのではないかと察せられた。

もっとも、柳沢吉保に仕える身として同輩とも言える柳生内蔵助と自ら戦うのはさしつかえがあるようだから、護衛を頼むわけにはいかない。それにしても、会ったばかりの〈ののう〉の頭領の言葉をなぜこれほどまでに信じられるのだろう、と咲弥は自らの心の動きを面白く思った。

微笑みながら歌会に集まった女人たちに辞去の挨拶をする咲弥を、富商の妻や娘たちは訝しげに見つめた。


咲弥が富商の屋敷を出たところ、鞍馬の蔵人の家ではりくが香也と向かい合って裁縫を教えていた。

わたくしはどうも縫い物を教えるのが苦手なものですから、と咲弥がこぼしていたのを耳にしたりくが、

「では、お世話になっているお礼に、わたくしが香也様と裁縫の稽古をいたしましょう」

と申し出た。それまでも香也は裁縫の稽古に勤しんでいたが、咲弥が得意ではないことから、なかなか腕が上がらなかった。

「りく様、よろしくお願いいたします」

香也からも頼まれて、りくは笑顔で引き受けたのだ。

この日も、りくは香也に針を持たせて、運針を見ていた。香也は懸命に針を運ぶのだ

が、どうしても縫い目がふぞろいになってしまう。

「失礼ながら、香也様は決して手ぎわが悪いわけではありません。繰り返して慣れることと、しそこねることを恐れないようにするのです。しそんじれば、それだけ学ぶことがあります。初心のころのしそんじは当たり前だ、と思うぐらいでちょうどよいのです」

りくは穏やかな眼差しで香也の手元を見つめた。

りくにやさしく言われて香也はうれしげにうなずいた。いままではしそんじてはいけないという思いから、針を持つ手が滞りがちだったのだ。

何度でもやり直せばいいのです、とりくに諭されて気が楽になった香也は熱心に縫い物に励んでいた。

りくが香也にかかりきりになっている間、大三郎は道場で木刀を振り回していた。しばらく道場から甲高い声が聞こえていたが、やがて静かになった。どうしたのかと思っていると、大三郎が中庭から縁側に駆け寄ってきた。

「母上――」

大三郎は縁側に手をついて大声で叫んだ。りくは大三郎を振り向いて、

「どうしたのです。侍の子がさようにうろたえて大声を出すものではありませんよ」

と叱った。大三郎は背筋をのばして、すみません、と謝ったがすぐに、

「道場に旅の武家が三人訪ねてきて、道場主と立ち合いたいと言っています。わたしが

かわりに立ち合ってもいいでしょうか」

と訊いた。りくは目を瞠った。

「何を言うのです。そのひとたちは道場破りではありませんか。子供のあなたが立ち合うなど、とんでもないことです」

「そうなのですか」

大三郎ががっかりして下を向くと、香也は立ち上がった。りくは驚いて香也に声をかけた。

「香也様、どうされるおつもりですか」

「父と母がいないおりに道場を訪ねて来たひとには、わたしが応対せねばなりません」

香也はきっぱりと言った。

「そうは申されましても、道場破りをしようとするのは、よほど気の荒い浪人でしょうから、年若な香也様より、わたくしが応対したほうがよくはありませんか」

「いいえ、りく様を煩わせなどいたしましたら、わたしは母上から叱られます」

香也は微笑んで道場に向かった。香也の後から大三郎がついていく。

りくは心配げに香也の背を見つめた。

道場の入口に立ったとき、三人の武士が正座している背中が香也の目に入った。

いずれも、ぶっさき羽織に裁付袴という旅姿で、体の右側に刀を横たえている。金をせびり取ろうとする荒くれ浪人ではないと見て、香也はほっとした。

香也は入口近くに座り、

「当道場の主、雨宮蔵人の娘、香也でございます」

と声をかけた。

三人の武士が振り向いて座り直した。中ほどに座る年かさの武士が、

「それがしは柳生内蔵助と申す。これなるふたりは身どもの門人でござる。ゆえあって主君の名は明かせぬが、雨宮殿にうかがいたき儀があって、参上いたした」

香也は首をかしげた。

「あなた方は道場破りではなかったのですか」

内蔵助は驚いた表情になって、ふたりの門人と交互に顔を見合わせた。そして入口から顔をのぞかせている大三郎を見て破顔した。

「なるほど、先ほどそれなる子供に、戯言で立ち合いをお願いいたしたいと申しましたが、真《ま》に受けられるとは思いませんでしたな」

香也はきっとなって内蔵助を見据えた。

「ここは剣術と柔術の道場でございます。立ち合うなどと戯言で申されるのは道場主をないがしろにいたす所業です。お慎みください」

毅然とした香也の言葉に、内蔵助は苦笑して軽く頭を下げた。

「いや、ごもっともでござる。いらざることを申しました。お許し願いたい」

香也は内蔵助の返事をさらりと聞き流して言葉を継いだ。

「それで、今日は何の御用なのでしょうか」

内蔵助はじっと香也を見返した。

「この家に吉良邸に討ち入られた赤穂浪人、大石内蔵助殿の奥方と男子がおられると承った。大石殿は主君の仇を討たれた武士の亀鑑とも申すべき方でござる。それがしとは同名でござれば、他人のような気がいたしませぬ。さような大石殿のご遺族にお会いして大石殿のお話をうかがいたいと思って参りました。ぜひともお会いしたい」

内蔵助が言うと、すぐに香也は応じた。

「さような方はおられません」

「おられぬと――」

内蔵助の目が光った。

「はい、おられぬ方とお会わせすることはかないませぬゆえ、お引き取りください」

たじろがず、平然と香也は答えた。

「それは異なことを承る。この家におられると、確かな方よりうかがいましたぞ」

内蔵助はひややかに言った。

「たとえ、どなたが仰せになろうとも返事はひとつにございます」

香也が言い切ると、入口に立っていた大三郎が声をあげた。

「香也様はなぜ嘘を言われるのです。母上もわたしもこの家にいるではありませんか」

さっと振り向いた香也は、大三郎に向かって言葉を発した。

「あなたは黙っていてください。わたしは武門の義にそった話をしているのですから」

香也の言葉を聞いて、内蔵助は興味深げな顔になった。

「いる者をいないと言い張るのが武門の義でござるか」

皮肉めいた内蔵助の言葉にも香也は表情を変えない。

「武門の義とはひとを裏切らぬことだと、父と母から教わりました」

「ひとを裏切らぬのが武門の義でござるか。しかし、そのために偽りを申されるとは、随分、都合のいい話ですな」

香也を侮《あなど》るかのように内蔵助は嘯《うそぶ》いた。

「ひとは自らの心に無いことには得心がいかぬものだと思います。武士は主君を裏切らず、友を裏切らず、たいせつに思うひとを裏切らずに生きるのが本分だと存じます。そのための偽りは偽りにあらず、真の言葉であるとわたしは教わりました」

内蔵助は莞爾《かんじ》と笑った。

「なるほど、仰せの通りじゃ。武門の言葉には常に命がかかっておる。命を懸けて発する言葉は常に真であるということですな」

香也は口を引き結んで何も言わない。このひとには多くのことを言わないほうがいいと感じていた。内蔵助は入口に立つ大三郎に目を遣ってから、さりげなく訊いた。

「して、雨宮殿のご息女がお相手くだされたということは、奥方はいまはおられぬということですな」

「はい、歌会に出るため朝から京の町に行っております」

こくりと香也はうなずいた。

「戻られるのは夜分になられますか。されば、それがしは明日、あらためておうかがいいたそう」

内蔵助は頭を下げて立ち上がった。香也は当惑した。

「明日、また見えるのですか」

「さよう、この家の皆様がそろっているときにおうかがいしたいのでござる」

内蔵助はふふと笑って言い残すと、門人たちをうながして道場から出ていった。

香也は黙って見送った。


咲弥が鞍馬の山道をたどるころには日が暮れ始め、空が菫《すみれ》色に染まっていた。

時おり、空を見上げつつ、咲弥は道を急いだ。

ほどなく、道沿いの林の中に小さな灯りが動くのが見えた。とっさに咲弥はかつて冬木清四郎が鞍馬に来たおりに、同じように山道で出会ったことを思い出した。

咲弥が思わず声をかけようとしたとき、突然、かたわらから低く声がした。

「あの灯りは敵でございます。声をかけられてはなりません」

咲弥が驚いて振り向くと、いつの間にか千代が付き添うように歩いている。千代はさらに言葉を継いだ。

「柳生殿は門人を多数、引き連れてきております。柳沢家中の武士たちですから、あるいはよほどの人数かもしれません。昼間、一度、雨宮様の家を訪ねましたが奥方様がおられなかったため、帰られるのを待って襲うつもりなのです」

「わたくしを含めてあの家にいる者すべてを殺めるつもりなのでしょうか」

咲弥は声をひそめて訊いた。

「そうなのです。柳生殿は大石様親子を匿った咲弥様たちも始末して、すべてを闇に葬りたいと考えているようでございます」

「そういうことですか」

うなずいた咲弥を千代は、こちらです、と道沿いの林の中にうながした。木々の間を縫うように道に沿って千代は先導した。

向かい側の林から灯りを揺らして男が道に出てきた。提灯をそれぞれ手にしたふたりの武士である。武士たちは咲弥を追うように道を進んでくる。

「面倒な」

千代は舌打ちするや、背に差していたらしい筒を素早く取って口にくわえた。

千代はくわえた筒を、
ふっ
ふっ
と二回、吹いた。同時にふたつの提灯の灯りが消えた。

「やっ、どうした」

「なんだ」

ふたりの武士のうろたえる声が聞こえてきた。

「急ぎましょう」

と千代は咲弥の手を引いてさらに進んだ。間無しに、道の反対側の林から黒い影が出てきたかと思うと、

「こちらに誰かおるぞ」

と叫んだ。武士たちはふたりだけではなかったのだ。

千代は、吹き矢を使おうとはせずに咲弥の手を強く引いた。

「参りましょう」

千代に引かれるまま咲弥も懸命に足を速めた。だが、向かい側の林から出てきた武士が追いすがってくる。

千代が観念したように咲弥の手を放して吹き矢を構えたとき、林から黒い影が出てきた。白刃が光った。その瞬間、咲弥を追ってきた武士が、

——あっ

と悲鳴をあげて地面に倒れた。刀を抜いた男が振り返るなり、

「ここはわたしが防ぎます。早く家に戻られてください。雨宮様はすでに着かれておりますぞ」

とよく通る声で言った。

冬木清四郎だった。

「清四郎殿――」

咲弥は声をかけたが、すでに清四郎はふたりの武士に向かっていっていた。

「奥方様、あの方は大丈夫です。この間に――」

ふたたび千代にうながされて、咲弥は清四郎の身を案じつつ家を目指した。

風が強くなっている。

黒々とした木々の枝がざわめくように風に揺れた。

懸命に足を速めた咲弥は間もなく家についた。家の灯りがもれているのを見て、咲弥はほっとした。

礼を言おうと振り向いたとき、すでに千代の姿はなかった。

さすがに〈ののう〉の頭領だけあって風のような動きだった。

咲弥は千代への礼心をこめて頭を下げてから家に入った。板敷に向かうと、懐かしい蔵人の声が聞こえてきた。香也の声に混じってりくや大三郎の声もする。

咲弥は板敷に入るなり、

「お前様、間に合ってくださいましたな」

と微笑みかけた。蔵人はにやりと笑った。

「かようなときに遅れては、女房殿にどれほど叱られるかわからぬでな」

「また、さような戯言を申されて」

柳生内蔵助という恐るべき敵が襲ってくるというのに、普段と変わらぬ様子の蔵人にほっとしながら咲弥は座った。

蔵人はりくをちらりと見遣ってから、

「いま、亡くなられた大石様の話をしておった。まことに大石様はまれにみる器量人であったな」

のんびりと蔵人が話すと、咲弥は首を横に振った。

「お前様、さようにゆるりと昔話をしている暇はないかと存じます。わたくしがここに戻れましたのは、〈ののう〉の頭領、望月千代殿の手助けがあってのことです。それでも柳生の門人三人に追われました。そこを助けてくれたのは、冬木清四郎殿でした」

清四郎の名を聞いて、香也が身を乗り出した。

「清四郎様が戻られたのですか」

咲弥は重々しくうなずいた。

「そうです。おそらく清四郎殿はわたくしたちが危ういことを知って戻られたのではないでしょうか」

蔵人はあごをなでながら、つぶやいた。

「清四郎め、江戸で散々捜してもつかまえられなかったのに、そなたたちが危ないと聞くとすぐさま鞍馬に姿を見せるとは不届きな奴だ」

香也は蔵人に顔を向けた。

「父上、何を言われるのですか。清四郎様はすでに母上を助けてくださっているのです。わたしたちはお礼を言わなければならないと思います」

少し頰をふくらませて言う香也に蔵人はからりと笑った。

「まさに、その通りだな。香也の許嫁殿はようしてくださる」

「わたくしどものことで、さような方にまでご迷惑をかけるのは忍びのうございます。どういたしたらよろしいのでしょうか」

りくがため息をついた。

「なんの、柳生内蔵助は手段を選ばぬ男のようでござる。それがしは獣道《けものみち》を通って山を上がって参ったゆえ、途中では見張りの目を逃れましたが、この家に入ったことは悟られておりましょう。咲弥も戻ったことゆえ、間もなく襲って参りましょう」

蔵人が言い切ると、咲弥は表情を硬くして膝を進めた。

「お前様、どのような手筈《てはず》にいたしますか」

「されば、この家に籠《こも》っておれば、大石様の奥方たちがまず狙われよう。それゆえ、奴らが襲ってくる気配があれば、わたしは打って出ようと思う」

「敵の中へおひとりで向かわれるのですか」

咲弥は息を吞んだ。蔵人はうなずく。

「そうだ。柳生は用心深い男のようだ。わたしひとりで打って出たからといって、門人を手分けして大石様を襲わせたりはするまい。まず、わたしを討ち取ってからと考えるはずだ」

「ですが、敵は何人いるかわかりません。お前様おひとりでは案じられます。かような

ときに清厳殿がいてくだされば心丈夫なのですが」

咲弥は眉をひそめて案じた。

「なに、そのうち何人かはすでに清四郎が始末しておるであろう。わたしが打って出れ

ば、おそらく清四郎が敵の背後を突くに違いない。もはや日は落ちた。山中での戦いは

人数が多い方が有利とは言えんのだ。わたしと清四郎で十分に戦えよう」

「さように思惑通りに行けばよいのですが」

咲弥が眉をひそめると、大三郎は立ち上がって、

「さようなひとたちとはわたしも戦います」

と大きな声で言った。蔵人は手を差し出して大三郎を抱え上げた。

「おう、大三郎殿は勇ましいのう。頼もしき限りじゃ。それならば、わたしが打って出

て戦うている間、母上はじめ、この家の女人たちを守ってくだされ。頼みましたぞ」

蔵人が言うと、大三郎は声を張り上げて、

「はい、わかりました」

とはきと答えた。よい返事をされる、と笑いかけながら蔵人は大三郎を下におろした。

そして、咲弥に顔を向けた。

「そなたたちを守ってくれるのは、大三郎殿だけではないようだ。安心いたせ」

蔵人はにこりとして言った。

ほかに助勢くださる方がおられるだろうか、としばしの間、考えた咲弥ははっとして中庭に目を向けた。そこには、千代が立っていた。

「雨宮様、柳生殿が近づいて参りました。そろそろお備えを——」

千代は静かに告げた。

おお、そうか、と答えた蔵人は大刀を手に立ち上がった。

りくが心配げに、

「かような仕儀になり、まことに申し訳ございません」

と深く頭を下げた。

蔵人は莞爾と笑う。

「われらは大石様のご妻女とご子息を助けることができれば、本望でござる。いささかも懸念されることはありませんぞ」

言うなり蔵人は大刀を腰に差し、下げ緒で襷をかけつつ縁側に出て用意していた草鞋の緒をきつく結び、中庭に飛び降りた。

空を見上げて、月の位置でおよその時刻を計ってから、咲弥と香也に向かって、

——では、参るぞ
とひと声かけた。咲弥と香也は縁側に正座して、手をつかえ、

「ご武運をお祈りいたしております」

と声をそろえて見送った。

蔵人はりくに向かって頭を下げると、そのまま中庭から外へ走り出た。

すでにあたりは暗くなっている。月明かりで道はかすかに白く浮かびあがっているが、まわりの林は黒々と闇に沈んでいた。

提灯の灯りがいくつか遠くに見えるが、おそらく囮《おとり》だろう。内蔵助たちは近くに潜んでいるに違いない、と蔵人はにらんでいる。

蔵人は腰を低くして刀の鯉口《こいくち》に手をかけ、あたりをうかがった。

間を置かず、闇の中から、

「家に籠らず打って出るとは、なかなか殊勝な心掛けだな」

と内蔵助の声がした。

蔵人は嗤った。

「夜分、ひとの家に押しかけて女子供の命を奪おうとする卑怯者に褒められてもうれしくはないのう」

「相変わらず、口の減らぬ男だ」

「お互い様だ――」

蔵人が答えた瞬間、暗がりからふたりの武士が飛び出して斬りつけてきた。

蔵人はわずかにかわすと、ふたりの間を縫って前に出た。

「待て」

「逃げるか――」

ふたりが怒鳴るのにかまわず、蔵人は先ほど内蔵助の声がしたあたりとは、道をはさんだ反対側に強襲し、いきなり斬りつけた。

鋭い金属音が響いて蔵人の刀は弾き返された。内蔵助は暗がりから悠然と出てきた。

「わたしがここにいるとよくわかったな」

無造作に刀を片手にぶら下げたまま言う内蔵助に、蔵人は落ち着いた声で言い返す。

「忍びの技に、おのれの声を離れたところから響かせる〈谺返《こだまがえ》し〉の技があると聞いておる」

「なるほど、よく知っておるな。大和柳生庄と伊賀は隣国ゆえ、たがいに術が伝わっておるのでな」

内蔵助が言い終える前に、蔵人の背後にまわったふたりの武士が同時に斬りつけた。

蔵人は体を回転させてふたりの胴を薙いだ。

ふたりはうめき声をあげて倒れたが、暗がりから、新たに数人が飛び出して、蔵人を囲んだ。

内蔵助は刀を構えながら、

「手出しは無用――」

と怒鳴った。

内蔵助は刀を斜めに下段に構え、右足をやや前に出して、蔵人の動きに拍子を合わそうとしている。おそらく蔵人が前に動いた瞬間、刀を翻して上から斬りつけてくるに違いない。

蔵人は腰を落とし、正眼に構えた。自ら仕掛けるつもりはない。内蔵助は返し技を得意としているのではないかと見ていた。

内蔵助は含み笑いした。

「どうした。怯《おび》えて動けぬのなら、わたしから行くぞ」

嘲《あざけ》るような内蔵助の言葉を聞き流し、蔵人は、

「勝手にするがよい」

と答えた瞬間、右に動いた。同時に内蔵助が斬り込む。蔵人はかろうじてこれをかわし、さらに右へ円を描くように動いた。

蔵人の動きに誘われたかのように、背後にいた武士が気合を発して突いた。蔵人は振り返りざま、武士の胴を薙いだ。

武士はうめき声をあげて倒れる。内蔵助が舌打ちして、

「手出し、無用と言ったぞ」

とうなるように言った。その隙を逃さず、蔵人は風を巻いて内蔵助の小手に斬りつけた。

内蔵助は刀を合わせて、これを受け、鍔迫り合いに持ち込んだ。ガチ、ガチと刃がか

らみ合う音が響いたかと思うと、内蔵助の刀の切っ先が蔵人の額にふれた。

蔵人の額に一筋、赤い線が走った。じわりと血が滲んだ。

蔵人は顔色も変えずに刀をさらに押し込むといきなり跳ね上げた。内蔵助の左耳が斬られて断片が宙に飛んだ。

「小癪《こしやく》な――」

内蔵助は耳を斬られたことにたじろがず、刀を振りかぶるなり斬りつけて、ふたたび打ち合った。

内蔵助は蔵人の刀に弾き返されるたび、なめらかな動きで顔から腕、胴から足へと刃を返して斬りつけてくる。その間にも傷を負った左耳は血で赤く染まっていくが、内蔵助は意に介するそぶりも見せない。

踏み込んで斬りつける内蔵助の刀で蔵人の着物の袖や襟が切り裂かれていく。

蔵人はとっさに内蔵助の刀を上から刀で押さえ込んだ。蔵人が力を込めると内蔵助は押し返す。

内蔵助はにたりと笑った。

「さすがに馬鹿力だな」

蔵人はさらに押さえ込んで、

「逃れてみろ」

と煽《あお》るように言った。

——おう

内蔵助はひと声、発するなり、刀を返してくるりと大きく円を描くと、逆に蔵人の刀を上から押さえ込もうとした。その瞬間、蔵人は刀を斜めに跳ね上げた。凄まじい音とともに内蔵助の刀が中ほどから折れた。内蔵助はとっさに大刀を捨て、脇差を抜いて構えた。背筋を伸ばし、右手に持った脇差を正眼に構えている。その構えを見て、蔵人は笑った。

「尾張柳生の小太刀の構えではないか」

柳生新陰流の正統は江戸の柳生宗矩ではなく、尾張の柳生兵庫助利厳《としよし》に伝えられた。そして新陰流五世となったのは、利厳の三男、連也斎厳包《としかね》である。

連也斎は、慶安四年（一六五一）将軍徳川家光の御前試合で柳生宗矩の三男、宗冬と、

——非切《ひき》り

で試合を行ったと言われる。〈非切り〉とは、形試合だが、相手に隙があれば打ち込むというもので形試合だからといって油断はできない。

この試合で通常の木刀を振るう宗冬に対して、連也斎は二尺の小太刀の木刀で対峙した。このおり、連也斎は父、兵庫助が工夫した、

——突っ立たる構え

で宗冬に対した。

このころまで、剣術は戦場で甲冑《かっちゅう》をつけた武士が振るうことを考えて腰を低く落とし

た。〈沈なる構え〉が普通だったが、兵庫助は腰を伸ばした正眼に近い構えを編み出した。

内蔵助は脇差を構えて、声を発することもなくすっと間合いを詰めた。

その姿には自《おの》ずから重みがあり、蔵人は思わず一歩引いた。脇差だけになった内蔵助に、かえって威があった。

蔵人はゆっくりと刀を大きく振り上げた。大上段から斬り下ろす構えである。

それを脇差で受ければ、内蔵助はそのまま守勢にならざるを得ない。勝ちを制しようと思うなら、斬り下ろす刀の下をかいくぐって相手の懐に飛び込むしかない。

だが、蔵人には当然、備えがある。

ところが追い込まれたはずの内蔵助は表情に余裕があった。かすかに笑みを浮かべて、

「雨宮蔵人、ここまでだな」

と言い放った。

蔵人は鋭い目で内蔵助を見つめた。

「来い――」

蔵人が言葉を放った瞬間、内蔵助は脇差を逆手に持って身を投げかけるように蔵人の懐に飛び込んだ。

とっさに蔵人は、内蔵助の頭を刀の柄頭で打った。内蔵助はくずおれながらも逆手に持った脇差で蔵人の喉を斬りつけようとした。頭を打たれて構えをくずしながらも脇差

の切っ先で蔵人の胸元を薄く斬った。

内蔵助はごろごろと転がって素早い身ごなしですっくと立ち上がり、蔵人を見つめた。蔵人の胸元は斜めに切り裂かれ血が滲んでいる。

「浅手だ」

蔵人がつぶやくように言うと、内蔵助は嗤った。

「たとえ浅手でも、斬られたことに変わりはない。血が流れれば体の力は失われる。もはや、これまでではないのか」

「何を言う。傷を負っているのは、お主も同じではないか。いまに立っているだけでも耐え難くなるだろう」

蔵人は言い返した。

内蔵助は逆手に持った脇差を前に突き出した。

「さて、どうであろうかな」

じりっと内蔵助は間合いを詰める。

蔵人は正眼の構え。

二人が向かい合い、勝負の気が高まったとき、うわっ、と叫び声が響いた。武士のひとりがよろめいて倒れたのだ。倒れた武士を見下ろして清四郎が立っていた。

振り向いた内蔵助は凄まじい笑みを浮かべた。

「おお、先ごろ死んだ吉良左兵衛の家人だな。ちょうどよい。赤穂浪人の遺族ともどもあの世へ送ってやろう」

清四郎は正眼に構えると目を光らせて口を開いた。

「さような非道は許しませんぞ」

「ほう、吉良の家人が利いた風なことを言う。世間では吉良上野介こそ、卑劣な大悪人だと言っているぞ」

内蔵助の言葉にかっとなった清四郎が踏み込んで斬りつけた。

内蔵助はこれを脇差でしのぎ、すっと後ずさる。清四郎が追い、さらに蔵人も駆け寄ると、内蔵助はにたりと笑った。

「かかったな」

蔵人はぎくりとした。

「何だと」

内蔵助はつめたく言い放った。

「大石親子を守ろうとする者は、貴様だけでなく、この吉良の家人もいることはわかっていた。それゆえ、わたしがふたりを引き付けることにしたのだ。その間にわたしの門人たちが大石親子を殺す」

蔵人が驚いて振り向いたとき、咲弥たちがいる家から火の手があがった。

「しまった」

家に駆け戻ろうとする蔵人の背中に内蔵助は跳躍して斬りつけた。家に気をとられた一瞬の隙をつかれた蔵人はこれをかわしきれずに背中を浅く斬られて足が止まった。

すぐさま清四郎が蔵人をかばって内蔵助に立ち向かいながら、

「雨宮様、こ奴の相手はわたしがいたします」

と叫んだ。

おう、と答えて蔵人は家に向かって駆け出した。

「逃さぬ」

と怒鳴りながら追いすがろうとする内蔵助に、清四郎が斬りかかる。

内蔵助は脇差で斬り結んだ。内蔵助の剣技は凄まじく、清四郎が押され気味になっているのを背に感じながら、蔵人は家に走り込んだ。

家の中では、すでに天井を炎が這い始めていた。土間に入ると同時に両脇からふたりの武士が斬りつけてきた。

「邪魔するな」

蔵人は跳躍するや、刀をまわしてふたりの肩先を斬った。たじろぐふたりを尻目に蔵人はそのまま板敷に駆けあがった。

閉まった板戸を蹴倒すと部屋では咲弥がりくや大三郎、香也を後ろ手にかばい、懐剣を構えて三人と対峙していた。

咲弥の後ろでりくは大三郎と香也を両手で抱きかかえるようにして、武士たちを睨み据えている。

蔵人は斬りかかってくる門人の刀を弾き返しながら、

「咲弥、中庭に出るのだ。このままでは焼け死ぬぞ」

と叫んだ。咲弥が懐剣を構えたまま、

「中庭にも敵がいるのです」

と声を発すると、りくは蔵人に顔を向けて、

「わたくしたちのことは捨て置かれて、まずは咲弥様と香也様をお助けください」

と叫ぶように言った。

蔵人は武士たちと斬り結びながら、

「さようなことをいたしては、女房殿にきつく叱られますゆえ、ご免こうむる」

と言葉を返して斬り込んでくるひとりの刀を叩き落とし、手に浅手を負わせて大声を発した。

「逃げるのはいまだ、わたしについてこい」

蔵人は咲弥たちをうながして、縁側から中庭に降りた。

中庭にはふたりの武士が待ち受けていて、蔵人に斬りかかった。蔵人はひとりを蹴倒し、もうひとりの胴を薙いだ。

そのとき、茅葺き屋根に大きく炎があがった。

「火事だ――」

「雨宮様の家から火が出たぞ」

女の甲高い声があたりに響き渡った。望月千代の声だった。近くの農家に火事を報せ、ひとを呼ぼうとしている。蔵人は咲弥たちをかばいつつ武士たちと対峙して、

「火を放ったのが裏目に出たな。間もなく村人たちが駆けつけるぞ。お主らの所業を村人に見られれば、柳沢吉保が困ることになるぞ」

と大声で言った。

刀を構えた武士たちは、柳沢吉保の名を聞いて動揺した。千代が火事を報せようと叫び続けるうちに、近くの農家から、火事だぞ、雨宮様の家だ、と騒ぐ声が聞こえてきた。

蔵人は、武士たちを睨みつけた。

「お主たちではわたしを斬ることはできん。このままでは主の恥をさらすことになる。すぐに手負いの者たちをかついで引き揚げろ、さすれば追い討ちはかけぬ」

武士たちは色めき立って顔を見合わせていたが、ひとりが何事か言うと、他の者もうなずいた。三人は手早く刀を鞘に納めると、倒れている者をかつぎあげるなどして去っていった。

その間にも炎はさらに高く上がり、夜空を焦がした。屋根が火の粉を宙に舞わせて崩れ落ちた。

村人たちが駆けつけたとき、蔵人は咲弥に、

「清四郎が心配ゆえ、見てくるぞ」

と言い置いて道に出た。

先ほど斬り捨てた武士の姿はすでになかった。内蔵助と清四郎が戦っていたあたりを見てまわったが、人影はなく、しんと静まり返っている。

まわりの林にもひとの気配がなかった。

「内蔵助め、どこへ行った」

蔵人がつぶやくと、いつの間にか後ろに千代が立っていた。

「冬木清四郎殿は、見事に戦われました。柳生内蔵助は手こずっている間に門人たちが逃げてきたのに気づいて、自らも立ち去りましてございます」

蔵人は振り向いた。

「それで、清四郎はどうしたのだ」

「内蔵助が立ち去るのを見定めた後、いずこへか去られました。おそらく皆様の無事を見届けられたうえで、そのまま姿を消されたのでしょう」

千代は声をひそめて言った。

「あいつめ、どうしても、戻らぬつもりなのか。香也が悲しむではないか」

ため息をついて嘆く蔵人に、千代は言葉を添えた。

「冬木清四郎殿には、大望があると見受けました。おそらくいまは追っても無駄なのではありますまいか。赤穂浪人の方々の吉良邸討ち入りを、止めようとしてもできなかったのと同じでございます」

千代は、清四郎が吉良左兵衛の仇討を志していることを知っているようだ。

「そなた、清四郎が何をしようとしているのか知っているのか」

蔵人は千代に問いかけた。

「われらが吉良左兵衛様を見張っておりましたのは、清四郎殿のような動きがないか探るためでございましたから知っておりました」

「そうであったか」

蔵人は夜空を見上げた。

清四郎は、いったい何をするつもりなのか。ひょっとしたら、柳沢吉保を殺めるつもりかもしれぬと蔵人は思った。

夜空は星がきらめき、地上での斬り合いなど知らぬげに美しかった。


翌日――

蔵人は咲弥と香也を伴って大石親子を中院通茂の屋敷に送り届けた。

通茂は鞍馬の家が賊に襲われ、焼け落ちたと聞いて目を丸くした。

「それは、また大変やったなあ」

通茂が大層に驚くと、りくは申し訳なさそうに言葉を添えた。

「命を助けていただいたうえに、家を失われるというご迷惑までおかけして、何と申しあげてよいのか言葉がございません」

と頭を低く下げた。蔵人は手を上げて、りくを制した。

「なんの、もともと、わたしと柳生内蔵助は悪縁で、いずれは剣を交えることになったと存ずる。気にされることはありませんぞ」

蔵人が笑いながら言っても、りくは困惑の色を顔に浮かべて、詫び言を繰り返した。

通茂がりくの言葉を遮り、

「まあ、詫びはそれぐらいでええやろ。それはそうと江戸からよい報せが届いた。六月の桂昌院一周忌法要に合わせて赤穂の者たちの大赦が決まったそうや」

りくは顔を上げて身を乗り出した。

「まことでございますか」

「ああ、将軍家が近衛様に約束されたことやから、万に一つもひっくり返ることはなかろう」

通茂は微笑してうなずいた。咲弥がりくに顔を向けて声をかけた。

「りく様、よろしゅうございました」

りくは目に涙を滲ませながら、かたわらの大三郎をかき抱いて、

「まことに、ありがたいことでございます」

と声を震わせた。

蔵人がうなずいて、

「これにて、泉下の大石内蔵助様も喜ばれよう」

とため息まじりに言うと、通茂はさらに言葉を継いだ。

「近衛様は六月の法要が終わられて後に京に戻られる。落ち着かれたころに、此度の蔵人の働きを申し上げよう」

「さようなことをしていただくのは恐れ多うございます」

咲弥が恐縮すると通茂は笑った。

「近衛様は江戸で娘婿の西ノ丸殿から、たんと土産をもろうて戻られるであろうから、蔵人の家を建て直すほどのことは褒美としてしていただけよう。それまでは、わしの屋敷で暮らすことやな」

通茂は確信ありげに口にした。

「それは、まことにありがとうござる。住む家がないのは困りますゆえ」

蔵人はほっとして咲弥と顔を見合わせた。

「ようございました」

咲弥が応じると、かたわらに座っていた香也が、

「家が新しくなったころに、清四郎様は戻ってきてくださるでしょうか」

と眉を曇らせて問いかけた。

昨夜、清四郎が自分の前に姿を見せなかったことをひそかに悲しんでいたのが伝わってくる声音だった。

さて、どうであろうか、と言いかけた蔵人は、ふと思い直して、

「いや、清四郎は必ず帰ってくるぞ」

と口に出した。香也を慰めなければと思っていた。

「まことでございますか」

香也が嬉しげに訊くと、蔵人はにこりとしてうなずいた。

「清四郎はわれらが危ないと知るや、すぐに江戸から馳せ戻り、柳生内蔵助という難敵を相手に必死に戦ってくれたのだ」

「さようでございます」

香也は大きく頭を縦に振った。

「清四郎が戻ってきてくれねば、われら親子はいまこのように安穏としておられまい。清四郎は必ず、帰ってくるであろう」

きっぱりと蔵人が言うと、香也は目を輝かせて、

「わたしは清四郎様をお待ちいたします」

とつぶやくのだった。


この年、六月、桂昌院の一周忌法要が芝の増上寺で行われた。この一周忌を機に大赦が行われ、八月には吉田伝内、中村忠三郎、村松政右衛門の三人が遠島赦免となった。

また、十五歳になれば遠島となるはずだった者たちも赦免され、大石大三郎も許された。

このことが伝わると、柳沢吉保が恐れた通り、赤穂浪人の吉良邸討ち入りは義挙であ

ったと幕府が認めたのだ、と世間は快哉《かいさい》を叫んだ。

その評判を受けて広島浅野家は大三郎が元服して後に召し抱える意向を示した。しかも父、大石内蔵助と同じ千五百石という破格の禄高《ろくだか》である。

りくは大石の家名を存続できることを、涙を流して喜んだという。

七

蔵人の家が柳生内蔵助によって焼かれてから、二年余りが過ぎた。

宝永五年（一七〇八）十二月――

将軍綱吉は病床に臥《ふ》した。微熱が続き、起きていると眩暈《めまい》がする。

奥医師の診立《みた》てでは、このころ江戸の町で流行《はや》り始めている、

――麻疹《はしか》
ではないかとのことだった。しかし、綱吉の病状はしだいに快復《かいふく》へ向かうようでもあった。それまで食事が喉を通らなかったのが、ある日から、粥《かゆ》を食するようになった。

さらに、時に寝床で起き上がり、近習と話をすることもあった。

そんなおり、側近第一のお気に入りである柳沢吉保が寝所に呼ばれた。

吉保がさっそく伺候すると、起き上がった綱吉は人払いしてふたりだけになってから、やつれた顔で、

「この病は、奇妙な気がいたす」

と告げた。

「奇妙とは――」

「しばらく前より、胃の腑《ふ》が重くなり、熱が出た。しかし、食せぬようになってから落ち着いてきた」

綱吉は含みを持たせた物言いをした。

「まさか、毒飼いを疑っておいでですか」

「そういうことだ」

綱吉は目を光らせて言った。

「それではさっそく膳方の者を厳しく詮議いたします」

吉保は膝を乗り出した。

「いや、膳方は自分たちが疑われるに決まっておることをせぬだろう」

「それでは、何者が――」

吉保は不審げに眉根を寄せた。

「奥の女たちが怪しい」

綱吉は声を低めた。

「奥の侍女たちでございますか」

「そうだ。大奥で食事の膳を運ぶのは女たちだ。何とでもできよう」

綱吉は憎々しげに言った。

「しかし、それは——」

吉保はあたりをうかがってから、小声で言い添えた。

「奥の女たちはいずれも身許のしっかりした者ばかりでございます。仮にも上様に毒を盛るような大それた者がおるとは思えませぬが」

「それは江戸で召し抱えた者たちのことであろう。奥には御台所が京より連れて参った女子がおるし、しかも時おり、新しき者と入れ替わっておる。その者たちの身許は御台所が知るばかりじゃ」

つめたく綱吉は言い放った。綱吉の正室信子は、左大臣従一位鷹司教平《たかつかさのりひら》の娘である。三代将軍家光の正室、鷹司孝子《たかこ》は大叔母、さらに西ノ丸の家宣の正室、近衛熙子《このえひろこ》は再従妹《はとこ》にあたる。

綱吉には数多くの側室がいるが、生母、桂昌院付の女中として奉公に上がり、綱吉の目に留まったお伝《でん》の方がもっとも寵愛を受けた。

お伝の方は延宝五年（一六七七）に鶴《つる》姫を、延宝七年に徳松《とくまつ》を産んで綱吉を喜ばせた。徳松は五歳で夭折《ようせつ》するものの、それまでお伝の方は、〈御袋様〉として大奥で権勢を誇り、信子と対立した。

朝廷としては看過できない事態だった。

このため信子と血を分けた姉妹の霊元《れいげん》天皇中宮、房子《ふさこ》は自らに仕えた女官で聡明な右衛門佐《えもんのすけ》を大奥に送り込んだ。

右衛門佐は大奥で巧みに勢力を伸ばすとともに、京から大典侍《おおすけ》、新典侍《しんすけ》といういずれも美貌で知られた女官を呼び寄せて綱吉の側室とした。

このため大奥には京から来た侍女が多くなった。二年前、右衛門佐が亡くなってからは津雲《つくも》という中臈《ちゅうろう》が取り仕切っている。

京から来た女人の中に綱吉に毒を盛ろうとする者がいる恐れがあると告げられた吉保は、緊張した表情になり、

「すぐさましかるべく手を打ちまするゆえ、ご安心を」

と言上した。綱吉は苦い顔でうなずいた。

「わしに何かあれば、そなたも命はあるまい。さよう心得よ」

綱吉に言われるまでもなく、そのことは吉保自身も十分承知している。綱吉の引き立てにより、ひとが羨《うらや》む出世を遂げただけに、綱吉没後には失脚の道が待っている。あるいは次の将軍となった家宣に咎められて切腹にまで追い込まれるかもしれない。たとえ家宣にそのような気がなくとも、側近の間部詮房なら必ず吉保を陥れようとするに違いない。

(わたしが家宣様の側近であれば、必ずそうする。間部も同じであるはずだ)

そのためにどんな手を打ってくるだろうか、と考えつつ吉保は綱吉の前から下がった。

この日、夜遅くに下城した吉保は屋敷の奥座敷に柳生内蔵助を呼んだ。

内蔵助は鞍馬山で蔵人と戦った際に耳を斬られた。このため、傷跡が人前で見苦しいからと頭を丸め、焙烙頭巾《ほうろくずきん》を耳のあたりまで押し下げてかぶった。

頭巾のまま御前に出る許しをもらい、内蔵助はこの夜も焙烙頭巾をかぶり、羽織袴《はおりはかま》姿で吉保の前に出た。

大石大三郎を斬ろうとしてしくじりはしたが、耳を切られた姿を見た吉保は内蔵助を咎めなかった。

大赦によって広島浅野家が大三郎を召し抱えようとするなど、赤穂浪人への世間の目が変わったことは痛かったが、時がたてば気が移ろいやすい世間は忘れるだろうと吉保は思っていた。それとともに、内蔵助をただの剣客としてではなく謀臣《ぼうしん》として近づけるようになっていた。

吉保はむっつりとした表情で言った。

「上様は、京から来た女子衆に毒飼いされているのではないかとお疑いだ」

「さて、それはいかがでしょう。上様に毒飼いいたすのは、よほどの胆力がなければできません。それほどの方は西ノ丸様のほかにおられましょうか」

内蔵助は首をかしげた。

吉保は薄く笑った。

「そなたは上様に毒を飼ったのは、西ノ丸様だと思うのか」

「違いまするか」

内蔵助は狡猾《こうかつ》な目をして言葉を返した。

「違うな、西ノ丸様には間部詮房がついておる。女を使って毒殺を謀るなど危うすぎる。さような愚かなことはいたすまい」

「されば、何者がさようなことを」

「御台様であろうな」

なるほど、さようでございますか、と内蔵助がつぶやくのを聞いて、吉保は話を続けた。

「御台様は昔から上様とは確執がおありだ。それが晩年になって我慢しきれなくなったということはあろう。あるいは津雲にそのことを命じたのかもしれぬ。だが、津雲は賢い女だ。上様のお命をひと息に縮め参らせるほどではないにしても、体の力を徐々に奪う薬を少しずつ食事に混ぜたのかもしれぬ」

「体の力が弱まれば病に罹《かか》りやすくなりますな」

内蔵助はうなずいた。

「それが狙いだったかもしれぬが、もはや上様は怪しいものは口にされぬだろう」

吉保は眉をひそめて言った。

「そうなると、御台所様は思い切った手を打たれるかもしれませぬな」

「それが怖いのだ」

吉保は唇を噛みしめた。

「いっそのこと、こちらから仕掛けてはいかがでございますか」

「仕掛けるだと？」

「さよう。上様に毒が盛られたのなら、御台所様に毒が盛られるということもありましょう」

小賢しげに言う内蔵助に吉保は目を剝いた。

「恐ろしいことを言う男だ。御台様は京の帝、公家衆とつながりが深い。さようなことをすれば、京を敵にまわすことになる」

「望むところでございましょう。西ノ丸様の御正室は前関白の近衛基熙様の娘御でございます。西ノ丸様が将軍となられた暁には京の意向で幕府が動くことになるやもしれません。そのようなことにならぬよう、京に対して厳しくされるべきではございますまいか」

内蔵助は膝を乗り出して言葉を継いだ。

内蔵助の言葉に吉保は顔をうつむけてしばらく考えこんだ。ようやく顔をあげて、

「そなたの申すこと一理あるな。これは大奥での戦だ。わが大将を守り、敵の大将の首を取らねばならぬ」

ときっぱりと言った。

——御意
内蔵助はにやりと笑った。

「それにしても天下を統《す》べる将軍家とその御正室がたがいに毒を盛ることになるとは、なんということであろうか」

吉保は慨嘆《がいたん》した。


この夜――

江戸城内の間部詮房の屋敷で詮房と越智右近、新井白石、辻月丹が話していた。部屋の外に辻右平太が控えて近づく者がいないかを見張っている。

燭台の灯りに陰影濃く照らし出された詮房は、

「どうやら、上様は毒飼いを恐れて、御台所様の手の者である京より参った侍女を遠ざけておられるようでござる」

と声を低めて言った。右近はうなずく。

「御台所様の意を受けた津雲はなかなかの切れ者だと聞いているが、此度はしくじったか」

詮房は応じて口を開いた。

「さようでございます。毒飼いの疑いを持たれぬようにとの慮《おもんぱか》りでございましたが、それゆえ、上様に時を与えてしまいました」

白石がこほんと咳をしてから、

「やはり、ためらっては何事もなせぬのでございます。それよりも、心配なのは柳沢の動きでござる。御台所様がなそうとしたことを知れば、必ずや報復に出るのではありますまいか。そのときが危ういと存じます」

と言った。右近は皆を見まわして、

「さよう。わたしもそう思う。だが、御台所様の身に何事かあれば、帝はお怒りになるに違いない。せっかくこれまで築いてきた幕府と朝廷の融和が台無しになる。ひいては兄上も朝廷に対し面目を失うことになる。そのようなことは、何としても避けねばなるまい」

と告げた。詮房がうかがうように右近を見た。

「では、いよいよ断を下すのでございますか」

右近の目が光った。

「そうだ。もはや猶予はできぬ。一日のためらいで御台所様が殺められるかもしれぬのだぞ」

右近の言葉に、白石はうなずいた。

「非常の手段ではございますが、正徳の治のためには、やむを得ませぬ。天もわれらの苦衷《くちゅう》をお汲み取りくださいましょう」

さようだな、とつぶやいた右近は月丹に顔を向けた。

「どうだ、仕掛けはととのったか」

月丹は頭を下げた。

「とのいましてございます。この二年の修練にて、もはや、あの者を遮ることができる者はおりますまい」

「そうか、われらの望みをかけて放つ一矢になるのだな」

右近が念を押すように言うと、月丹は微笑んだ。

「それがしが丹精込めた甲斐があろうかと存じます」

右近は詮房に目を向けた。

「されば、抜かりなくいたしてくれ」

詮房は大きく首を縦に振った。

「いかにも、さっそく仕ります」

右近は大きく吐息をもらした。

「このこと、決して兄上の耳に入れてはならぬぞ。われらだけで行うのだ。そしてこの秘事はあの世まで持っていかねばならぬ」

月丹が身じろぎして言葉を発した。

「なし遂げたる暁には、彼の者はいかがいたしまするか」

右近は月丹を厳しい目で見返した。

「そのこと、わたしに言わせるな。大事の前の小事である。われらは正徳の世を開かねばならんのだ」

右近の言葉を聞いて白石は目を閉じた。

翌宝永六年（一七〇九）一月――

大奥に、

――宇治の間

という座敷がある。宇治の茶摘みの風景が襖絵に描かれていることから、その名がつけられていた。

日ごろはめったに使われないが、上段の間が二十五畳、次の間が十六畳の広さがある。将軍家の嫡子の部屋や、御台所の部屋として用いられていたが、なぜかしだいに使われなくなった。

使われないまま時がたち、いつしか、

――開かずの間

のようになっていた。

ある夜、綱吉がこの部屋の前の廊下にさしかかったおりにふと立ち止まった。

将軍が大奥に泊まる際、上御鈴《かみおすず》廊下を渡って寝所へ向かう。将軍の身辺の世話をする御中﨟が数人と島田振袖の女中たちが付き従っている。

この時、綱吉がなぜ立ち止まったのかはわからない。

御台所の信子が綱吉に宇治の間に来て欲しいと女中を通じて言ってきたためではないかとも、あるいは、綱吉が廊下で見かけた美しい女中に魅かれて宇治の間にふらりと入ったのだともいう。

従っていた年寄や奥女中たちが止める間もなく綱吉は吸い込まれるように宇治の間に入った。

年寄たちが何事であろうと戸惑ううちに、どしん、という音がした。女たちがあわてて宇治の間に入ると、綱吉がうつ伏せに倒れていた。

「上様――」

年寄たちが悲鳴をあげて綱吉を抱え起こそうとしたが、そのときには綱吉は息絶えていた。

年寄始め、奥女中たちはあまりのことに、恐ろしさに凍り付いた。

「医者を、医者を――」

年寄のひとりが叫ぶと数人が表へ急いだ。

「御坊主はおらぬか」

別の年寄は茶坊主を呼んで綱吉の手当てをさせようとした。ほかの奥女中たちは綱吉に取りすがり、必死に介抱しようとするが、綱吉の体はしだいにつめたくなっていくばかりだ。

「何ということでしょう」

嘆いた年寄は宇治の間の奥に若い奥女中がひっそりとひかえているのに気づいた。

綱吉につきそってきた奥女中ではない。

薄暗がりの中でもその奥女中がほっそりとして、若く美しいことだけは見てとれる。しかも、その奥女中だけが綱吉が倒れたことにうろたえていないのだ。年寄に見つめられていることに気づいたのか、その奥女中は立ち上がって、すーっと廊下へ出ていった。物の怪のような身の動きだった。


将軍綱吉が、このころ江戸で流行していた麻疹にかかったのは一月三日のことだった。だが、九日には快気祝いをするほど体調は回復していた。ところが十日早朝に急死したのである。

その死は異様だったが、あくまで麻疹による病死とされた。享年六十四。

一月二十八日、大葬が上野、寛永寺で行われた。

綱吉の葬儀が終わって間もなく異変が起きた。

二月七日、正室の信子が大奥で逝去したのである。

信子もまた、麻疹であったとされた。だが、将軍夫妻の相次ぐ死は不審を呼んだ。真偽はともかく、綱吉が寵臣、柳沢吉保の愛妾染子《あいしょうそめこ》に生ませたわが子の吉里《よしさと》に百万石を与える遺書を書いたことに憤った信子が自ら綱吉を刺殺し、その後、自害して果てた、というのである。

あまりに奇怪な噂だけに誰も信じる者はなかった。だが、綱吉が倒れた宇治の間には幽霊が出ると、いつしか風聞されるようになっていた。

綱吉と信子が亡くなって後、柳沢吉保は江戸城にほとんど詰めていたが、四十九日を過ぎた三月一日に新将軍家宣の治世が始まると、ようやく下城して、休養をとるために、駒込染井村の下屋敷に駕籠で向かった。

吉保は綱吉から下屋敷として二万七千坪の広大な敷地を与えられていた。この敷地に吉保は七年余りの歳月をかけて庭を造り、六義園《むくさのその》と名づけていた。《古今集》の序にある和歌の六つの基調である、

――六義

にちなんだもので、『万葉集』や『古今集』などの歌枕や歌意を託した庭だった。千川上水から水を引いて園の中央に大池を開き、二つの中島を築いて諸国から名石を集めるという贅《ぜい》を尽くしていた。

吉保が下屋敷に入ると、側室の町子《まちこ》が出迎えた。

「殿、お役目、ご苦労様にございました。さぞお疲れでございましょう。ゆるりとおくつろぎくださいませ」

白地に金糸、銀糸で鳳凰《ほうおう》の模様が刺繡《ししゅう》された打掛《うちかけ》をまとった町子は、式台で三つ指ついて頭を下げた。

町子はしっとりとした肌が白く、ととのった面差しの美しい女だ。

吉保には正室の定子《さだこ》のほかに六人の側室がおり、実子は十五人に及んだ。

町子は、権大納言正親町実豊《おおぎまちさねとよ》の娘で十六歳の時、江戸に下向し、吉保の側室となった。

たようだ。

吉保は京に憧れを抱いており、町子を側室にすることで柳沢家に風雅を取り入れたかっ

元禄七年（一六九四）に経隆《つねたか》、同九年に時睦《ときちか》という男子を町子はもうけている。

歌文の才に長じていた町子は、吉保の栄達を『栄花物語《えいがものがたり》』に倣《なら》って『松蔭日記《まつかげにっき》』を著し、女性らしい細やかな観察を雅《みやび》な筆で描き出した。さらに『如葉集《にょようしゅう》』や『如葉集千首』などの歌集がある才媛《さいえん》だった。

うむ、とうなずいて吉保は奥へ向かった。吉保の表情に翳りがあるのを見て、町子は眉をひそめた。

綱吉が亡くなったからには、寵臣である吉保は権勢の座から下りねばならない。これより後の政は家宣の側近である間部詮房が取り仕切ることになるだろう、と町子は思っている。

吉保もそのことへの覚悟はできているはずだ。しかし、怖いのは権勢の座から下りて隠棲するまでの間だ。

新たに権勢の座に座った者が、下りた者の旧悪を咎めて、見せしめとして政を一新しようとするかもしれない。新たな政のための生贄《いけにえ》にならないよう、静かに目立たぬように去らねばならないのだ。

それが、永年、権勢の座にいた吉保にできるだろうか。

そんなことを思いながら、町子は奥に向かう吉保に付き従った。ほどなく広縁に出た

吉保は、

「亭に参る。たれぞに茶を持ってくるよう申しつけよ」

と言うと下人に草履を持ってこさせて庭に下りた。

そなたは来ずともよい、と町子に告げ、吉保は中島の亭に向かって歩いていった。家臣と密談でもするのだろうと思い、町子は広縁に跪《ひざまず》いて吉保を見送った。

吉保が亭の床几《しょうぎ》に腰かけると、間もなく柳生内蔵助が現れて片膝をついた。相変わらず焙烙頭巾をかぶっている。

「どうじゃ、宇治の間の幽霊の正体はつかめたか」

吉保に訊かれて、内蔵助は頭を下げた。

「御台所様付きの腰元がひとり行方がわからなくなっております。おそらくその者の仕《し》業《わざ》かと存じます」

吉保は首をひねった。

「それにしても、すでに還暦を迎えられていたとはいえ、武門の頭領である将軍家を女《おな》子《ご》の細腕で殺めることができるであろうか」

「〈ののう〉のごとき、女子の忍びならばできようかと存じます。あるいは、〈くノ一〉の術と称し、男の忍びが女子に化ける術もございますゆえ」

「そうか、いずれにしても、御台所様の手の者であったのは違いなかろう。その御台所様も逝かれたいまとなっては、もはやすべては闇に消えたな」

吉保に言われて、内蔵助は顔をしかめた。

「そうとも限りません。なんとなれば、怪しい腰元が姿を消したのは、御台所様が亡くなられてからのことでございます。あるいは、腰元は大奥での秘事をすべて知って消えたのかもしれません。もし、そうであるなら、殿にとってまことに都合が悪うございますぞ」

そこまで言った内蔵助は、不意に眉をひそめて振り向いた。いつの間にかそこには矢がすりの着物を着た女中がひとり茶碗を捧げ持って立っていた。ほっそりとした女だ。

吉保も女中に目を遣り、

「これに持て――」

と声をかけた。女中は捧げ持ってきた茶碗を吉保の前の卓に置いた。その瞬間、女中は帯に隠していた短刀を引き抜き、吉保に突きかかった。

その短刀を内蔵助が抜き打ちに払った。のけぞった吉保に短刀の刃は届かなかった。瞬時に身を翻した女中は走り去ろうとした。

「逃さぬ」

追いすがった内蔵助は、女中の背中へ一太刀浴びせた。女中は振り向きざまに短刀でこれを受けると同時に、内蔵助の懐に飛び込むようにして突きかかった。

内蔵助は思わず後退りして女中の短刀をかわした。だが、女中は執拗に突きかかり、内蔵助の着物の袖を切り裂き、胸元をかすめた。

「小癪な――」

内蔵助は刀を上段に振りかぶった。

あっ、とうめき声がした。

内蔵助が斬り下ろした刀をかわしそこねて、女中は左の肩先を斬られた。とっさに短刀を投げつけ、内蔵助がこれを刀で叩き落とす隙に女中は走った。

ひと拍子遅れて、内蔵助が追いかける。

女中は広縁に駆け上がると、そのまま廊下を奥へと走った。

「出合え、出合え――」

内蔵助は怒鳴りながら広縁に上がり、後を追った。

騒ぎを聞いて出てきた女中たちは、白刃を手にした内蔵助が廊下を走るのを見て悲鳴をあげた。


おりしも自らの居室に入ろうとしていた町子は騒ぎを耳にした。

(何事であろう)

不審に思った町子は、付き従っている女中に、

「見て参れ」

と命じた。悲鳴が聞こえた方にあわただしく向かう女中を見遣り、町子は居室に入った。その瞬間、すっと閉じられた控えの間の襖の間に、着物の裾が引き込まれるのを見

た。部屋の中を見まわすと、畳に数カ所、血が落ちているのが目にとまった。

町子は眉ひとつ動かさず懐紙を取り出し、畳の血を拭《ふ》きとった。その時、

――御方様
と廊下から声がした。

「何事じゃ」

町子は、ほかに血は落ちていないかと素早く見まわしてから答えた。

「柳生内蔵助殿がこのあたりに曲者《くせもの》を追い込まれたよし申しておられます」

「曲者を見なんだか、と訊いておるのですか」

町子は平然と問うた。

「さようにございます」

「曲者は見ておらぬ、と伝えよ」

町子の応えに、女中はかしこまりましてございます、と答えた。すると、町子はさらに言葉を継いだ。

「待て、柳生内蔵助はそこに控えおるのか」

「おられまする」

「ならば、直答を許す。曲者は何をいたしたのかを申せ」

廊下で身じろぎする気配がした。

「曲者は女中の身なりをしておりましたが、身のこなしからおそらく男であろうかと存

じます。恐れ多くも殿のお命を狙い申した」

と申し立てる内蔵助の声が聞こえた。町子は眉を曇らせて訊いた。

「殿にお怪我はなかったのか」

「それがしが、防ぎましてございます」

内蔵助は傲然《ごうぜん》として言った。

「その者は、なにゆえ殿を殺めようといたしたのじゃ」

内蔵助はしばらく黙してから答えた。

「わかりませぬが、上様と御台所様が逝去されて後、大奥から姿を消した腰元がおります。おそらくその者ではないかと存じます」

「わかりました。まことに不埒《ふらち》な者のようじゃ。見つけたならば、ただちにそなたに報せよう。必ず討ってとるのじゃ」

「承ってございます」

内蔵助が立ち去る気配をたしかめてから、町子は控えの間に近づき、さっと襖を開けた。観念していたのか、女は正座して顔をあげていた。

町子は悠然と女を見た。

「そなたは男であろう。何者じゃ、わらわに匿われたからには有体《ありてい》に申せ」

女は覚悟したように、

「それがし、冬木清四郎と申します。亡くなられた吉良左兵衛様の家来でございました」

と少年の声で言った。

「吉良殿の家来が、なぜさような身なりで大奥に潜り込んだのじゃ」

町子が目を鋭くして訊くと、清四郎は淡々と答えた。

「みどもの主人、吉良左兵衛様は赤穂浪人の討ち入りにより、何の非もないにも拘わらず、流人として生涯を悲運のうちに終えられました。赤穂浪人が主君の仇として吉良上野介様を討ったのであれば、みどもも吉良左兵衛様の仇を討たねばならないと存じました」

「吉良殿の仇とは誰じゃ。赤穂浪人はことごとく切腹して果てたであろう――」

言いかけて、町子ははっとした。

「そうか、それでそなたは殿を――」

町子は女装した清四郎をまじまじと見つめた。

同時に、綱吉の死は尋常のものではなく、御台所の信子によって討たれたなどという噂さえあることを思い出した。

（まさか、この者が――）

綱吉ばかりか信子までをも殺めたのかと思ったが、いや、そんなはずはない、と思い直した。いかに女装がたくみであっても、それだけで大奥に入れるわけがない。

この者が男であることを承知で大奥に入れた者がいるはずだ。そんなことができるのは、御台所の信子のほかにいないのではないか。もし、信子がこの異様な者を大奥に入れたとすれば、綱吉の命を奪うためにほかならないだろう。

かねてからの綱吉と信子の間柄を知る町子には、なぜそのようなことが行われたのか、あらためて考えずともわかっている。では、なにゆえ信子は死んだのであろうか。綱吉を殺めたことを悔いて自害したのだろうか。それは考えも及ばないことだ、と町子は思った。

武家と違って、公家には自害の習慣がない。まして、信子がそんなことをしたのであれば、

——天下万民のため

という大義があったはずである。そこまで考えて町子はふと、

(御台所様だけの思い立ちであろうか)

と思いいたった。大奥にいる信子に、このような妖《あや》しの者を使う手づるはないだろう。もし、そんなことができるとすれば誰であろう。

「西ノ丸様か——」

町子がぽつりとつぶやくと、清四郎は顔を伏せた。

「なるほど、そういうことであったか」

町子はうなずいた。

どちらが持ちかけた話なのかはわからないが、吉良の家来だったという、この若者に

家宣が目をつけ、信子の了解を得て大奥に送り込んだに違いない。

これによって綱吉は死に、その後、信子も後を追うように逝去した。いわばふたりは相討ちだったのではないか。

(これは天下をゆるがす陰謀だ)

町子は緊張した。

清四郎は町子の前で目を閉じて座っている。もはや、命を捨てる覚悟はできているようだ。


同じ日、江戸城の黒書院で右近と間部詮房が話していた。

「大奥より、あの者が姿を消したそうでございます」

詮房が声を低めて言うと右近はうなずいた。

「大奥での役目を果たしたからには、いつでも柳沢吉保を狙ってよいと伝えてある。おそらく次に狙われるのは柳沢であろう」

「それを手助けせずともよろしゅうございますか」

詮房が訊くと右近は頭を振った。

「柳沢を討つのは、われらに関わりのなきことだ。それよりも彼の者が柳沢屋敷で討ち取られずに出て参ったならば、われらが捕らえねばならぬ」

「では、やはりあの者の口を封じられますか」

詮房は眉根を寄せた。

「やむを得まい。兄上はこれから新将軍として正徳の政を行われる。そのためには、兄上にいささかも瑕瑾があってはならぬのだ」

「いかさま、もっともな仰せにござります」

詮房が大仰にうなずくと、右近は目をそらせた。

「それにしても、御台所様に伸びる手を防げなかったのは口惜しい限りじゃ」

「では、やはり、毒を――」

「そのようじゃ。津雲殿が、毒を盛ったと思しき女中ふたりを捕らえて詮議されておるそうな。毒を盛ったことがあきらかになれば、津雲殿がその者たちを闇に葬ろう」

「されど、御台所様を殺める指図をいたしたのは柳沢に相違ございませんぞ。かほどの大罪を犯しながら、見過ごしてよいものでございましょうか」

詮房が思いつめたように言うと、右近は、はっはっと笑った。

「許せぬ大罪を犯したのは、われらも同じであろう。柳沢の非を鳴らして争えばたがいに傷つくだけで、上様の治世を邪魔することになりかねぬではないか。それゆえ――」

「彼の者を捕らえて幕引きといたすわけでございますな」

怜悧な表情で詮房が言った。右近はため息をついた。

「そういうことだ」

「だとすると、彼の者が柳沢の手の者に討ち取られれば、われらの手間が省けることになりますな」

ひややかに詮房は言ってのけた。

「そなたはさように思うか。わたしの考えは少し違う」

「どのように違われるのでございますか」

詮房は怪訝な顔をした。

「彼の者は天下万民のためと思えばこそ、自らの身を挺して事をなしてくれたのだ。それゆえ、わたしが自ら斬ろうと思う。それが、彼の者へのせめてもの礼であろうからな」

右近は沈んだ声で言った。

「さようでございますか」

詮房はうなずいたが、さほどには思い入れが深くなさそうな声音《こわね》だった。詮房は新将軍の第一の側近としてこれからの政のことを考えているのだろう。

綱吉の死もそれに関わった冬木清四郎も詮房にとっては、すでに過ぎ去ったことなのだ。

右近は詮房の顔を見つめて、

「政は常にかくあるのだろうな」

とつぶやいた。政に携わる者は柳沢吉保や間部詮房のように魔に魅入られたかのごとく変わっていくのかもしれない、という虚しい思いが一瞬、右近の脳裏に去来した。

「何のことでございましょうか」

詮房は首をかしげた。

「いや、政に携わる者は過ぎたことにこだわらぬものだな、と思ったまでだ」

右近は苦笑した。

詮房は何を言われているのかわからずに追従の笑みを浮かべるだけだった。

三日後——

町子は上野の寛永寺に寺参りに出かけた。供は屈強な家士三人と四人の女中である。

明るい陽射しの中、天気雨、あるいは〈狐の嫁入り〉とも呼ばれる小雨が降っていた。

寛永寺の門前で乗り物から降りた町子は歩いて門をくぐり、塔頭《たっちゅう》のひとつである脇寺に入った。

奥の座敷で町子が待つほどに、小坊主が、

「お着きになりました」

と告げにきた。間もなく、豪奢《ごうしゃ》な打掛を身にまとった女人が座敷に入ってきた。年は三十過ぎで肌理《きめ》の細かい、うりざね顔で落ち着いた物腰をしている。

津雲が上座に座ると、町子は手をつかえ、

「津雲様、お呼び立ていたして申しわけございませぬ」

とあいさつした。津雲は微笑を浮かべ、

「柳沢様のご側室のお呼び出しとあって、さっそくに参りました。大奥女中の縫《ぬい》のことでお話があるというのはまことですか」

と応じた。

「さようでございます。大奥にて縫と名のっておりました女中は、まことは男にて冬木清四郎と申します。彼の者は大奥にて大事をなし、さらにわたくしがつかえる柳沢吉保様を害そうといたしました」

町子は淡々と言った。

「なんと——」

津雲は息を吞んだ。

「その冬木清四郎を、ただいまわたくしが匿《かくま》っております」

津雲は目を瞠った。

「柳沢様を殺めようとした者を、なぜ匿っておられるのです」

「吉保様が命を落とされたのならば、さすがにさような真似はできませぬが、清四郎は仕損じておりますれば」

「されど、その清四郎なる者はふたたび柳沢様を狙うのではありませんか」

「いえ、彼の者はもはや観念いたしております。すでに、なすべきことはなしたゆえ、京の鞍馬山に参って、腹を切る所存のようでございます」

「鞍馬山にですか」

津雲は首をかしげた。

「はい、鞍馬山に吉良上野介殿の孫娘がいるそうで、清四郎は亡き吉良左兵衛様の命により、孫娘の許嫁となったよしにございます」

「それでは清四郎は吉良家を継ぐ者なのか」

興味深げに津雲は訊いた。町子は深々とうなずく。

「さようにございます。吉良家は浅野内匠頭の殿中での刃傷から、悲運に落ちました。その間、幕府は世間の評判に左右されて、吉良家を粗略に扱って参りました。清四郎が恨みを抱くのもわからぬではありません」

綱吉は勅使下向の際の刃傷に怒り、いったんは浅野内匠頭に厳しく処断を下しながら、一方で、吉良上野介に対しては、手向かいしなかったことを、

——神妙である
として咎めず、殿中での喧嘩は両成敗という定めを無視した。

松の廊下の刃傷事件での浅野家と吉良家への処分は公平を欠いたものだった。

ところが赤穂浪人が吉良邸に討ち入り、世間の評判になると、綱吉は今度は掌《てのひら》を返した。吉良家につめたく当たったのである。

「さりとて、上様を——」

言いかけて津雲は自らの口を押さえた。

その仕草を見つめて町子はひややかに言った。

「清四郎が大奥で何をいたしたか、わたくしは存じませぬ。されど、亡き御台所様のお心に添うものではなかったかと推察いたします。御台所様が大奥に入られて以来、どのような心持ちでおられたか、存じ上げております。されば、鞍馬山にて果てたいと望む彼の者の願いをかなえてやるのが、われら京から参った女子の務めではありますまいか」

「されば申して、わたくしたちに何ができるというのですか」

津雲は声をひそめて質した。

「近く公辨法親王《こうべんほっしんのう》様より京にご使僧が遣わされるそうでございます。その一行に清四郎を加えて京に上らせたいと存じます。津雲様からお口添え賜ればかなうことでございますれば、ぜひにもお願いいいたしとう存じます」

町子は手をつかえ、頭を下げた。

「わかりました。それならばできることだと存じます。されど、女子姿の者が使僧の供になれましょうか」

心配げに口にする津雲に向かって町子は微笑んだ。

「お案じなされずとも大丈夫でございます」

さりげなく町子にうながされて、津雲は控えの間を隔てる襖に目を向けた。

「冬木清四郎、大奥中﨟、津雲様にごあいさつつかまつりたいたせ」

町子の声に応じて、襖がすっと開いた。

青々と頭を剃り上げ、墨染の衣を着た若い僧侶が手をつかえている。

「面《おもて》をあげよ」

町子が言葉をかけると若い僧侶は顔をあげた。

色白のととのった面立ちをしている。津雲ははっとして、

「そなたは縫、いや冬木清四郎ですか」

と問うた。

清四郎は津雲に目を向けて答えた。

「さようにございます。僧としての名は祥雲《しょううん》にございます」

津雲はまじまじと清四郎を見つめた。

縫という名の、大奥の女中であったときの姿を目にしていただけに、津雲は僧侶となった清四郎に妖しい艶めきを感じた。

町子が清四郎に声をかけた。

「津雲様からお許しをいただいた。これにて、そなたは京へ向かうことができまするぞ」

「ありがたき幸せにございます」

手をつかえ、深々と頭を下げた清四郎の声が震えた。

十日後——

寛永寺から使僧の一行が京に向かって出立した。

使僧となった厳有院道覚《げんゆういんどうかく》の一行、六人の中に網代笠《あじろがさ》をかぶり、墨染の衣を着て、錫《しゃく》杖《じょう》を手にした清四郎の姿があった。

寛永寺から発った一行を、道沿いの松の陰で見送った女がいる。町人の女房のような身なりだった。

〈ののう〉の頭領、望月千代だ。

千代は一行の中に清四郎がいるのを見届けて、

「やはり、冬木清四郎は京へ向かうつもりのような」

とつぶやいた。

一行が遠ざかるのを見遣りつつ千代はふと、誰かの目が自分に注がれているのを感じた。さりげなくまわりを見まわすが、太鼓を手にひょうげて子供たちに飴を売る、唐人《とうじん》飴売《あめう》りがいるだけだった。

唐人飴売りは、鳥毛の付いた唐人笠をかぶり、更紗《さらさ》でこしらえた唐人の衣服を身につけ、鉦《かね》をたたいてわけがわからない歌を奇妙な踊りとともに披露しながら飴を売る、子供たちの人気者だ。

千代が見遣るとチャカポコと鉦を叩き、
コリヤ～～来たハいな

これハ九州長崎の丸山《まるやま》名物ギヤガラカ糖
お子さまがたのお目ざまし
おぢいさんおばァさんにあげられて
第一寿命が長くなる

と案外にいい声で唄った。

唐人飴売りは三十過ぎの苦み走った顔の男だ。千代はちらりと鋭い一瞥《いちべつ》を投げると、背を向けて歩き出した。

背後では、まだ、唐人飴売りの声が聞こえている。だが、その歌声が止《や》んだ瞬間、千代は走り出した。辻を曲がり、路地に入ると家の間を抜けて、先にある細い通りに出た。もはや、追ってくる者はいないだろうと思い、息を整えようと足を止《と》めたとき、

「女子にしては随分と足が早いのう」

と声がかかった。千代が懐の短刀に手をかけてゆっくりと振り向くと、先ほどの唐人飴売りがへらへら笑いながら立っている。

「わたくしをつけてきたのですか」

千代が見据えると唐人飴売りはにこりとして、

「さよう、それがしは磯貝藤左衛門《いそがいとうざえもん》と申す伊賀同心にござる」

と言った。

「これは驚きました。伊賀同心と言えば幕府の隠密《おんみつ》ではありませんか。それが、往来で自ら名のるのですか」

皮肉な口調で千代が訊くと、藤左衛門は天を仰いで、からりと笑った。

「われら伊賀同心が戦国の頃のように忍びとしてはかばかしい務めを果たしたのは昔話で、いまでは空屋敷の番か大奥の女中方が寺参りをされるときの警護がせいぜいでござるよ」

「されど、唐人飴売りの身なりをしているのは、何かの探索のためでございましょう」

千代が言うと藤左衛門は大きくうなずいた。

「さようにござる。実は大奥中﨟の津雲様が先日、寛永寺にて柳沢吉保様の御側室となにやら談合されたよしにござる。そして、ただいま、寛永寺の使僧が上洛《じょうらく》の途につかれた。これは怪しいと思っていたところ、あなた様を見かけましたゆえ、何事が起きているのか訊こうと思ったのでござる」

隠密にしては放胆な藤左衛門の物言いに千代は苦笑した。

「なぜ、わたくしがあなたにさようなことを教えねばならぬのです」

千代はそろりと短刀を抜いた。藤左衛門は平然として答える。

「あなたが、柳沢吉保様に仕える〈ののう〉の頭領、千代様だからでござる」

藤左衛門が言い終える前に、千代は短刀で突きかかった。

藤左衛門は危うく身をそらしてかわした。

千代は間を置かずに突きかかる。藤左衛門はゆらゆらと体を揺らしてかわすだけで、武器を手にしようとはしない。

その様子を見て、千代は短刀を胸の前で構えながら、

「なぜ抜かぬのです。いつまでもかわすことができぬくらい、わかっているはずです」

と言った。藤左衛門は顔をしかめて、

「柳沢様に仕える女忍ならば、幕府に仕えるわれらとは同じ立場、いわば味方ではござらぬか」

となだめるように応じた。

「何が言いたいのか、さっぱりわかりませぬな。忍びが信じるのは仲間のみ、そのほかに信じる相手はおらぬ」

千代が斬りつけるように言うと、藤左衛門は唐人笠をとるや頭上から斜めに振るった。唐人笠で顔を打たれそうになった瞬間、千代は身を避けた。その隙を逃さず藤左衛門は千代の右手首をつかんでねじりあげた。

千代はくるりと宙返りして藤左衛門の手から逃れた。しかし、その時には短刀を奪われていた。

藤左衛門は短刀を捨てて、千代につかみかかってきた。その顔に向けて、千代は懐から抜いた竹筒を振るった。

竹筒には〈目つぶし〉が仕込んである。灰や唐辛子の粉などを含んだ粉がぱっと散っ

た。

藤左衛門がむせる間に、千代は身を翻して走り去った。

とっさに目を閉じた藤左衛門は、〈目つぶし〉の灰が収まるのを待ってからゆっくりと瞼を開けた。

「素早い女だ、逃げられたか」

苦笑しつつ、藤左衛門は、それにしても、寛永寺の使僧の一行に、大奥で大事を働いた者が紛れ込んだのは間違いないようだ、と思った。

家宣の将軍宣下《せんげ》はまだだが、すでに新将軍の治世は始まっている。その新将軍からしばらくぶりに伊賀同心に探索の命が下ったからには、張り切らざるを得ない。

（しかし、大奥に潜り込んだ男はいったい、何をしでかしたのであろうか）

将軍綱吉が暗殺された疑いがあることを知らされていない藤左衛門は、訝しげに首をひねった。


この日、柳沢吉保はひさしぶりに下屋敷を訪れた。

町子が居間で吉保の酒の相手をしていると、縁側に近習が片膝をついて、

「柳生内蔵助殿より、支度がととのいましたとのことでございます」

と告げた。

「そうか」

吉保は盃を膳に置くと、町子に顔を向けた。

「そなたもついて参れ」

唐突に言われて町子は驚いたが、顔色を変えずに立ち上がり、座敷を出ていく吉保につき従った。

中庭に面した広縁で吉保は足を止めた。

すでに日が暮れて夜である。

あたりは闇に包まれているが、中庭には、ふたつの大きな篝火が焚かれ、黄金色の火の粉が飛び散っていた。

中庭には女がひとり引き据えられ、かたわらに柳生内蔵助が竹の鞭《むち》を手に立っている。何者だろうと思って町子は広縁から女を見遣った。

「この女子は望月千代と申し、わしが使っている〈ののう〉という女忍の頭領だ。ところがこの女忍どもがわしを裏切っている、と内蔵助が申すのでな。内蔵助が詮議いたすゆえ、そなたも見るがよい」

町子は眉をひそめた。

「女忍の詮議など見たくはございません。わたくしは失礼させていただきとう存じます」

「まあ、そう申すな。内蔵助はそなたもわしを裏切っていると申しておる。ここにいて詮議を見ないでは身の潔白を明らかにできぬぞ」

町子はちらりと内蔵助に目を遣った。

「ほう、柳生は面白いことを申しますね。主人の側室で和子《わこ》までなしたる身が裏切っているなどと口にするからには、切腹覚悟でございましょう。ならば柳生が腹を切るまで見届けましょうぞ」

町子は落ち着き払って吉保のかたわらに座った。

内蔵助は無表情なまま黙して頭を下げる。そして千代に顔を向けた。

「望月千代、そなた、詮議の謂《いわ》れはわかっておろう」

内蔵助が鞭を突きつけて訊いても、千代は眉ひとつ動かさない。

「何のことでございましょう。殿を裏切った覚えなど、まったくございません」

千代は乱れのない声で答える。内蔵助はにやりと笑った。

「さて、そうであろうか。そなたが雨宮蔵人に通じて、わたしの動きを逐一報せておったことは承知しておるぞ」

「そのような二年も前の話はよく覚えておりませぬ」

千代は突き放すように言った。

「ほう、そうか。ならば、今日、寛永寺を見張っておりながら、そのことを殿に言上しないのはいかなるわけだ」

寛永寺と聞いて町子は眉をひそめた。柳生内蔵助は、清四郎が寛永寺の使僧の一行に紛れ込んだことを知っているのだろうか、と危惧を抱いた。千代はさりげなく応じる。

「寛永寺は見張りましたが、それだけのことでございます。何もございませなんだ」

「なぜ寛永寺に目をつけたのだ」

内蔵助は厳しい声音で言いながら、じろりと町子を睨んだ。

町子は知らぬ顔をしてそっぽを向く。内蔵助は千代に目を戻して、執拗に問いを重ねる。

「町子様が寛永寺にて大奥中﨟の津雲様と会われたからであろう。しかも、その後、津雲様は寛永寺の公辨法親王様に京へ遣わす使僧の一行に若い僧侶をひとり加えて欲しいと頼まれたそうな」

そこまで聞いて、町子は、ほほ、と笑った。

「随分とまわりくどい申しようじゃな。そなたはわたくしがしたことを詮議いたしたいのであろう。ならばはっきりと申せばよいに」

吉保が町子に顔を向けた。

「内蔵助は、わしを狙った刺客をそなたが匿い、さらに寛永寺の使僧の供に加えて逃がしたと申しておるのだ」

町子は微笑んで吉保を見返す。

「殿を害そうとした刺客をさように逃がしたのであれば、まことに裏切りと申せましょう。されど、彼の者は行う前になしたることがございます」

吉保は鋭い目になって訊いた。

「わしを襲う前になしたこととは何じゃ」

「天下の大事でございます。ここで申し上げてよろしゅうございましょうや。この秘事は、朝廷と幕府の争いの種になりまするぞ」

町子は嘯くように言った。

町子は清四郎が信子の命によって綱吉を殺めたのではないかとほのめかしたのだ。

吉保は厳しい表情で町子の言葉を聞いた。

「かまわぬ。この場にいるのは内蔵助とそなただけだ。いまさら隠し立てをいたしてもしかたがあるまい」

吉保は、綱吉に暗殺の手をひそかに差し向けたのは家宣ではないか、と疑っていた。だが、綱吉亡きいま、すでに家宣の治世は始まっている。

家宣が綱吉を暗殺したなどと、おくびにも出せない。綱吉の御台所であった信子が関わりがあるのではないかと疑念を持つのがせいぜいのところだ。しかし、これを暴き立てれば藪をつついて蛇を出すことになりかねない。

綱吉の遺臣として慎むべき身で事を荒立てるのは得策ではない、という考えに吉保は落ち着いた。

町子が自分を狙った刺客を江戸から出したのは、吉保にとって悪いことではない。下手に刺客を捕らえて斬りでもしていたら、家宣の思うつぼだったのではないか。

思い直した吉保は、皮肉な笑みを浮かべた。

「なるほど、そなたがしたことは、わしの身を気づかってくれたうえでのことかもしれぬな」

吉保が町子の話に得心した様子を見せると、内蔵助は顔をしかめて口を開いた。

「殿、なれど、望月千代が裏切っておった疑いは消えませぬぞ」

言い募る内蔵助に吉保は少し考える風であったが、しばらくして薄く笑った。

「ならば、千代の始末はそなたにまかせる」

内蔵助が目を光らせると、吉保は間を置かず、

「まかせはするが、わしの目の届かぬところでいたせ」

と言うなり立ち上がった。町子の追及をやめたからには、千代をどうするかについても興味を失ったようだ。

町子も立ち上がって吉保に従う。広縁から去るおり、町子はちらりと千代を見遣った。千代は落ち着いた物腰で頭を下げる。

その様子を見て、町子は、

（あの女子は大丈夫なようじゃ）

と安んじた。

千代がどういう考えで江戸を離れる清四郎を見逃してくれたのかわからないが、それがもとで内蔵助に斬られるのは哀れだという思いがあった。

吉保と町子が奥へ去るのを見届けてから、内蔵助は千代をうながした。

「では、立ってもらおうか。屋敷内を血で汚すわけにもいかぬ」

急き立てられるまま黙って立ち上がった瞬間、千代は隠し持っていた黒い玉を指で弾いた。黒い玉が篝火に飛び込んだとたんに爆《は》ぜて、大きな炎が燃えあがった。そのはずみで篝火は崩れ、火の粉があたりに飛び散った。

内蔵助が一瞬、気をとられた隙に、千代は庭を取り囲む築地塀に向かって走った。

「待てっ」

千代が逃げるのに気づいた内蔵助は、刀を抜いて追った。千代は築地塀に手をかけて宙に跳んだ。

千代が築地塀を跳び越えて地面に降り立つと同時に、

——お頭《かしら》

と声がかかり、周囲の物陰から白い着物姿の〈ののう〉が六、七人出てきた。

千代はうなずき、

「もはや柳沢のもとを立ち退く」

と短く言った。〈ののう〉たちはうなずき、千代に従って走り出そうとした。そのとき、

「逃さぬぞ」

と声を張り上げて築地塀を跳び越え、内蔵助が追ってきた。〈ののう〉たちは、吹矢を構えようとしたが、それより早く内蔵助は間合いに飛び込んできて、〈ののう〉が構

えようとした筒を両断した。千代が短刀を構えると、ほかの〈ののう〉たちもいっせいに短刀を抜いて内蔵助を取り巻いた。

内蔵助はせせら笑った。

「わしにかなうと思っているのか」

内蔵助が悠然と刀を大上段に振りかぶったとき、宙を白い物が飛んできた。内蔵助が刀でこれを払うと、ぱっと白い粉があたりに舞った。

次から次に白い物が内蔵助に投げつけられる。いずれも目つぶしを仕込んだ卵の殻だった。

内蔵助が刀で払うつど、煙のように白い粉が散った。

「おのれ」

目を閉じたまま、内蔵助は歯嚙みした。すると、どこからか、

「逃げろ──」

と男の声がした。

千代と〈ののう〉たちは声を聞くと同時に走り出した。

千代は、いま聞いた男の声が昼間出会った藤左衛門のものだと気づいた。

(あの幕府の隠密は、なぜわたしを助けるのだろう)

どのような意図があるのかと考えつつ走りながらも、千代はなぜか微笑んでいた。

その日の夜半過ぎ、新井白石の家をひとりの武士が訪れた。

三十過ぎの苦み走った顔の男は磯貝藤左衛門だった。家僕は藤左衛門をすぐに奥座敷に案内した。藤左衛門が通された奥座敷には白石と右近、辻月丹がいた。藤左衛門は座るなり、手をつかえて頭を下げた。

「仰せのごとく、柳沢様は寛永寺より京へ向かった者の中に、大奥に忍び込んだ者がいると見ているようでございました。おかしなことに、その者を柳沢様の側室が匿い、さらに柳沢様お抱えの女忍もこのことを柳沢様に報せておらず、その忍びは危うく柳生内蔵助なる剣客から斬られそうになりました」

藤左衛門が告げると、右近は首をかしげた。

「いまそちは斬られそうになったと申したが、つまりは斬られなかったということか」

「さようにございます。逃げ足の速い女でございました」

藤左衛門は平然と答えた。月丹が苦笑いしてすかさず口をはさんだ。

「いかに女忍の逃げ足が速かろうとも、柳生内蔵助が逃がすとは思えぬ。誰ぞ、逃げる手助けをいたしたのではないか」

「さて、そのような酔狂な者、それがしの目には入りませんでしたが」

藤左衛門はそらとぼけた顔をした。白石はそれに構わず右近に顔を向けて、

「やはり、冬木清四郎は柳沢を討ちそこねたようでございますな」

と告げた。

「そして、京に舞い戻る気になったか」

右近はつぶやいた。月丹が慨嘆するように、

「逃げ切れるものでもありますまいに」

と言うと、右近は首を横に振った。

「生き延びるつもりで逃げたのではあるまい。おそらく鞍馬山の雨宮蔵人のもとへ参り、腹を切ろうというのだろう」

右近の表情には憐れみの色があった。

「いかがされますか」

白石はうかがうように右近を見た。

「清四郎を見逃しては、正徳の治は始まらぬ。そうではないか、白石殿」

右近に問われて白石はうなずいた。

「まことに政とは酷《むご》いものにございます。しかし、誰かがその酷さに耐えねばならぬと存じます」

右近は藤左衛門に目を向けた。

「そなた、公辨法親王の使僧の一行を追え。おそらく柳生内蔵助も追っておるに相違ない。もし、柳生が彼の者を討ち果たそうとするなら手出しは無用ゆえ、見届けよ」

「柳生が討てぬときは、いかがいたしましょうか」

藤左衛門は野太い声で訊いた。右近はひややかに答える。

「そのときは、われらが出番であろうな」

藤左衛門はわずかに眉を曇らした。

「それがしは、冬木清四郎なる者について何も存じません。隠密として上様の命により動くばかりにございますが、彼の者が大奥で何をしでかしたのかを知らずにいては、動きに困ることがあろうかと存じます。なにとぞお聞かせ願えませぬか」

右近はしばらく考えてから口を開いた。

「何も知らぬのがそなたのためだが、これだけは言っておこう。彼の冬木清四郎は、お代替わりの礎《いしずえ》となった。われらはその礎をひと目につかぬよう、葬り去ろうとしておる」

お代替わりの礎という言葉を聞いて、藤左衛門の顔色が一瞬、変わった。それでもすぐに笑みを浮かべて、

「さて、何やら難しいたとえにて、それがしのような石頭にはわかりかねます」

と言ってのけた。

その様子を月丹がじっと見ている。

八

五月一日――

家宣への将軍宣下を下す勅使が江戸へ下向し、盛大な大礼が江戸城で行われた。

祝賀の儀式の合間に能が催されて勅使をもてなした。

家宣は能を愛好しており、御座所で能が演じられる際には、自ら〈東北《とうぼく》〉を舞った。

御座所では重臣たちがかしこまって家宣の能を拝見した。重臣たちの中に間部詮房と新井白石もいた。

家宣が将軍になるとともに、詮房は一万石を加増されて三万石となり、白石にも五百石が与えられている。

詮房が熱心に能を見つめているのに比べ、白石は不機嫌そうに眉間にしわを寄せていた。

やがて能を演じ終えた家宣が着替えて戻ってくると、一同平伏して迎えた。しかし、その中で白石の頭がやや高い。

家宣は座るなり、笑みをたたえて白石に声をかけた。

「新井、余が能に耽溺《たんでき》するのではないかと案じおるのか」

白石は頭を上げて低い声で応じた。

「さようなことはあるはずもないゆえ、案じてなどおりませぬ。ただ、上様には先ほど演じられた〈東北〉という能に『法華経』の譬喩品《ひゆほん》のたとえが用いられていることを何と思し召されますか」

家宣は苦笑した。

「譬喩品となーー」

〈東北〉は東国から京へ上った僧侶が、和泉式部《いずみしきぶ》の霊と出会う話だ。夜もすがら軒端《のきば》の梅のもとで法華経を読誦《どくじゅ》する僧のもとに和泉式部の霊が現れる。

その昔、藤原道長《ふじわらのみちなが》が上東門院《じようとうもんいん》の邸宅の前を通りかかった際に、車の中で法華経を高らかに誦していたので、それを聞いた和泉式部は、
ーー門の外法の車の音聞けば我も火宅を出でにけるかな
という歌を詠んだ。

ある家が火事になり、父親は外にいて無事だったものの、子供たちが中に取り残された。父親は「火事だ」と必死に何度も叫んだが、子供たちは遊ぶのに夢中で家から出てこない。そこで父親は、「家から出てきたら立派な車をやるぞ」と子供たちに呼びかけた。

炎が燃え盛る家、すなわち煩悩の炎が身を焦がす火宅にいながら、ひとはその恐ろしさに気づかず、自ら家を出ようとはしない。

だからこそ、たとえ嘘をついてでも、ひとを煩悩の火宅から救い出さねばならない、という教えだ。

「民は火宅の危うきにおります。政を行う者は民を救うべく、日夜、心胆を砕かねばなりません。能を楽しまれるのが悪いとは申しません。されど、たったいまこの場に越智右近様がおられぬのをなんと思し召されますか」

白石は冷徹な目を家宣に向けた。

白石に苦言を呈されて、家宣は右近が御座所に会していないことに気づいた。

「右近はいかがいたした」

「されば、天下万民を救うため、自ら火宅に身を投じ、炎の中を奔《はし》っておられます」

家宣は目を閉じた。

「そうか、彼の者を追っているのか」

「さようにございます。右近様は上様の正徳の治のために自らの手を汚し、罪業の炎に焼かれる道を歩んでおられます。上様もお覚悟あって然るべきかと存じます」

白石が厳しい口調で言うと、詮房は身じろぎした。

「新井殿、そこまで堅苦しく申し上げずともよいのではございますまいか。能を演ずるのは上様にとって数少ないお楽しみじゃ。あまりに厳しくお諫《いさ》めいたしては、息が詰まり、かえって御政道の障りになろう」

白石はひややかに詮房を見つめて、言葉を発しようとした。しかし、その前に家宣が手を上げて制した。

「白石の申すこと、もっともじゃ。余は将軍宣下の大礼が行われたことで、いささか気のゆるみがあったようじゃ。余を陰で支える右近のことを思えば、楽しみは控えるのが筋であろう」

笑みを浮かべてため息をついた家宣は、つぶやくように口にした。

「それにしても、右近はいまどこにいるのであろうか」

白石と詮房は顔を見合わせたが、何も言わない。

右近は月丹や右平太、藤左衛門らとともに隠密たちを率いて東海道を上ったまま消息を絶っていた。


この日、鞍馬山は雨が蕭々《しょうしょう》と降っていた。

黒雲が山頂を覆い、雨はいつ止むともしれなかった。

このため、雨宮家の者たちは外へ出ることもままならなかったが、家の中は明るい声が絶えなかった。ひさしぶりに清厳が訪ねてきているほか、肥前佐賀の山本常朝、江戸の飛脚問屋亀屋のお初と主人の長八までが訪れていた。

柳生内蔵助と門人たちから襲撃を受けて焼亡した雨宮家は、近衛基熙が、江戸へ下向した際の護衛の礼だとして普請してくれた。

それだけに木の香も新しく住み心地がよかった。

常朝が清厳とともに蔵人を訪ねてきたのは、以前と同じ用件だった。常朝は鞍馬山の蔵人の家に着くなり、さっそく、

「雨宮殿、どのようなひとも老いれば、故郷に戻り、しばしの安らぎを得るものでござる。将軍家も綱吉様が亡くなられ、家宣公にお代替わりされた。お主も、ちょうど良い頃合いとは思われぬか」

と説いた。蔵人は苦笑した。

「失礼なことを申す。まだ、わたしは老いてなどおらぬ。それに将軍家のお代替わりとわたしのことは何の関わりもあるまい」

「いや、さにあらず」

常朝は坊主頭を振り立てるようにして言葉を継いだ。

「小城鍋島家の元武公は将軍家のお代替わりに合わせて家督を嫡男元延《もとのぶ》様にお譲りなされるおつもりだ。雨宮殿がいかなる仔細で小城藩を出られたかをつぶさに知っておられる元武公が隠居されれば、雨宮殿の帰参も難しくなるのですぞ」

「それはそうであろうが、わたしは戻る気はないと言っておるではないか」

蔵人はうんざりしたように言った。しかし、常朝はさらに言い募る。

「雨宮殿はそれでよろしかろう。しかし、雨宮殿はかつて天源寺家の入り婿となられたではございませんか。小城に雨宮蔵人としてお戻りになられよとは申しておりません。元武公より天源寺家を継ぐお許しを得て、天源寺蔵人として戻られてはいかがかと申し上げているのです」

執拗に説く常朝に迫られて、当惑顔になった蔵人は、

「咲弥はどう思う」

と咲弥に訊かざるを得なかった。しかし、咲弥は微笑んで、

「わたくしはお前様に従いまするゆえ、お前様がお決めくださいませ」

と答えるだけだ。

蔵人はううむ、とうなって、考え込んだ。

困りはてているおりにお初と長八が訪ねてきて、蔵人をほっとさせた。常朝も新たな客の前ではさすがに九州に戻るよう説き伏せるわけにはいかないと思ったようで、黙り込んだ。

お初たちは大坂に新しく店を開いた飛脚問屋との打ち合わせで上方まで来たついでに鞍馬に寄ったのだという。

お初は板敷に座ると、挨拶もそこそこに蔵人が江戸を発って後も辻月丹の道場を見張ったが、清四郎について何の手がかりも得られなかったことを申し訳なく思っていると詫びた。

「いや、それはよい。どうやら、わたしたちの手の届かぬところに清四郎はいるようだ。清四郎が戻るのを待つしかあるまい」

長八がうなずいた。

「まことにさようでございます。いずれお戻りになるでしょうから、待つほかないと存じます。こう申しては何ですが、江戸ではお代替わりとともに、生類憐みの令もなくなりまして、なんだか目の前がぱっと開けたような具合で、何もかもよくなるような気がしておりますよ」

「ほう、そんなものなのか」

蔵人は、江戸が様変わりしたという話に耳を傾けた。するとお初が膝を乗り出して、

「こんな噂があるんですよ」

と言って、綱吉が正室の信子によって殺され、その後、信子は自害して果てたという噂話を披露した。

「いくらなんでも、そんなことはあるまい」

蔵人は笑い飛ばしたが、咲弥は首をかしげて、かつて大奥で仕えていたころを思い起こしつつ口を開いた。

「大奥には、京から参った女子たちの様々な思いが渦巻いておりました。あるいはその女子たちの妄念が誤って世間に広まったのかもしれません」

咲弥の言葉に蔵人は眉をひそめた。

「それでは、咲弥は前の将軍家が大奥の女たちに殺められたかもしれぬと言うのか」

「さように決めつけるのは憚られまするが、前の将軍家が御台所の信子様に殺められたなどという途方もない噂が出てくるのには、それだけのわけがあるのではないかと存じます」

咲弥は静かな物言いで答える。かたわらにいた清厳が身じろぎして口をはさんだ。

「そのことですが、少し気になることがあるのです」

「何が気になるのだ」

「以前、わたしが、辻道場から出てきた矢がすりの着物を着た女の話をしたことは覚え

ておいででしょうか」

蔵人は清厳に目を向けた。

「ああ、覚えている。あの女の正体はいまだにわからぬままだな」

あごをなでながら蔵人は応じた。

「そうなのですが、あの女の背格好は清四郎殿に似ていたと近頃、思えてならぬのです」

「なんだと――」

清厳の思いがけない話に蔵人は目を剝いた。常朝が、ほう、と嘆声をあげた。

「わたしも冬木清四郎とは一度、道場で立ち合ったことがあるが、なるほど、女子と見まがうようなやさしげな体つきと顔であったな」

清厳はうなずいた。

「さようです。さらに申せば、清四郎殿はもともと上杉家の間者、〈軒猿〉の家に生まれたとのことではありませんか。だとすると、女子に扮する忍びの術も会得していたとしてもおかしくありません」

蔵人は、一度見た矢がすりの女の後を追っても追いつけなかったことを思い出した。あの速足は尋常ではなく、

――物の怪
を思わせたが、それは鞍馬山で初めて清四郎に会ったときに感じたものと同じだった。

「まさかなあ」

　蔵人が首をひねると、清厳はさらに話を続けた。

「もし、あの女がまことは清四郎殿であったとすれば、女人になりすましてどこかに潜んでいたのではないでしょうか。女人に扮して紛れ込める場所と申せば女人ばかりがいる大奥のほかには考えられません」

　蔵人の目が光った。

「清四郎は女に化けて大奥に入ったというのか。途方もないことだ」

　信じられないという顔をする蔵人に清厳は淡々と言葉を続ける。

「そうでしょうか。清四郎殿は西ノ丸様、いや新たな将軍となられた家宣公につながる越智右近殿や辻月丹殿に匿われたように思われます。それがまことであれば、家宣公の後ろ盾で大奥に入り、御台所、熙子様の意を受けて何事かをなしたのかもしれません」

「なんですと。清四郎が綱吉公を殺めたなどと申しておるのではありますまいな。かりにも武士たるものが将軍家を討ったとすれば、これに勝る大逆の罪はありませんぞ」

　常朝が、かっと目を見開いた。

　清厳はちらりと常朝を見た。

「されど、清四郎殿は主君である吉良左兵衛様が悲運のあげくに亡くなられたことを恨みに思い、仇を討とうとしていたようです。赤穂浪人に討ち入りをされたということで吉良様は咎めを受け、流罪となられました。それは綱吉公によってなされたことです。

赤穂浪人同様に、自らの主君の恨みを晴らすのが仇討ならば、清四郎殿にとっては綱吉公こそが仇だったのかもしれないと思います」

清厳が述べ立てると、部屋の隅で聞いていた香也が立ち上がり、

「清厳おじ様、さようなことをおっしゃられては清四郎様がかわいそうでございます。清四郎様は道にはずれたことをなさるような方ではございません」

と涙声で言った。すかさず咲弥は表情をやわらげて、

「清厳殿、いずれにしてもすべては憶測《おくそく》にすぎません。そのあたりに留めておいていただけますか」

と言葉を添えた。清厳は困った顔をして、頭を下げた。

「僧侶にあるまじき、慮りのないことを口にしてしまいました。お許しください」

一座の空気が固くなったのをほぐすかのように、お初が、

「ともかく、清四郎様が無事にお戻りになるのを待てばいいと存じます。何があったのかを気にするのはそれからでございますよ」

と声を高くした。長八もこれに応じて、

「鶴亀、鶴亀、悪いように考えないほうがようございます」

とにぎやかに言い立てた。蔵人は笑顔でうなずきながらも、

「それでも、江戸で何が起きているのかは気になる。明日にでも中院通茂様をお訪ねして、江戸のお代替わりの噂でも聞いてこよう」

と言って咲弥に目を向けた。

咲弥も黙ってうなずく。

清厳が言ったことは当たっているのではないか、と蔵人と咲弥は思っていた。もしそうだとすると、通茂に訊けば少しはわかるのではないかと思ったのだ。


二日後――

蔵人と咲弥は連れだって鞍馬山から京の町に下り、中院家を訪ねた。

蔵人が訪いを告げると、応対に出てきた中院家の青侍が申しわけなさそうに、

「主はただいま病で臥《ふ》せっております」

と告げた。

「さようか、それならばしかたがありません。くれぐれもお体をおいといくださいとお伝え願います」

蔵人が引き揚げようとすると、青侍は、しばらくお待ちください、と言って奥へ急いで向かった。

間もなく戻ってきた青侍は笑顔で、

「どうぞおあがりください。実は近衛家の家宰、進藤様もお見舞いに見えておられます」

と告げた。

「進藤殿が――」

蔵人はちらりと咲弥を見た。目にためらう色を浮かべている。

進藤長之とは近衛基熙を江戸に護衛して以来、会っていなかった。長之は会うたびに何かと面倒を持ち込むので、顔を合わせるのは控えたいのだが、訪いを告げたからには、いまさら帰るわけにもいかない。

咲弥はにこりとした。

「進藤様が同座されたほうが、いろいろなお話がうかがえるかもしれません」

「なるほど、そうだな」

蔵人は青侍の後について奥へ向かった。咲弥もこれに続く。通茂は寝所の布団の上に起き上がり、脇息《きょうそく》にひじをもたせて長之とひそひそと話をしていた。

通茂は痩せて元気が無かった。

蔵人と咲弥が座り、手をつかえて挨拶すると、通茂は軽くうなずいて、

「ちょうど、よいところに来てくれた。進藤殿の話を一緒に聞いてくれ」

と告げた。長之は愛想のいい笑顔で会釈すると、口を開いた。

「いや、取り立てて聞いていただくほどのことではありませんが、中院様に近頃の朝廷の有り様をご報告いたしておったのです」

長之はそう言うと、間もなく東山天皇が慶仁親王に譲位して院政を始め、秋には主人である近衛基熙が太政大臣になります、と話を続けた。

豊臣秀吉が亡くなった後、徳川家康、秀忠が太政大臣に就任したものの、実際に朝廷で政務をとったことはなく、事実上、空位が続いていた。

「なるほど、将軍家がお代替わりをするおりは、朝廷も変わられるということですな」

蔵人は感心したように言った。長之は深々とうなずいて、

「何分、前の将軍家のころは帝も窮屈な思いをしておられました。新将軍の家宣公はわが主人の娘婿にあたられますゆえ、これからは朝廷と幕府の間も随分と風通しがよくなりましょう」

と嬉しげに口にしてから、近衛基熙が来年にはまた江戸へ下ることになるだろうと言った。

「ほう、また江戸へ参られますか」

蔵人は目を瞠《みは》った。朝廷の太政大臣ともあろう身で、それほど気軽に関東に赴いていいものなのだろうかと思った。

「いや、何事もいままでとは違うのです。朝廷と幕府が手を携えて正徳の世を作らねばなりません」

長之は何でもないことのように言った。

「正徳の世でござるか」

聞き慣れぬ言葉に蔵人は怪訝な顔をした。

「さよう、いずれ新たな元号として用いられましょう。これからの世は正しき徳が行わ

れるのでございます」

「さようか――」

何となく鼻白む思いで蔵人は答えた。

通茂がにやりと笑った。

「正徳の意味合いが蔵人は気に入らぬようだな」

蔵人は苦笑して答える。

「気に入らぬなどと滅相もありませぬが、正しき徳と正面切って言われると、なにやら尻がむずむずといたしますな。それがし、自ら正しいと言いつつ誤ったことをする者をたんと見て参りました。それが徳であるならば、自ずから正しいはずでございましょう。あえて正しいと言わねばならぬわけがわかりませんな」

長之は困ったように眉をひそめた。

「さて、そう言われては身もふたもございませんが、前の将軍家が学問好きで世を正しく導こうと生類憐みの令などを出されたがゆえに武家は言うに及ばず、民百姓まで苦しい思いをいたしたことはご存じのはず。そのような政を正そうというお気持ではありませぬか」

蔵人はうかがうように長之を見つめた。

「そのお気持とはどなたの、でござろうか。帝のことでござるか。しかし帝ならば将軍家の政を正すなどとは申されますまい。となれば、新たな将軍家になりますな。ということは、近衛様と家宣公とでこれからの世を動かしていこうという心づもりのようですな」

「さようだとしても、悪いことではございますまい」

長之は蔵人が何にこだわっているのやらと言いたげな、不思議そうな顔をした。蔵人はあごをなでながら、まあ、そうですな、と素っ気なく答える。しだいに難しい表情になっていく蔵人を見かねた咲弥が手をつかえて、

「申し訳ございませぬ。主人は野人にて、殿上人《てんじょうびと》のお考えを推し量ることがかないませぬ。世を正そうとの大切なるお志を疑っているわけではございませぬ」

と言葉を添えた。通茂は、こほん、と咳をしながら口を開いた。

「咲弥、さように気にせずともよい。わしも近衛様のお考えにいまひとつ割り切れぬものを感じておる。だからこそ、こうして進藤殿はわしを説きに来ておるのだ」

「中院様、それは――」

長之は苦い顔をした。蔵人がふと思いついたように長之に顔を向けた。

「そう言えば、江戸では怪しい噂が流れておるのをご存じか」

「噂でございますか。存じませんな」

長之は慎重な口ぶりで答える。

「さようか、実は前の将軍家は御台所の信子様に刺殺された。御台所はその後、自害をされたという噂でござる」

蔵人がずけりと言うと、長之は顔をしかめた。

「まったく、存じませんな」

「さようか」

平気な顔で蔵人は話を続ける。

「噂が真かどうかはそれがしにはわかり申さん。ただ、それがしの娘、香也の許嫁で冬木清四郎と申す者が、二年前から行方が知れません。この者は忍びの心得がありますゆえ、奥女中となって大奥に忍び込み、恐れ多くも将軍家を弑《しい》し奉ったのではないか、などとくだらぬことを言う輩《やから》がおります。はて、さようなことがあり得ましょうか」

蔵人に問われて、長之の顔が見る見る青ざめた。

「存ぜぬと申し上げておる」

長之は顔をそむけた。

「さようか」

事もなげな様子で蔵人はなおも話を続ける。

「さような恐ろしきことがあろうとはまさかそれがしも思いませぬ。ただ、世間では火の無いところに煙はたたぬなどと申しますぞ。さらに申せば、それがしもかつて江戸に出たことがありますが、そのおりに赤穂の浪人たちが政の思惑に翻弄されながら、武士としての道を貫いたのを見ております。彼の方たちが辛苦されたのは、将軍綱吉公、柳沢様の身勝手なる思惑によって御政道が行われたからではござらぬか」

「雨宮殿、さようなことは申されますな」

長之はこわばった表情で言った。

「ほう、言ってはならぬことですかな」

蔵人は興味深げに長之を見つめた。長之は威儀を正してから、

「さように申されるならば雨宮殿は前将軍、綱吉公の治世をどうご覧になったのでござる」

と訊いた。蔵人はにやりと笑った。

「学識はあれども、それに振り回されて庶民の暮らしを顧みられなかった。要するに頭でっかちに過ぎましたな」

蔵人は平然と言ってのける。

「なればお代替わりとなり、家宣公は、学者の新井白石を用いられて賢明なる政をなさろうとしておられます。それでよろしいではございませんか」

長之は蔵人を睨み据えるようにして言った。

「わたしはご当代の政が悪いなどとは申しておりませんぞ。ただ、正しきことをなしておることことさらに言わずともよかろうと思うたまででござる。ひとは正しきことをなすのは当たり前でござろう」

淡々と蔵人が言うと長之は眉をひそめた。

「世間には雨宮殿のように正しきことを行うのが当たり前だと思う者は少ないのではご

ざいませんか、だからこそ、為政者は正しきをなしているのだと声高に言わねばならぬのだと存じますが」

「それは嘘ですな」

蔵人はあっさりと言った。

「嘘ですと？」

長之は困ったような顔をして言葉を詰まらせた。

「さよう、正しきことをなしていれば、ことさらに言わずとも伝わります。わざわざ言うのは、よほど後ろめたきことがあるのでしょう」

蔵人は長之を真っ直ぐに見つめて言った。

「さて、そうとも限りますまい」

蔵人の言葉に長之は顔をしかめた。その様を見て通茂が、

「まあ、そのあたりにしといたらどうや。近衛家の家宰であるがために、それ以上、進藤は答えられまい。何分にも将軍家の代替わりに従っていろんなことがあるやろうが、それが天下の乱れにつながらねばよいがと、わしは思うておるのや」

と言葉をはさんだ。蔵人は首をかしげた。

「天下の乱れでございますか」

「そうや、乱れというても、戦騒ぎになるというわけやない。将軍家が代替わりするおりにひとの心がひとつにならねば、この国はやっていけんのやないかと思う。それなの

に心がばらばらではいかんともしがたい。心をひとつにするにはとり繕《つくろ》わねばならんこともあるやろう。蔵人は嘘はいかぬと申すが、わしは嘘も方便やと思うておる」

　通茂は穏やかな笑みを浮かべて言った。

「嘘でひとの心がひとつになりましょうや」

「だからと申して、すべての者の心がひとつになることなどそう簡単にこの世にあるとは思えぬ。ほどほどにできのよい嘘で満足することで、ひとの心はおおまかにまとまるのやなかろかな」

　通茂に諭すように言われて、蔵人は大きく吐息をついた。

「仰せはよくわかりましてございます。されど、われらは武士でございます。幼いころより、嘘は言うてはならぬと思って生きて参りました。されば、いまさらそれがしの生き方は変えられませぬ」

　通茂はくくっと笑った。

「頑固者やなあ。いまさら、そなたに生き方を変えろと言うても聞くまいが、そのことで咲弥を悲しませてはならぬぞ」

　不意に通茂の口から自分の名が出たことに驚いた咲弥は顔をあげた。

「のう、咲弥、そなたの亭主によく申しておくことや。長い物には巻かれろ、とな。さもないと、そばにおる者が迷惑するゆえな」

　通茂は咲弥に目を向けて言葉を継いだ。

日ごろなら、おのれの意を曲げて膝を屈せねばならぬような言葉に異を唱える咲弥が、このときはなぜか、

「承りました」

と素直に答えた。

蔵人は何も言わずに通茂を見つめていた。


この日、磯貝藤左衛門は京の御所の近くを歩いていた。深編笠《ふかあみがさ》をかぶり袖無し羽織に袴姿の浪人の身なりをしている。

寛永寺から発った公辧法親王の使僧は、京に入ると比叡《ひえい》山に上った。

寛永寺は、天台宗の宗祖である伝教大師最澄《さいちよう》上人によって開かれた比叡山延暦寺《えんりやくじ》が京都御所の鬼門に位置することから朝廷の安穏を祈る鎮護国家の道場であったことにならい、江戸の上野に建立された。

このため山号は東の比叡山という意味で東叡《とうえい》山である。また、寺号も延暦寺同様、創建時の元号を使用することを勅許《ちよつきよ》され、寛永寺と命名されたのだ。

使僧は上洛していったん比叡山に上り、日を選んで朝廷に参内して公辧法親王から帝への使者の趣を伝えるのだ。

比叡山は戒律が厳しい修行の場であるだけに俗人が入れば、すぐに見咎められる。使僧の一行に紛れ込んだ僧形の冬木清四郎も、いつまでも比叡山に留まるわけにはいかな

いはずだ。

使僧が御所に参内するおりに下山して京の市中に隠れるのではないかと藤左衛門は見ていた。

藤左衛門が待つほどに使僧の一行が御所を訪れ、門をくぐった。だが、一行の中に冬木清四郎らしき僧の姿は無かった。

（やはりな――）

藤左衛門が佇んでいると、旅商人のなりをして荷を背負った伊賀袴姿の男が近づいてきて、

「お頭、使僧の中から抜け出した者がひとりおります」

と告げた。藤左衛門の配下で彦蔵《ひこぞう》という名の男だった。

「鞍馬へ向かったか」

「いえ、どうやら島原《しまばら》へ向かったらしゅうございます」

島原は京の市中にある遊里である。

藤左衛門は白い歯を見せて笑った。

「そうか、鞍馬山にすぐには向かわず、島原で追手を返り討ちにしてから鞍馬へ行こうという算段だな。それにしても、京に入ったばかりで島原に手づるがあるのか――」

藤左衛門は、言葉を途切らして少し考えた後、にやりとして、

「〈ののう〉か――」

とつぶやいた。

京の遊廓《ゆうかく》、島原は朱雀野《すざくの》西新屋敷にある。京には室町時代から〈九条の里〉と呼ばれる傾城町《けいせいまち》があった。

天正十七年（一五八九）、原三郎左衛門《はらさぶろうざえもん》、林又一郎《はやしまたいちろう》は豊臣秀吉の許可を得て、京極万里小路《までのこうじ》と冷泉押小路《れいぜいおしのこうじ》の間に、

——二条柳町《にじょうやなぎまち》

という遊里をひらいた。この傾城町は慶長七年（一六〇二）には徳川家康の命令で東西本願寺の寺内町に接する六条へ移された。さらに、寛永十七年（一六四〇）、京都所司代板倉重宗《いたくらしげむね》の命で朱雀野へと移された。

敷地は東西九十九間、南北百二十三間で周囲には幅一間半の堀がめぐらされ、堀の内側には土居《どい》が築かれた。

廓《くるわ》への出入り口は、東側の大門一カ所である。廓内には中央東西にはしる道筋があり、これと直交して南北に三筋の道が交わり、六町からなる町割りを形づくっていた。道筋《どうすじ》の両側には太夫《たゆう》、天神らをあげる茶屋やその他の遊女たちの端茶屋など、島原を特色づける建物がならんでいた。

京には島原のほかに祇園《ぎおん》、二条、七条、北野などの遊里があったが、これらはいずれも黙認されたもので、公許されていたのは島原だけだった。

このため、島原の遊女である太夫は、琴、三弦、生花、香道、茶の湯、和歌、俳諧に

いたるまできわめて高い素養を持ち、遊客をもてなした。京の公家、武士、富商たちの社交の場でもあった。

この朱雀野への遊里移転の際の騒ぎが、そのころ、九州で起きたキリシタンの一揆である、

――島原の乱
を思わせ、さらに出入り口が大門一カ所だけで、周囲を塀で囲まれた廓の形が一揆勢がこもった原城を思わせて似ているとして、

――島原
と呼ばれるようになったという。

島原という名が遊里につけられたのには逸話めいたものがある。

島原に移転した当時の京都所司代、板倉重宗の弟である板倉重昌《しげまさ》は、寛永十四年十一月、島原の乱鎮圧の上使に任じられ、九州の諸大名を率いて一揆勢が籠る原城を落とすため下向した。しかし、九州の諸大名は重昌を軽んじて指揮に従わず、一揆勢の勢いも強かったことから城攻めは長期化した。

このため幕府の権威が揺らぐことを恐れた幕閣は〈知恵伊豆〉の渾名《あだな》がある老中、松平伊豆守信綱《のぶつな》を改めて大将として派遣した。

このことを恥辱だと感じた重昌は、焦慮して信綱が到着する前の寛永十五年一月に総攻撃を命じたが大敗し、自身も銃弾を受けて戦死した。

一揆との戦いでの敗死は武士としてこれほどの屈辱はなかった。当然、京都所司代の板倉重宗にとっても、島原という名は思い出したくもないはずだった。

度重なる移転を強いられた遊里の者たちが、呼び名をあえて、

――島原
としたのは、京都所司代への嫌がらせの気分があったのかもしれない。同時に原城に似ているとされた遊廓の構えには、幕府へのひそかな反骨が込められていたとしても不思議ではなかった。

藤左衛門は、配下の彦蔵を先に島原に向かわせてから、ゆるりと歩き出した。

島原に行けば、あの〈ののう〉の頭領である望月千代と会えるかもしれない、と思うと足取りも軽くなった。


清四郎の動きは柳生内蔵助も察知していた。

門人たちに、寛永寺の使僧の動きを探らせていたところ、御所へ向かう一行の中からひとりの僧が抜け出したと知らせがあった。その跡を門人がつけているので、間もなく居場所は明らかになるという。

三条の旅籠で門人から報告を受けた内蔵助は、苦笑した。

(やれ、やれ、使僧と一緒にいるときは、清四郎を襲うわけにもいかず、まして比叡山に上られては騒ぎを起こせなかったが、ようやく離れたか)

後はどこに潜もうとも討って取るまでだが、できれば生け捕りにしたい。

清四郎を捕まえて将軍綱吉を暗殺したことの口書《くちがき》をとりたい、と内蔵助は考えていた。清四郎が将軍暗殺について口を割れば、死んだ御台所の信子や家宣が背後にいたことが明らかになる。まさか、それを公表するわけにはいかないが、少なくとも家宣への脅しにはなるだろう。

綱吉が亡くなって、失脚することになる柳沢吉保にしかるべき地位を与え、自分もあわよくば将軍家剣術指南役となれるかもしれない。そうなれば、本家の柳生を退けて柳生流の正統を名のることもできるに違いない。

清四郎は容易に口を割りはしないだろうが、捕らえさえすれば、方法はある、と内蔵助は考えていた。

先に鞍馬山で大石りくと雨宮蔵人の家族を襲った際に邪魔をしたのは、どうやら清四郎のようだ。清四郎にとって雨宮一家は関わりが深く大切な者たちなのだろう。

あの者たちを人質として、命と引き換えに口書を書けと言えば、清四郎は応じざるを得ないのではないか。

そうなれば、柳沢吉保が地位を保ち、内蔵助自身も栄達ができるのだ。

(面白いことになってきた)

内蔵助がほくそえんでいると、清四郎の行方を追わせている門人が馳せ戻ってきた。

「あ奴、なんと遊廓の島原に入ってございます」

「島原だと」

清四郎はどこかの寺に潜り込むのではないかと思っていた内蔵助は意外な思いがして目を瞠った。

(そうか、あの男、鞍馬山へ向かう前に追手を迎え撃つつもりなのだ)

周囲に塀や土居をめぐらして出入り口も一カ所だけの、あたかも城塞を思わせる島原は迎え撃つのに絶好の場所だろう。

(だが、島原に入るなどどのような手づるを使ったのか)

そこまで考えて内蔵助は気づいた。

――〈ののう〉か

女忍である〈ののう〉にとって、潜んで敵を迎え撃つための場所としては遊廓が最も有利だ。

〈ののう〉の頭領である千代は内蔵助に責め立てられ、柳沢家を追われたことを恨みに思っているに違いない。

千代は、清四郎を餌にして内蔵助を呼び寄せ、報復しようとしているのではないだろうか。

(小賢しいまねを――)

もし、そうならば、島原に乗り込んで清四郎ともども〈ののう〉たちをも皆殺しにするばかりだと内蔵助は思った。

翌日——

鞍馬山の蔵人のもとに一通の書状が届いた。

蔵人が開いてみると、

——上洛仕り候、間も無くお目もじいたし候
と一行だけ書かれて、末尾に、

——清
の一字が記されていた。

（清四郎め、京に入ったか。なぜすぐに鞍馬に参らぬのだ）

蔵人は舌打ちすると、咲弥と清厳、さらにお初と長八にも清四郎の手紙を見せた。

咲弥は眉をひそめた。

「清四郎殿は、なにゆえわが家に来られないのでしょうか」

清厳がため息をついて言った。

「おそらく、追手がかかっておるからでしょう。追手を始末してからここに参るつもりなのではありますまいか」

蔵人はうなずいて苦々しげに言った。

「馬鹿な奴だ。追手はおそらく柳生内蔵助だろう。ひとりで始末できる相手ではないぞ」

咲弥がちらりと蔵人を見た。

「それだけに、わたくしたちに迷惑がかかることを清四郎殿は恐れたのでしょう」

蔵人がうなると、お初が口を開いた。

「この書状を届けにきたのは飛脚でございますね。京の飛脚屋なら伝手がございます。どこから出された手紙なのか調べることはできると存じます」

蔵人はぱっと顔を輝かせた。

「そうか、清四郎がどこにいるかわかるかもしれんな」

「はい、さようでございます」

答えたお初は同意を求めるように長八を振り向いた。長八はうなずいて、

「雨宮様、造作もないことでございます」

と頼もしく応じた。

「ならば頼むぞ」

蔵人は力を籠めて言った。

長八はすぐに鞍馬山を下り、京の市中の飛脚問屋をまわった。

京では町奉行が飛脚問屋十六軒を〈順番仲間〉として認め、毎夕順番に飛脚を発していた。飛脚問屋は江戸、大坂、京の間での飛脚のやりとりだけでなく、現金に代わるものとして手形も扱うだけに結びつきが強固だった。

京屋《きょうや》という飛脚問屋から蔵人のもとへ届けられた便は島原の嶋屋《しまや》という揚屋《あげや》から出さ

れていた。

長八からこのことを聞いた蔵人はあっけにとられた。

「島原の揚屋から出されているというのか。清四郎はなぜさようなところにいるのだ」

かたわらにいた清厳が口を開いた。

「島原ならば他国の者も入りやすく、客の身許は詮索しないでしょうから、追手がある身が潜むには一番よいかもしれません」

咲弥は眉をひそめて、

「さようなところに清四郎殿を居続けさせるわけには参りません。お前様、島原に出向いて一刻も早くわが家にお連れください」

と懇願する口調で言った。咲弥は娘の香也の許嫁である清四郎を島原に居続けさせたくはないのだろう。

「わかった。その嶋屋とやらを明日にも訪ねてこよう」

蔵人が言うと、清厳が笑みを浮かべて、

「気軽に言われますが、遊里でひとを捜すのはなかなかの難事かと思いますぞ」

「そういえばそうだな。ならば清厳もともに参って一緒に捜してくれるか」

「わたしは仏門に入った身ですから、白粉《おしろい》の匂いがするところへ参るのはどうも」

清厳があっさり断ると、蔵人は常朝に顔を向けた。

「常朝殿はどうじゃ。島原見物は国許に戻っての話の種になろう」

「わたしは古今伝授を受けるため、京にはしばしば参っておりますゆえ、そのおりに島原見物はいたしてござる。さりながら、ただいまは清厳殿と同様に頭を丸めておりますので遠慮いたします」

常朝は頭に手をやってつるりとなでた。

「やはり頭を丸めた者は抹香臭いことを言いおる。それならばひとりで行くしかないな。清四郎を捜すだけだ。ひとりで事足りよう」

蔵人は苦笑いした。

お初が身を乗り出して、

「ところで、雨宮様は島原にお出かけになられたことはございますので」

と訊いた。蔵人は困ったような顔をした。

「いや、わたしも清厳同様に白粉臭いところが嫌いだから行ったことがない」

「遊里はいろいろとしきたりがやかましいところですから、おひとりでは難儀します。うちの亭主を連れていかれてはいかがでしょうか」

お初に言われて、蔵人は長八に顔を向けた。

「長八殿は遊里にくわしいのか、それは知らなかったな」

長八はあわてて手を振った。

「飛脚問屋仲間の寄り合いで、たまに吉原に行ったことがあるぐらいですよ。詳しくなんぞはありゃあしませんが、雨宮様よりはわかっているかと存じます」

長八はお初の顔色をうかがいながら言った。

「そうか、別に遊びにいくわけではないから、嶋屋さえわかればいいのだが、何も知らんで思わぬところでもめ事を起こしては面倒だ。長八殿についてきてもらうとするか」

蔵人はからりと笑った。

翌日の昼下がり――

蔵人は長八とともに鞍馬山を下りて島原へ向かった。

島原は、江戸の吉原とは違って、老若男女の出入りが自由で開放的だった。それだけに遊廓というよりも京の貴顕の社交場である、

――花街

として栄えてきた。宴席の揚屋や茶屋と、太夫や芸妓《げいぎ》を抱える置屋《おきや》などの店があるが、客だけでなく店の主人も混じって和歌や俳句などに興じたのだ。

そんな島原には六つの町内がある。大門から東西に走る道筋に沿って交差する三筋の南北に分かれて、

中之町《なかのちょう》

上之町《かみのちょう》

中堂寺町《ちゅうどうじちょう》

太夫町《たゆうちょう》

下之町《しものちょう》
揚屋町《あげやちょう》

となっている。

大門をくぐると、長八は門番の男に嶋屋はどこにあるのかを訊いた。

門番は六十過ぎの白髪の町人で、黒い筒袖、茶色の伊賀袴《いがばかま》という姿だ。門番は長八の後ろにいる蔵人をチラリと見て、

「いま、嶋屋には浪人はんが何人も居続けをしてはると聞いてます。そちらのご浪人はんは、そのお仲間どすか」

蔵人はあごをなでながら、

「いや、そうではない。わたしに浪人の仲間などはおらん。ひとを捜しているだけだ。その者も浪人ではない」

と言った。おそらく追手がかかっているであろう清四郎が、浪人の身なりで揚屋に逗留しているとは思えなかった。

「それならそれでよろしおす。嶋屋はんでは浪人たちのお勘定を心配してはりますさかい。また新しい浪人はんが来はったら困らはりますよってな」

「そんな心配は無用だ。わたしはひとを捜しにきただけで、客となって遊ぶつもりはないのだ」

蔵人がきっぱり言うと、門番はほっとした表情を浮かべて、嶋屋への道筋を長八に丁

寧に教えた。

　長八が先に立って歩いて行きながら、

「それにしても、近頃は荒っぽい浪人さんが多くなったようでございますね」

と言った。いましがたの門番の話で思い出したような口ぶりだった。

「ほう、そうなのか」

　蔵人が訊くと、長八はうなずいた。

「赤穂浪人の方々が討ち入りをされて以来、何かと刃傷沙汰を起こされる浪人が増えたと聞いております」

　大坂の陣以来の三十年間で大名家の改易が続き、多くの武士が浪人となった。三代将軍徳川家光のころには、浪人は五十万人にまで達したと言われる。

　慶安《けいあん》四年（一六五一）四月、家光が没し、十一歳の家綱が将軍職を嗣《つ》ぐ際、軍学者の由比正雪《ゆいしょうせつ》らが幕府転覆の陰謀をめぐらして決起しようとしたとされる、

　――慶安の変
が起きている。

　このため将軍家綱の代には、居住を希望する浪人は町名主のもとに親類書や寺請証文《てらうけしょうもん》を提出しなければならなかった。

　真に武士なのかどうかを調べられるなど、浪人への監視の目が厳しくなっていた。

「なるほど、武張《ぶば》った振る舞いをすることで、あわよくば仕官にありつこうということ

か」

　蔵人が言うと長八はうなずいた。

「さようです。言ってみれば、世知辛い浪人さんが増えたということですな。雨宮様のようにのびのびと暮らしている方は珍しいのです」

「いや、そんなことはないぞ」

　蔵人が笑って言うと、長八は立ち止まった。

　嶋屋の前だった。切妻造《きりづまづく》りの、こけら葺《ぶ》きと銅板葺き屋根の二階建てで、揚屋町の通りの東に面している。

　長八が店の門口で案内を請おうとしたとき、男衆がばたばたと動きまわっているのが目に入った。

「もうすぐ道中が始まりそうですな」

　長八がつぶやいた。

　揚屋に呼ばれた太夫が置屋からやってくるのを道中と呼ぶ。店の前に立っていると、たちまち黒山の人だかりになって、

　――薄雲太夫《うすぐもだゆう》や
　と囁きかわす声が聞こえてきた。

　禿《かむろ》を前に男衆に傘をさしかけられ、あでやかな装いの太夫が素足に履いた三枚歯の黒塗りの下駄で、内八文字と呼ばれる足さばきでやってくる。

薄雲と呼ばれる太夫を見て、蔵人はふと眉をひそめた。

（清四郎に似ている）

あごに手をやりつつ蔵人は、いくら女人に化ける術を心得ている清四郎であっても、男であるからには、島原の太夫となることはできないだろうと思い直した。

他人の空似か、と思いつつ、なおも蔵人が見つめていると、不意に薄雲太夫の足が止まった。

目を遣ると、三人の浪人者が行く手に立ちふさがっていた。男衆があわてて、

「薄雲太夫の道中でございます。前をお開けくださいまし」

と声をかけて浪人者を去らせようとした。

だが、浪人者たちは、立ち去ろうとしない。

「われらは薄雲太夫に用があるのだ」

「何度も呼び出しをかけておるのに、われらの座敷に来ようとせぬのはどういうことだ」

「わしらを浪人者と見て侮っているのか」

口々に浪人者たちは罵《ののし》った。

おそらく島原で騒動を起こしてひと目を引こうとしているのだろう。

薄雲太夫は声を発しないでゆっくり裾をさばき、内八文字に下駄を踏み出して進もうとした。すると、浪人のひとりが逆上して、

「おのれ、われらを愚弄するか」

と怒鳴って禿を突き飛ばし、薄雲太夫につかみかかろうとした。その瞬間、浪人者は出した手を薄雲太夫につかまれた。

薄雲太夫が手をひねりあげると、浪人者は舞台でとんぼを切る歌舞伎役者のようにひっくり返った。

「おのれ、何をする」

もうひとりの浪人者が刀の柄に手をかけた。だが、薄雲太夫はためらわずに前に出ると手刀で浪人者の首筋を打ち据えた。

まさか、薄雲太夫が打ちかかってくると思っていなかった浪人者は、驚愕した顔をしてくずおれた。三人目の浪人者がさっと刀を抜くのを、蔵人はすかさず後ろから襟首をつかんで引きずり倒した。

「邪魔するな」

浪人者が刀を手に立ち上がろうとすると、蔵人は腰をかがめて当身《あてみ》を放った。浪人者が気絶したのをたしかめた蔵人は体を起こし、薄雲太夫に向かって、

「お通りあれ」

と声をかけた。

薄雲太夫はにこりと蔵人に微笑みかけた。あわてて傘をさしかける男衆や禿を従え、嶋屋の男衆に出迎えられて、何事もなかったかのように店に入っていく。

長八が感心したようにつぶやいた。

「太夫は歌舞音曲の稽古をしているとは知ってましたが、薄雲太夫は武芸の心得までおありになるんですねえ」

蔵人は笑った。

「馬鹿なことを言うな。いまのは薄雲太夫ではない。清四郎だ。何かわけがあって薄雲太夫になりすましたのであろう。そのうち呼びにくるであろうから、ひとまず店先から離れよう」

長八をうながして蔵人は歩き出した。

薄雲太夫の道中を見物に来て、思わぬ騒動に出くわした遊客たちも散り始めていた。

蔵人はあたりの様子をうかがった。

嶋屋のまわりには、質素な衣服で遊客には見えない武士や、旅商人のようななりをした、隙のない身のこなしの町人がたむろしている。

（おそらく柳生内蔵助の手の者か幕府の隠密であろう。清四郎め、追手を引きつけてどうするつもりなのか）

蔵人はあごに手をやって考えながら、あたかも遊里を見物しているかのように長八と連れだって歩いた。間もなく、先ほど薄雲太夫に付き従っていた男衆が後ろから駆け寄り、

「もし、ご浪人様――」

と声をかけてきた。

蔵人が振り向くと男衆は丁寧に頭を下げた。

「先ほどは薄雲太夫をお助けくださり、ありがたく存じました。つきましては、薄雲太夫がお礼を申し上げたいとのことでございます。どうか嶋屋までご足労お願い申し上げます」

蔵人は長八と目を見交わしてから、にこりとして、

「そうか、ならば参ろう」

と答えた。男衆は蔵人と長八を嶋屋へと案内した。

通りに面した門口から入ると、石畳が続き、嶋屋の家紋である木瓜《もっこう》を白抜きにした海老茶《えびちゃ》の暖簾がつるされた中戸口が見えた。中戸口の両脇には槐《えんじゅ》の木がある。

さらに建物の手前に井戸や灯籠があり、出格子窓から客を見ることができるようになっていた。玄関にまわると、石畳の両側に黒石が敷かれ打ち水がされている。

玄関から入った男衆は左手の帳場に声をかけた。蔵人が刀を渡すと、男衆は玄関脇の刀掛けに刀をかけた。

手順通りに男衆は蔵人たちを中庭が見える廊下伝いに大広間へと案内する。大広間に座ると枝ぶりのいい松がある中庭の先に茅葺き屋根の茶室が見えた。

「なるほど、島原の揚屋ともなると豪勢なものだな」

蔵人がつぶやくと、長八もうなずいた。

「まったく大名屋敷のようでございますね」

ふたりが待つほどに女中が茶を持ってきた。茶碗に手をのばしかけた蔵人は女中の顔を見て苦笑した。

望月千代だった。

「なんだ、わたしは〈ののう〉の罠に落ちたのか」

「滅相もございません。雨宮様ではなく、柳生内蔵助を討とうとしくんだ罠でございます」

千代は淡々と答えた。

「ほう、柳生を討とうというのか」

蔵人は目を光らせた。

「柳生内蔵助は、わたくしどもが雨宮様に通じたと見なして責めましたゆえ、われら〈ののう〉は柳沢様のもとから離れました。われらに仇をなした柳生内蔵助は許せません。それゆえ、冬木清四郎殿と手を結び、内蔵助を討つつもりでございます」

「そうか、島原の揚屋に入れば刀は預けねばならぬ。だが、〈ののう〉の武器の吹き矢や針は咎められずに持ち込めるゆえ、内蔵助を討ち取ることができるということか」

千代はうなずく。

「はい、〈ののう〉は戦国のころは〈歩き巫女〉として諸国をまわり、春をひさいで敵国の様子を探ったのです。それゆえいまも遊里とはつながりがあるのでございます」

「なるほどな、それで柳生内蔵助を討ち取る場所として島原を選んだのだな」

蔵人は感心した口調で言った。

「さようでございます。われらを柳沢様のもとから追った内蔵助をそのままにしておくわけには参りません」

千代はきっぱりと言った。

「それにしても、清四郎に薄雲太夫を装わせたのはなぜなのだ」

「薄雲太夫は近頃、あのような浪人者たちにからまれて困っておりました。そこで清四郎殿に、薄雲太夫になりすまして浪人者を懲らしめて欲しいと廓の者から頼まれたのでございます。潜ませてもらっておりますからには、断りもできませんし――」

「騒ぎを起こして柳生内蔵助を呼びよせようという策か」

蔵人が口をはさむと、千代は、恐れ入りますと言って頭を下げた。そのとき、隣室の襖がすっと開いた。

若衆髷《わかしゅまげ》を結い、稚児《ちご》小姓のような身なりをした若者が入ってきて座ると手をつかえ、頭を下げた。

「雨宮様、お懐かしゅうございます」

冬木清四郎である。

「ひさしぶりだな。いろいろ話さねばならぬことがあるぞ」

蔵人が言うと清四郎はうなずいて膝を進めた。小ぶりの若衆髷で、かもじも添えている。

「遊里に潜んでおりますゆえ、かような恰好をいたしております。無礼の段、平にお許しください。江戸を出るおり、頭を剃って僧形となりました。まだ十分には髪がととのっておりませず、恥ずかしき姿をお見せしております」

姿形などどうでもよいと思っている蔵人は頭を振った。

「恰好など気にするな。それよりもお主、手負うているのではないのか。先ほど浪人者を投げ飛ばしたり、手刀で打った際、左手をかばう素振りが見受けられたぞ」

蔵人は目を鋭くして訊いた。

「面目ございません。柳沢の屋敷で柳生内蔵助にやられました。もはや傷は癒えておりますが、思わず動きには出るようです」

清四郎は苦笑した。

「そうか、追手はやはり、あの柳生内蔵助なのだな」

「柳生だけではないと存じます。おそらく幕府の隠密も追って参りましょう」

「やはり、そうか」

「はい。隠密は、すでに越智右近様の命で動いておりましょうから」

ううむ、と蔵人はうなった。

「柳沢に仕える柳生内蔵助や幕府の隠密に追われるとは、お主、いったい何をしたのだ」

「申せませぬ。お知りになられぬほうがよいと思います」

清四郎は澄んだ目を蔵人に向けてきっぱりと言った。

蔵人は清四郎の目を見返して問うた。

「心にやましきことはないのだな」

「ございません」

清四郎はたじろがずに答える。

「吉良様の仇は討てたか」

目を閉じてしばらく考えた清四郎は瞼を上げて、

「討てたと存じます」

と気後れのない表情で答えた。

将軍綱吉こそが、松の廊下での刃傷事件の裁断を誤り、さらには世間の評判に媚《こ》びて吉良左兵衛を謂れなく咎めた張本人だったと清四郎は思っていた。

左兵衛の寂しい最期を思えば、綱吉を殺めることに清四郎は、何のためらいもなかった。

しかし、そのことを揚言すれば、綱吉亡き後、新将軍となって清新な政に取り組もうとしている家宣や、家宣を支える越智右近や新井白石に迷惑をかけることになる。

清四郎は口を閉ざしているしかなかった。

蔵人は清四郎を見つめた。

「清四郎、このまま鞍馬山に戻らぬか。柳生内蔵助が追ってくるならば、以前のようにわたしと力を合わせて迎え討てばよい」

すぐさま清四郎は頭を振る。

「そうは参りません。わたしは、心にやましいところがなくとも罪を犯した身であることに変わりはございません。その罪に雨宮様を巻きこんでしまいます」

「何を言うのだ。そなたはわが娘、香也の許嫁ではないか。言うならば、わたしにとっては倅《せがれ》も同然だ。倅の罪ならば、わたしはともに背負うぞ」

蔵人の言葉を聞いて清四郎はうつむき、涙ぐんだ。

「ありがたきお言葉です。されどこれ以上、申されますな。わたしの覚悟が鈍ってしまいます」

蔵人はじっと清四郎を見据えていたが、ふと千代に顔を向けた。

「千代殿、どうやら清四郎は死ぬ覚悟のようだ。〈ののう〉は死を決している清四郎に乗じて柳生内蔵助を討つつもりか」

千代は顔をこわばらせた。

「清四郎殿の心情に乗じようとは思っておりません。ともに柳生内蔵助を討っていただきたいだけでございます。その点につきましては雨宮様も同じでございます」

「わたしもだと？」

蔵人は首をかしげた。

「はい、まことを申せば、いかに遊廓の中とはいえ、柳生内蔵助は強敵でございます。まともに立ち合って勝ちを制することができるのは雨宮様だけかと存じます。それゆえ、清四郎殿の手紙にて雨宮様にお出でいただけるよう謀りました。無論、これはわたくしが仕組んだことにて、清四郎殿は与《あずか》り知らぬことでございます」

「そうか、わたしが手紙から飛脚を頼んだ家を探り出すであろうと読んでいたのだな」

蔵人は、やれやれとつぶやいた。

「申し訳ございません」

千代は詫び入る風情《ふぜい》で頭を下げた。その様を見て、清四郎が口を添えた。

「雨宮様、わたしは千代殿の話を聞いているうちに、何とのう親しき思いを抱きました」

「どういうことだ」

訝しげに蔵人は清四郎を見た。

「わたしは、諏訪に流された吉良左兵衛様の家来として世間を憚って生きて参りました。そのことはいまも変わりません。〈ののう〉も世間の表に出ることが許されず、陰の者として生きております。同じ日陰の身でありますれば、柳沢家から追った柳生内蔵助を討たずにはいられない千代殿の心情がよくわかるのです。わたしたちは居場所がない者同士ですから」

清四郎はしみじみとした口調で言った。

「居場所がないのはわたしとて同じだ」

蔵人が感情を交えずに応じると清四郎は頭を振った。

「さようなことはございません。雨宮様は天下を住まいとしておられます。どこへ参れようと、そこに雨宮様の居場所はございます」

「さようなものかな」

退屈そうにあくびをした蔵人は広間を見まわして、

「かような座敷で内蔵助を討つつもりか」

と訊いた。

千代はうなずく。

「おそらく柳生内蔵助は正面から客として乗り込んで参りましょう。酒を飲み始めたところを吹き矢と針で襲います」

「それを待っている内蔵助ではないぞ。たとえ刀は持ち込めずとも脇差か小刀ぐらいは無理押しして持って入るぞ。そのうえで、怪しい動きを察知すれば、その者を斬り、帳場にとって返して刀を手にするだろう。そうなれば手負いの傷が残る清四郎では歯が立つまい」

柳生内蔵助に歯が立たぬと言われても、清四郎は顔色も変えずに黙っている。

「では、どうすればよろしいのでしょうか」

千代が膝を乗り出して訊いた。

「あきらめたらどうだ」

蔵人は諭すように言った。

「嫌でございます。〈ののう〉には〈ののう〉の誇りがございます」

珍しく感情をあらわにして千代は言った。

「しかたがないのう」

しばらく考え込んだ蔵人は中庭に目を遣り、

「庭の茶室に内蔵助を誘い込むことはできるか」

と言葉を継いだ。千代はチラリと茶室を見てから、

「できると存じます」

と答えた。蔵人はうなずく。

「内蔵助をうまく茶室に誘い込めたら、わたしが始末してやろう。狭い茶室なら長い刀は使えぬ、小刀勝負になるだろうが、変幻自在なあ奴は逃げ場の無い茶室で止めを刺すしかあるまい」

清四郎が身じろぎした。

「それでは茶室が修羅場となりましょう。まずはわたしがかかりますゆえ、雨宮様は後詰めをお願いいたします」

清四郎が真剣な表情で言うと蔵人は笑った。

「そなたを死なせては香也が悲しみ、わたしは咲弥に叱られる。すまぬがそなたには生

きて鞍馬山に戻ってもらうぞ」

「雨宮様――」

清四郎は言葉を詰まらせてうつむいた。


翌日――

夕刻になって柳生内蔵助は頭巾をかぶり、羽織袴姿で嶋屋に現れた。しかし、ひとりではなかった。三人の門人とともに、やはり供を連れた立派な身なりの武士と一緒だった。

この武士は山岡頭巾をかぶっており、口をおおって目だけのぞかせ、顔は見えない。

嶋屋では上客だと思い、奥の大広間に通した。

武士たちは大刀だけを帳場に預けたものの、脇差は腰にしたままである。男衆は脇差を預かりたいとまでは言い出せなかった。

内蔵助の一行が大広間に入ると、女中たちは次々に酒や料理の膳を運んだ。内蔵助は山岡頭巾の武士と並んで床の間を背にゆったりと座った。

襖の敷居際に沿って内蔵助の門人三人と武士の供ふたりが居流れた。

内蔵助はうやうやしく武士に酌をする。

ほどなく武士の供は挨拶にきた嶋屋の主人に小声で武士の身分を伝えて、

「粗略があってはならぬぞ」

と耳打ちした。主人は青くなって何度もうなずいた。

供の者と主人の小声での話は女中になりすました〈ののう〉によって聞き取られ、茶室の蔵人と清四郎、千代のもとに知らされた。

〈ののう〉はにじり口の外から、内蔵助とともに来た武士は、

——京都所司代、松平信庸《まつだいらのぶつね》
だと低い声で告げた。松平信庸は丹波《たんば》篠山《ささやま》藩五万石の藩主であり、聡明で知られていた。

「京都所司代だと」

蔵人は目を剝いた。

「さようでございます。どうやら店のまわりには京都町奉行所の捕り手が潜んでいるようでございます。さように厳重な備えをされては、とても柳生内蔵助に吹き矢を仕掛けられません」

〈ののう〉の言葉に蔵人は苦笑した。

「そうか、柳生内蔵助め、罠が仕掛けられていると察して、京都所司代を頼み、さらに大きな罠をかけてきたか」

千代が片手をついて口を開いた。

「申し訳ありませぬ。内蔵助がかような手を打ってくるとは思いも寄りませんでした」

「所司代の目の前で内蔵助を討つわけにいかんからな」

蔵人は苦笑した。

「いまの所司代、松平様の母御は以前に所司代を務められた板倉重宗様の娘で、いわば板倉一族に連なるお方です。板倉重宗様は、弟御が島原の乱で討ち死にをしておられ、そのことを思い起こさせる名で遊里が呼ばれていることを不快に思われていたそうです。おそらく松平様も島原を疎《うと》ましく思われて、柳生内蔵助を助けようとしておられるのではありますまいか」

「そんなところだろう。京都所司代とすれば、島原に幕府から追われる者が潜んでいると聞いて、見過ごしにはできぬであろうな。いっそのこと島原を潰したいと思っているだろうからな」

蔵人はあごに手をやってつぶやいた。

清四郎が膝を乗り出した。

「雨宮様、もはや猶予はございません。すぐに店を出て鞍馬山にお帰りください。さすれば町奉行所の手も及ばないと存じます」

「そうはいかぬ。わたしは、何としてもそなたを鞍馬山に連れて戻らねばならぬのだ」

しばらく黙って考えた蔵人は、おもむろに千代に目を向けた。

「やはり、柳生内蔵助をこの茶室に呼び寄せてくれ。わたしは内蔵助と雌雄《しゆう》を決しようと思う。おそらく騒動になろうゆえ、そなたたちはその隙に鞍馬山に走れ」

蔵人の言葉に千代は驚いた。

「それでは雨宮様が柳生や町奉行所の捕り手を引き寄せる囮《おとり》になってしまいます」

「囮になろうと言っているのだ。内蔵助を討ち果たしたうえで、なんとか斬り抜けよう。内蔵助さえ討ってしまえば、もはやしつこく追ってくる者はなかろうゆえな」

蔵人は事もなげに言う。清四郎は眉を曇らせた。

「さように申されましても、あまりに危のうございます」

「何事も危うくするのはひとをあてにする時だ。ひとりで事を行うほうが道は開ける。われらが助かる道はそれしかない。もはや猶予はないぞ。決めたならば、即刻動かねば勝機はつかめぬ」

蔵人は千代をうながした。

千代は清四郎と顔を見交わしてわずかにうなずき、やむを得ないと思い切った表情で立ち上がり、にじり口から茶室を出た。飛び石をたどって母屋の縁側に上がろうとしたとき、庭木の陰から、

「どうだ。方策はたったか」

と男の声がした。

はっとした千代が身構えて振りむくと、庭木に背を持たせかけて藤左衛門が立っていた。

「あなたは、わたくしたちの話を聞いたのですか」

もしそうなら、生かしておけぬと思いつつ、千代は低い声で訊いた。

「声が聞こえるほど近づけば、気配を気づかれよう。茶室にいるのは並々ならぬ使い手と見た。それゆえ、ここでそなたの戻るのを待っていた」

「待ってどうするつもりなのですか」

「それがしはいまのところ、成り行きを見守るだけだ。柳生内蔵助が冬木清四郎を斬るならば止めるつもりはない。ただ、京都所司代まで出張《でば》ってくるからには、ことの顚末《てんまつ》をしっかりと見定めねばならぬ」

　藤左衛門はどうでもいいことのように言った。千代は藤左衛門を見つめた。腹の底がわからぬ男だが、柳生内蔵助に追われたとき、助けてくれたことを思い出した。

「成り行きを見守ると言われるのならば、わたくしの頼みを聞いてくれませんか」

　千代に言われて、藤左衛門は戸惑いの表情を浮かべた。

「頼みだと」

「はい、いま茶室には雨宮蔵人という方がおられます。間もなく柳生内蔵助と死闘が繰り広げられましょう。その隙にわたくしたちは逃げますが、残る雨宮様を助けていただきたいのでございます」

　千代は藤左衛門に近寄り、声をひそめて言った。

　藤左衛門は当惑した顔になり、

「なぜ、それがしがその雨宮なる男を逃がしてやらねばならんのだ」

と訊いた。千代は微笑んで答える。

「わたくしが頼んでおります。それではいけませぬか」

困ったように藤左衛門は顔をそむけた。

「さようなことをして、それがしに見返りはあるのか」

千代は藤左衛門にふれるほどにそばに寄った。

「なんなりとお申しつけくださいませ。わたくしにできることならば、何でもいたします」

藤左衛門は鼻で嗤った。

「そんなことを言って、いざ、土壇場になれば、さようなことはできぬと言うに決まっておる」

「そうでございましょうか」

千代の声色に艶《つや》やかさが加わった。

「そうに決まっておるが、せっかくそこまで言うのなら頼まれてやってもいいぞ」

「まことでございますか」

「此度だけだぞ、二度目はないからな」

藤左衛門が意気込んで念を押すと、千代は、

「頼みましたぞ」

と真顔で言って身を翻《ひるがえ》し、縁側に上がっていった。

藤左衛門は一瞬、物欲しげな顔をしたが、すぐに厳しい顔に戻り、

「さて、雨宮蔵人と柳生内蔵助、いずれが勝つか、見物するのも一興だな」

とつぶやいた。

その時、水滴が顔にかかった藤左衛門は空を見上げた。

雲が低く垂れ込めて、いまにも雨が降り出しそうだった。


そのころ、大広間では京都所司代、松平信庸と柳生内蔵助が酒を酌み交わしていた。

信庸は先ほどまでかぶっていた山岡頭巾を脱いでわきに置いている。

事が起きればいつでも着用できる用心なのだろう。内蔵助は盃を口に運びつつ、

「此度は、お手数をおかけして、申し訳ございません。京都所司代様より町奉行所に捕り手のお手配をいただけるだけでありがたく存じますところ、自らお出張りいただけるとは思いも寄らぬことでした」

と言って頭を下げた。

「いやいや、柳沢様にはかねてからお世話にあいなっておる。かようなときにご恩返しをいたさねば申し訳ないのだ」

信庸は落ち着いた声音で答える。信庸は、かつて〈下馬《げば》将軍〉とまで呼ばれて大老として権勢を誇った酒井《さかい》忠清《ただきよ》の娘、彦《ひこ》姫を正室としていた。しかし、忠清は将軍家綱の危篤に際し、鎌倉時代の例に倣い、徳川家とは縁続きである有栖川宮幸仁親王《ありすがわのみやゆきひと》を、

――宮将軍
に擁立しようとしたという。家綱の弟である綱吉が将軍になることを阻もうとしたの

だ。

宮将軍擁立は徳川光圀や堀田《ほった》正俊《まさとし》などの反対にあって実現しなかったものの、ようやく将軍となった綱吉は酒井忠清を疎んじ、忠清に連なる者たちも憎んだ。

このため信庸は辛い立場に置かれ、綱吉政権下では冷遇された。しかし柳沢吉保は信庸の才幹を認め、何かにつけて慮ってきた。

信庸が京都所司代に登用されたのも、吉保の推挙によるものだった。おそらく吉保が引き立てなければ信庸は鳴かず飛ばずの平凡な大名として一生を終わるしかなかっただろう。

そのことを恩に着ていた信庸は、内蔵助から吉保を襲った曲者を捕らえる助けを求められたおりに、自ら嶋屋に乗り込むことを決めたのだ。

信庸は内蔵助に秀麗な顔を向けて、

「それにしても、永年、上様にお仕えしてきた柳沢様を襲うとは、まさに大逆無道の者だな。いかなる者なのか」

と訊いた。将軍綱吉が崩じた直後に吉保が襲われたとすれば、政争の臭いがする。吉保への恩返しは別として、政争に巻き込まれるのはご免こうむりたいというのが、信庸の本音だった。

内蔵助も信庸の立場はわかるから、迂闊なことを言うわけにはいかなかった。口先のごまかしでは聡明な信庸は見抜いてしまうだろう。

「実は思いがけぬ者にてございます」

内蔵助は盃を置いてもったいぶった物言いをした。信庸は口辺に笑みを浮かべた。

「ほう、面白い。聞かせよ」

「されば、その者は先年、亡くなった吉良左兵衛様の家人にございます」

思いがけない名を聞いて信庸は目を瞠った。

「吉良とは、高家のか」

「さよう、無念にも赤穂浪人どもに討たれた吉良上野介様の跡を継がれたのが左兵衛様でございます。されど、左兵衛様は赤穂浪人の討ち入りのおり、落ち度があったとして諏訪に流され、不遇のまま生涯を終えられてござる」

内蔵助は鋭い目で信庸を見つめながら酌をした。信庸は平静を保ちつつ盃を口に運ぶ。

「吉良の家人は、左兵衛様の不遇を柳沢様の裁断によるものとして恨んだと申すのか」

「さようです。赤穂浪人どもも、江戸城での主君浅野内匠頭の刃傷について裁断が誤っていると恨んで吉良邸に押し入ったのでござる。吉良の家人にしてみれば、左兵衛様の仇討としてわが主を襲ったのでございましょう」

内蔵助は、清四郎が綱吉を殺《あや》めたのではないかと疑っていることまでは口にしなかった。将軍家宣が綱吉を暗殺させたなどという大陰謀についてわずかでも漏らせば、信庸はすぐに座を立ち、一切関わろうとはしないだろう。

しかし、信庸にとっては、吉良の家人が吉保を討とうとしたということだけでも重大すぎる話だった。

「まこと、ひとの恨みというのはどこで起きるかわからぬものだな」

内心の動揺を隠すように信庸は口を開いた。

「まことにさようでございます」

内蔵助は信庸をなだめるように猫なで声で言った。そのとき、女中が広間の敷居際に手をついて、

「お客様にかような文が届きましてございます」

と告げた。内蔵助は訝しげな顔をして文を受け取って開いた。そこには、

――夕庵《ゆうあん》にて御待ち致し候
と一行だけ記されていた。

文の末尾には、

――雨
と署名と思われる文字が書かれている。

雨とは、誰のことだろう、と首をひねった内蔵助は、すぐに雨宮蔵人の名を思いついた。

(そうか、望月千代め、わたしとの戦いに雨宮蔵人を助太刀として呼んだのだな)

内蔵助はじろりと女中を見た。

身のこなしから、ただの女中ではないことはわかる。おそらく〈ののう〉のひとりだ

ろう。

「夕庵とは何だ」

内蔵助に聞かれて、女中は、中庭の茶室でございます、と答えた。

少し考えてから内蔵助は、

「その茶室に〈貴人口《きにんぐち》〉はあるか」

と訊いた。

利休以来、茶室の入り口は身をかがめて入る〈にじり口〉となっていた。だが、身分のある者が立ったままで入ることができるように〈貴人口〉もしだいに使われるようになっていた。

「いえ、〈にじり口〉だけでございます」

女中が答えると、内蔵助はうなずいた。

「そうか、ならば〈にじり口〉の外にて待て、それならば行ってやろうと伝えよ」

〈にじり口〉から入ろうと頭を差し入れたところを、いきなり斬りつけられて首を落とされてはたまらぬからな、と内蔵助は胸の中でつぶやいた。

女中は、かしこまりました、と答えて広間から出ていった。

「何事じゃ」

信庸が興味深げに訊くと、内蔵助は笑った。

「どうやら、向こうから仕掛けて参ったようでございます。茶を進ぜると言うてきまし

りとう存じます」


「たゆえ、行って参ります」

平然として言い放つ内蔵助には恐れる様子はなかった。

「人数を連れていくがよい」

信庸は眉をひそめて言った。

「ご無用にございます。待ち受けておる者はひとりでの勝負を望んでおりましょう。茶室での闘いはいささか工夫がいるものでございますれば、わが柳生流の秘技を見せてやりとう存じます」

内蔵助は、闘志を漲《みなぎ》らせて目を爛と輝かせた。

嶋屋の茶室、夕庵は中庭の奥にあった。黒木を使った落ち着いた数寄屋造りの、趣のある四畳ほどの離れだ。

大徳寺真珠庵《だいとくじしんじゆあん》〈庭玉軒《ていぎよくけん》〉のような、茶人の金森宗和《かなもりそうわ》好みの茶室だという。二畳台目《だいめ》の茶室で、大の男ふたりが向き合えば、身動きするのも窮屈なほどだろう。

蔵人はどうやって内蔵助を斃《たお》すつもりなのだろうと案じつつ、千代は茶室の外で、内蔵助に文を届けた〈ののう〉が戻るのを待っていた。

すでに闇は濃くなっている。

間もなく〈ののう〉がひそひそと飛び石を伝って戻ってきた。〈ののう〉から話を聞いた千代は〈にじり口〉から顔をのぞかせて、端座している蔵人に、

「柳生内蔵助は、〈にじり口〉の外にて待つなら行くと申したそうでございます」

と告げた。

蔵人はにこりと笑った。

「さすがに用心深いな」

かたわらの清四郎が目を光らせて、

「茶室に入る気はないのではありますまいか。町奉行所の捕り手とともに中庭を囲むつもりかもしれません」

と言った。蔵人は頭を振った。

「いや、内蔵助のように、おのれの剣の腕でのし上がろうとしている男は、途方もなく自信が強いものだ。茶室での立ち合いを望まれていると知れば、必ずや受けて立つだろう」

「それでは、やはりここにて――」

清四郎は不安げに茶室の中を見まわした。狭い茶室では相手の刃《やいば》を避けることは難しい。いずれが勝つにしろ、凄惨《せいさん》な死闘になるに違いない。

「案じるな。所詮《しょせん》、剣をとれば地獄に踏み入らざるを得ぬ。生きて帰れるかどうかは、誰にもわからぬ。わたしにも、そして内蔵助にもな」

蔵人は不敵につぶやくと、千代に、

「承知した。〈にじり口〉の外にて待つ、と伝えよ。内蔵助はすぐにやってくるに違いないぞ」

と言った。

千代がうなずいて去っていくと、蔵人は大刀を床の間に立てかけた。

「刀を使われますか」

清四郎はうかがうように蔵人を見た。

茶室での闘いは小刀を使うしかない。大刀を手にすれば身動きに窮して、却《かえ》って隙を作ってしまうだろう。

「案じるな。見せかけの罠だ。内蔵助がこの大刀に一瞬でも気を取られれば、そこが付け目だ。しかし、おそらく、あの男、大刀に一瞥もするまいがな」

蔵人は笑いながら立ち上がって〈にじり口〉から外へ出た。清四郎も続く。

小雨がぽつりぽつりと降り出している。

〈にじり口〉のそばに立った蔵人は脇差を腰にしているだけである。清四郎は中庭の様子をうかがった。ひとの気配はない。

蔵人は清四郎に顔を向けずに、

「早く行け。そなたが愚図愚図《ぐずぐず》していて、町奉行所の捕り手に捕まれば、何のためにかようなことをしているのかわからなくなるではないか」

と低い声で言った。清四郎はかすかにため息をついた。そして頭を下げると、そのまま後ずさって中庭の闇に消えた。

蔵人は闇の中、あたかも木像のように立ち尽くしている。

戻ってきた女中から、蔵人の返事を聞いた内蔵助は盃を干すと、信庸に頭を下げてゆっくり立ち上がった。

信庸は内蔵助を見つめて、

「まことに加勢をやらぬでもよいのだな」

と言った。内蔵助はふふっと笑った。

「これも剣に生きる者の宿業でございます」

内蔵助は悠然と広間を出た。腰にしているのは、蔵人同様に脇差だけである。

廊下には先ほどの女中が控えていて、中庭への案内に先に立った。

信庸は少し考えてから手を叩いた。廊下に家臣が来て手をつかえた。

「お呼びでございましょうか」

信庸はうなずいて、

「近う――」

と声をかけた。家臣がそばによると信庸は何事か囁いた。

女中に案内された内蔵助は下駄《げた》を履いて中庭に下りた。すると、女中は火を灯した提灯を差し出した。

「いらぬ。これから無明長夜《むみょうぢょうや》の道を行くのだからな」

内蔵助は茶室に向かって歩を進めた。

茶室のにじり口のそばに、のっそりと蔵人が立っていた。

蔵人に近づいた内蔵助は薄く笑った。

「おお、さすがに約束通りに茶室の外で待ったか。感心だな。武士の鑑《かがみ》じゃ」

内蔵助が言うと蔵人は愛想なく答えた。

「戯言は言わずにあがられよ」

内蔵助は蔵人の脇を通ってにじり口の前に立った。

「千利休は、ようもかような茶室を考案したものよ。武器を持って入れず、狭い茶室は刀を振るうことさえできぬ。武人にとってはまことに鬼門だな」

「いかにも」

蔵人は油断なく内蔵助の動きに目を光らせる。内蔵助はまた笑った。

「茶室に入るときが勝負だが、雨宮蔵人はまともな武士ゆえ、にじり口から入るわたしの背に斬りつけることはできまい」

蔵人は答えない。蔵人の気配をうかがいながら内蔵助は言葉を継いだ。

「それゆえわたしは安心して茶室に入る。お主も心安んじて入ることだな」

「さような虚言を信じると思うか」

蔵人は断ち切るように言った。

「まあ、そう言うな」

内蔵助は、くっくっと嗤いながら、身をかがめてにじり口から入った。その背中に鋭い視線を注ぎながらも蔵人は動かない。

内蔵助の姿は茶室に消えた。

「入ってこい」

内蔵助が茶室から声をかける。

蔵人は一瞬、凄まじい目で茶室を睨んだ。内蔵助はにじり口から入る蔵人に仕掛けてくるに違いなかった。

蔵人は脇差を抜いて右手に持ち、首の後ろにまわして左手をにじり口にかけてから、

「柳生内蔵助、わたしの首を落としてみろ」

と怒鳴った。

「望むところだ」

内蔵助が大声で返した。同時に蔵人はにじり口にかけた手に力をこめて勢いをつけると、茶室に飛び込んだ。

その瞬間、刀が振り下ろされた。

がきっ
刃が打ち合う音がして火花が散った。蔵人は脇差で内蔵助が斬りつけた刀を弾き返していた。その拍子に刀身が柄からはずれて飛んだ。

「おのれっ――」

刀身が畳に突き立ったのを見て内蔵助はうめいた。蔵人の首を落とすために用いたの

は床の間に立てかけられていた刀だった。

蔵人は茶室に入るや素早く立ち上がり、脇差を構えた。

「あらかじめ刀の目釘《めくぎ》をゆるめておいた。まさか、お主がかような仕掛けにひっかかるとは思わなかったぞ」

内蔵助は刀の柄を捨てて脇差を抜いた。

「小細工をいたしおる」

「お互い様だろう」

言い返す蔵人に向かって内蔵助が突いた。

蔵人は身をかわしつつ脇差で斬りつける。弾かれたように刃を避けた内蔵助は背を床柱にぶつけた。どんと大きな音がして茶室が揺れた。

ぶつかった反動を生かして内蔵助は片手に持った脇差で蔵人に斬りつけた。

蔵人は左手で内蔵助の脇差を持つ手をつかむと同時に、右手にある脇差で内蔵助の首筋を突こうとした。しかし、内蔵助は左手で蔵人の右手を押さえる。

たがいに相手の腕を押さえもみ合う形になった。不意に内蔵助が足をあげて蔵人の股間を蹴り上げようとした。

蔵人は体をひねって蹴りをかわし、さらに内蔵助の右手をねじりあげて足を払った。

内蔵助はとんぼを切って、蔵人の手を振りほどき、下から脇差で突きあげた。

これを避けた蔵人の背中が壁にぶつかり、またもや茶室はけたたましい音を立てた。

炉の茶釜が転がり、灰が舞い上がった。

内蔵助は息もつかせず突いてくる。

脇差でこれを払った蔵人は、とっさに刃を内蔵助の顔へ向けた。のけぞってこれをかわした内蔵助は身を沈めると蔵人のすねを薙いだ。

蔵人は跳び上がって刃をよける。

降りざまに瞬時に内蔵助の脳天に斬りつけた。内蔵助は脇差を構えてこれを受けた。

蔵人はぎりぎりと内蔵助の脇差に刃を押し付けた。内蔵助は横一文字にした脇差で蔵人の剛力に耐える。

この間、たがいに脇差の刃が相手の顔や腕をかすめて疵《きず》を負わせていた。蔵人も内蔵助も頬や額から血を流し、着物の袖は破れ、襟元も切り裂かれていた。

——おうっ
声をあげて蔵人がひときわ力をこめた。

蔵人が凄まじい力で押し切ろうとしたとき、内蔵助は、

——かっ
と声にならぬ息吹を発して蔵人の脇差を押し返し、横に薙いだ。

蔵人の着物の腹のあたりが大きく裂けた。蔵人は自ら横に転がる。浅手だが腹を切られていた。内蔵助は壁に背をもたせかけて、荒い息をついた。それでもにやりと笑い、

「どうだ。腹を切られては臍下丹田《せいかたんでん》に力がこもるまい。わたしの勝ちのようだな」

と嘯いた。呼吸を落ち着かせるためか、のんびりした口調だ。

「なんのこれしき」

蔵人は片膝をついて体を起こすと、内蔵助を睨んだ。額から汗が吹き出し、血と混じって滴り落ちる。

「負け惜しみだな。つぎに斬りつければ、お主には避けられまい」

内蔵助が言うと、蔵人は笑った。

「お主に斬りつける力が残っておればな」

「なんの」

応じるなり内蔵助は勢いをつけて斬りつけた。その瞬間、蔵人は脇差を投じた。内蔵助は目を瞠って投げつけられた脇差を叩き落とした。

「死ねっ」

間髪をいれず、斬りつけた内蔵助の動きが止まった。内蔵助の脇腹に刀身が突き刺さっていた。蔵人がにじり口から茶室に入ったおりに払い、柄からはずれて飛んだ刀身だった。

蔵人は横に転がった際に畳に突き刺さっていた刀身を背に隠していた。内蔵助が脇差を叩き落とした隙に乗じ、刀身の茎《なかご》を握って刺したのだ。

「小癪なまねをしおって」

内蔵助は刀身に手をかけて抜いたが、傷口から血があふれ、たまらず膝をついた。

蔵人は脇差を拾って立ち上がった。

「急所ははずしておいた。それがわたしとお主の違いだ」

「これで勝ったつもりか」

内蔵助は脇腹を押さえ、うめきながら言った。蔵人は脇差を鞘に納めた。

「勝ち負けなどどうでもよい。ここに来たのは冬木清四郎を助けたかっただけだ。どうやら清四郎たちは無事、逃げおおせたようだ」

傷の痛みにたえかねて、内蔵助は腰を下ろし、蔵人を睨み据えた。

「この店は所司代の手の者によって囲まれておる。逃げられはせんぞ」

内蔵助の言葉を聞いて、蔵人は笑った。

「そうでもないぞ。所司代様は茶室で斬り合うお主の身を案じられたようだ」

障子に手をかけ、少しだけ開けて外の様子をうかがった蔵人は話を続けた。

「どうやら中庭は町奉行所の捕り手がひしめいているようだ」

「そうか、ならばほかの者たちはともかく、お主は逃げられぬというわけだ」

内蔵助は嘲った。

蔵人は答えず、用意していたさらしを懐から取り出して諸肌脱《もろはだ》ぎになると、腹の傷口の上から巻いた。そして袖に手を通しながら、

「わたしがなぜこの茶室を闘いの場に選んだと思う」

と問いかけた。

「たがいに逃げ場がなく闘わねばならぬからだろう」

内蔵助が苦しげに言うと、蔵人は頭を振った。

「違うな。逃げ道を作りやすいからだ」

蔵人は中柱に手をかけて体を持ち上げ、にじり口に近い天井板を軽く突いた。すると天井板がわずかに動いた。

蔵人は長押《なげし》に足をかけ天井に頭を届かせた。内蔵助を見下ろして、

「屋根にも穴を開けておいた。わたしはこれでおさらばするぞ。お主とは二度と会うことはあるまい。せいぜい、長生きすることだな」

蔵人は天井板を動かしてするするとその隙間から消えた。

苦い顔をした内蔵助は、声をあげて蔵人が逃げたことを捕り手たちに報せようとはしなかった。やがて、捕り手たちが、

「屋根だ。屋根の上にいるぞ」

「母屋の屋根に跳んだぞ」

「追え――」

と口々に叫ぶ声が聞こえてきた。

「雨宮蔵人、思ったよりもしたたかだったな。だが、わたしを殺さなかったことをいずれ後悔させてやるぞ」

内蔵助が悔し気につぶやいたとき、にじり口から松平信庸が入ってきた。内蔵助は体

を起こして手をつかえた。信庸は内蔵助の様子に眉をひそめた。

「やっ、手負うたか」

信庸は内蔵助を見つめた。

「不覚をとりました。お見苦しき様をお見せし、申し訳ございません」

内蔵助は苦しげに信庸に向かって頭を下げた。

「武人にとって勝敗は時の運だ。お主の立ち合った相手に運があっただけのことだ。気にすることはない」

信庸は慰めるように言って片膝をついた。

「医師に手当をさせよう。その前に傷をあらためるぞ」

さりげなく信庸は内蔵助の背後にまわり、

「どうやら、命に関わる傷ではなさそうだな」

とつぶやくように言葉を継いだ。

「さように彼の者も申しておりました。まことに腹立たしき男にございます」

「そうか、そ奴の心遣いか。されど、無駄になったな」

ひややかに信庸は言葉を発した。

内蔵助ははっとして息を呑んだ。

その瞬間、信庸は脇差を抜いて内蔵助の背中から胸まで突き刺していた。

うめいてうつ伏せに倒れた内蔵助は、振り向いて信庸を見た。

「なぜ、かようなことを」

あえいで言う内蔵助を冷徹な目で見つめ、信庸は脇差を抜いて鞘に納めた。

「すまぬな。柳沢様より、そなたの始末を頼まれたのだ。そなたが将軍家の秘事に首を突っ込み過ぎると書状に書いておられたぞ。前将軍が亡くなられたからには、柳沢様は潔《いさぎよ》く政から身を退き、安穏な余生を過ごすお考えなのだ。もはや柳沢様にとってそなたは邪魔なのだ」

憐れむように信庸は言った。

「痴《し》れ者めが――」

とふっと笑って血を吐いた内蔵助は、ほどなく息絶えた。痴れ者という言葉は柳沢吉保を罵ったものか、あるいは自分自身を嘲ったものなのかはわからなかった。

信庸は立ち上がって口を開いた。

「誰かある。柳沢様の家臣が曲者に殺められたぞ。決して逃すな」

まだ中庭にいた捕り手が、かしこまりました、と応じて蔵人の後を追った。

すでに雨は止み、雲間から月の光が差している。


そのころ、清四郎と千代は嶋屋を脱け出し、大門に向かっていた。ふたりの前にふらりと藤左衛門が現れた。

藤左衛門は低い声で、

「大門は所司代の手の者に固められておる。西の塀を乗り越えるしかないぞ。ついてこい」

　とうながすと、返事も聞かずに歩き出した。

　清四郎と千代は顔を見合わせた。

　千代がうなずくと清四郎は藤左衛門に従った。千代も続いていく。

　遊客の人混みが続く通りを抜けると西側の築地塀に出た。島原はまわりを堀で囲まれ、さらに築地塀がある。だが通りからはずれた築地塀の手前にも堀が掘られていた。堀には水はたまっていない。

　築地塀そのものの高さはさほどでもない。だが、堀に下りれば築地塀は人の背丈よりはるかに高かった。

「これは――」

　清四郎が眉をひそめると、藤左衛門は事も無げに堀に飛び下りてこちらに背中を向けて築地塀に両手をついた。

「わたしの背を踏んで乗り越えられよ」

　清四郎は戸惑って逡巡した。

「よろしいのですか」

「かまわぬ。ぐずぐずされて町奉行所の捕り手に見つかるほうが迷惑だ。さっさとしろ」

藤左衛門が面倒臭げに言うと、清四郎はうなずいた。

――ごめん
ひと声発した清四郎は堀に飛び下り、藤左衛門の背中を踏んで築地塀をひらりと乗り越えた。

それを見遣った千代は藤左衛門を踏むことにさすがに躊躇《ちゅうちょ》したのか、すぐには跳ばなかった。藤左衛門は振り向いて、

「〈ののう〉の頭領ともあろう千代殿がなぜためらわれる。さようなことでは配下に示しがつきませぬぞ」

と叱咤《しった》するように言った。

「わかりました」

千代はうなずくと藤左衛門の背に跳んだ。

さらに築地塀を乗り越えようとするとき、藤左衛門はちらりと千代に目を遣った。

千代の白い素足が一瞬、月光に浮かんで見えた。

「役得じゃな」

藤左衛門はにやりと笑った。

千代の姿が築地塀の向こうに消えると、藤左衛門は悠然とあたりを見まわし、懐から苦無《くない》を取り出して両手に握った。

築地塀に鋭い目を向ける。

苦無は忍び道具のひとつで細長い両刃《もろは》の手裏剣で柄尻に紐《ひも》を通す輪がある。

武器としてだけでなく、忍び込む際の道具として様々に使われる。

藤左衛門は跳び上がって苦無を築地塀に突き立てた。それを支えにさらに上に跳ぶ。

がつ
がつ
苦無を築地塀の二カ所に突き刺して築地塀の上に藤左衛門は立った。後ろを振り向き、追手が来ていないのを確かめる。

「町奉行所の捕り手は手ぬるいようだ」

藤左衛門は不敵につぶやくと、築地塀から外側の堀を越えて怪鳥のように軽々と飛び下りた。

そのとき、すでに清四郎と千代の姿はなかった。

――彦蔵
藤左衛門が声を発すると、闇の中から伊賀袴の男が出てきた。

「ふたりはどうした」

藤左衛門は鋭い目をして訊いた。

「鞍馬山に向かったと存じます」

「そうか、ならば追え。ふたりから目を放すな」

彦蔵はうなずいたが、ふと怪訝な顔をした。

やらねばならぬ」

藤左衛門はあごをなでた。

「雨宮蔵人という男を助けるように、〈ののう〉の千代殿に頼まれた。厄介な仕事だが、やらねばならぬ」

「それは隠密の仕事ではございますまい」

彦蔵はあきれた顔になった。

「それはそうだが、見返りはあると千代殿が言うたゆえ、やらねばならぬ」

「お頭の悪い癖だ。また、女子《おなご》の嘘にだまされるおつもりか」

「嘘と思って嘘をつく女子はおらぬ。口にしたときは本気なのだ。嘘に変わる前の本気を信じてやるのが男の器量というものではないか」

藤左衛門は平然として言った。彦蔵は顔をしかめた。

「さようなことをしていては、命がいくつあっても足りませんぞ」

「わたしの命だ。放っておけ」

さっさと行けと藤左衛門は彦蔵を叱りつけた。

彦蔵が走り出すのを見届けた藤左衛門は、

「とはいったものの、雨宮蔵人は難物のようだ。どうしたものかな」

と首をひねった。

蔵人は茶室を脱け出した後、嶋屋の屋根の上を走り、庭木に飛び移ってさらに築地塀までサルのように跳躍した。

築地塀の上であたりをうかがってから飛び下りた蔵人は一瞬、腹をおさえて顔をしかめた。すると、闇の中から、

「痛うござるか」

と男の声がした。蔵人は声がした反対の方角に顔を向けて、

「何者だ」

と声を発した。

闇から滲《にじ》むようにして藤左衛門が現れた。

「さすがに、谺《こだま》の術は通じぬようですな」

藤左衛門は微笑して言った。蔵人は胡散臭げに見遣って、

「何者なのかと聞いておる」

と底響きする声で言った。藤左衛門は軽く頭を下げた。

「申し遅れました。それがしは磯貝藤左衛門と申す公儀の隠密でござる」

蔵人は苦笑した。

「自ら隠密だと名のる隠密に初めて会ったな」

「隠しても所詮わかることでござる。それならば初めから言ってしまったほうが面倒がござらん」

藤左衛門は平然と言ってのける。蔵人は藤左衛門を見据えて口を開いた。

「その変わり者の隠密殿が、わたしに何の用があるのだ」

「さればでござる。それがし、雨宮殿を助けるよう、〈ののう〉の望月千代殿より頼まれたのでござる」

「千代殿が？」

蔵人が訝しげな顔をすると、藤左衛門は、

「さようでござる。して雨宮殿は千代殿とはお親しいのか」

と意味ありげに訊いた。

「親しいか、とはどういうことだ」

妙なことを訊く男だ、と思いつつ蔵人は応じた。

「つまり、男女の仲ということでござる」

「馬鹿《ばか》な、わたしには妻がいる」

蔵人はあきれたように返した。藤左衛門はにこりとした。

「それはようござった。さすがは雨宮殿でござる」

「褒めてもらうほどのことではあるまい」

うんざりした顔で蔵人は言った。

「されば、これでそれがしも安心して雨宮殿をお助けできるというものでござる」

「助けてもらいたい、とわたしは言っておらぬぞ」

蔵人はあたりを見まわしながら言った。藤左衛門のほかに潜んでいる者はいないようだ。

「そう申されますな。雨宮殿は、いまや柳沢吉保様の家臣を斬殺《ざんさつ》した大悪人でござる。浅手かもしれませぬが、手負うてもおられるではありませんか。それがしの助けがなくば、逃げ延びるのは難しゅうございますぞ」

眉をひそめて蔵人は問うた。

「わたしは柳生内蔵助の命は奪っておらぬぞ。深手ではあっても生きておるはずだ」

藤左衛門はゆるゆると頭を振った。

「さにあらず、柳生内蔵助は茶室にて死んだと京都所司代の松平信庸が配下に告げておりました。おそらく深手を負って身動きならなかった内蔵助を、所司代自身が殺めたのでございましょう」

「なんと、それは酷いな」

蔵人は内蔵助の顔を思い浮かべた。憎々しげな男ではあったが、一流の剣士であったことは確かだ。死ぬならば尋常な立ち合いで斬られたかっただろう。そう考えると苦い思いが湧いた。

藤左衛門は薄く笑った。

「偉いお方の秘事を知れば、それまで使われていた者は始末されます。それがしのような隠密にはよくあることでござる」

「なるほどな、お主もいずれはさような目に遭うというのか」

「おそらくは。されば、それまでは好き勝手をさせていただく所存にございます」

そう言いながら、藤左衛門は背を向けてかがみ込んだ。

「さあ、早うおぶされてくだされ」

「なんだと。わたしはさような怪我人《けがにん》ではないぞ」

顔をしかめて蔵人は言った。

「強情をはられますな。腹の傷は山道を走れば開いてしまいますぞ。それがしにおまかせあれ」

藤左衛門は陽気な声で言った。

「自ら苦労を買って出るとは変わった男だ。わたしは重いぞ。それでもよいのか」

蔵人が気遣うようにいうと、藤左衛門は何でもないことのように応じた。

「それがしは、日頃から鍛錬しておりますれば」

「ならば、助けてもらおうか」

蔵人は苦笑して応じた。

蔵人は脇差を鞘ごと抜いて手に持ちながら、藤左衛門の背におぶさった。その瞬間、藤左衛門はかすかによろめいたが、すぐに足を踏ん張り、

——ううむ

と気合を入れた。それとともに蔵人を背負って立ち上がる。

「では、参りますぞ」

藤左衛門は蔵人を背にして駆け出した。一日に四十里を走ると言われる忍者の足である。走り出せば疾風のように駆け抜ける。辻を曲がったあたりですれ違った町人は、あたかも魔物のような黒い大きな影が走っていくのを見て悲鳴をあげ、腰を抜かした。

（下巻に続く）

本書の無断複写は著作権法上での例外を除き禁じられています。
また、私的使用以外のいかなる電子的複製行為も一切認められておりません。

文春文庫

影《かげ》ぞ恋《こい》しき 上

定価はカバーに
表示してあります

2021年4月10日 第1刷

著 者 葉《は》室《むろ》 麟《りん》

発行者 花田朋子

発行所 株式会社 文藝春秋

東京都千代田区紀尾井町 3-23 〒102-8008
TEL 03・3265・1211(代)
文藝春秋ホームページ http://www.bunshun.co.jp

落丁、乱丁本は、お手数ですが小社製作部宛お送り下さい。送料小社負担でお取替致します。

印刷・凸版印刷 製本・加藤製本

Printed in Japan
ISBN978-4-16-791671-8